追憶の彼女

警視庁文書捜査官

麻見和史

角川文庫
24076

目次

第一章　六枚の写真

1

北風に煽（あお）られて、コンビニのレジ袋が飛ばされていく。

袋はかさかさと音を立ててアスファルトの路面を滑っていった。急に現れた白いレジ袋を見て、タクシーの運転手がブレーキをかける。後続車がスピードを落とす。駅前を走っていた車の後部に、次々と赤いブレーキランプが点（つ）いた。

矢代朋彦（やしろともひこ）は白い息を吐きながら、腕時計を見た。一月十四日、午前十時十五分。冬の陽光は弱々しいが、日の当たる場所は少し暖かい。

ＪＲ山手（やまのて）線・田端（たばた）駅の正面入り口をファインダーで捉（とら）えて、矢代はあれこれ構図を考えた。写真撮影の技術はないが、こうしてカメラを持って歩くとそれなりの恰好（かっこう）になる。

黙っていれば素人には見えないのでは、と思ったりする。

　ジーンズに青いジャンパー、リュックサックという出(い)で立ちだ。首からストラップでカメラを提げている。あちこちにレンズを向け、何かいい被写体はないかと探してみる。プロでもアマチュアでも、こうして町に出て足で稼ぐのはみな同じだろう。

　横断歩道を渡り、緩やかな坂を上っていくと、左手に特徴のある施設が見えてきた。道路のほうに半円形の建物が張り出したようになっている。近づいていくと《田端文士村記念館》という文字が読み取れた。

　矢代は田端の生まれだ。就職してからひとり暮らしを始めたが、たまに田端の実家に戻ってくる。この記念館は駅のそばにあるため、よく見かけていたのだが、いまだに中に入ったことはなかった。この施設が出来たのは大人になってからだ。社会に出て仕事を始めると、どうしても忙しくなってなかなかこうした文化施設には入れない。

　――あの人なら、喜んで中に入るんだろうけど。

　矢代は上司の顔を思い浮かべた。文字や文章、本などに無類の関心を持つ女性だから、「文士」という言葉を見ればすぐ反応するに違いない。

　文士といったら詩人や俳人、小説家などのことだろう。詳しいことはわからないが、小学校、中学校の国語の時間に教わった記憶がある。芥川龍之介(あくたがわりゅうのすけ)は田端に住んでいて、ほかの文士たちと交流を深めていたそうだ。

　矢代は記念館の前でカメラを構え、ファインダーを覗(のぞ)いた。少し近づきすぎたか、建物の全体像が入らない。これではいけないと思って、カメラから目を離した。

「あのう」

うしろから声をかけられ、矢代は振り返った。

車道と歩道を区切るガードパイプの近くに、ひとりの男性が立っていた。見たところ五十代ぐらいだから、三十七歳の矢代より一回り上ということになる。眼鏡をかけ、緑色のダウンジャケットを着て、黒いショルダーバッグを掛けていた。矢代と同じように首からカメラを提げている。

「そのカメラ、もしかしてタイタンのM300シリーズですか」

男性は矢代のカメラを見ながら尋ねてきた。おや、と矢代は思った。笑顔を見せて、眼鏡の男性に答える。

「ええ、M302です」

「あ、302ですか。このシリーズはエプロンの形が特徴的で……」

「そうそう、この部分がね」

矢代はレンズの取り付け部分、金属製の板を指差した。男性は嬉しそうな顔をする。

「矩形のものはけっこう見かけますが、M300シリーズのエプロンは半円形ですもんね。味がありますよ」

「古いカメラにお詳しいんですね」

矢代が言うと男性は、いえいえ、と胸の前で右手を振った。

「たまたま知っていただけです。カメラ雑誌に『懐かしの名機』なんてコーナーがありまして」

「写真は長くやってらっしゃるんですか？」

「二十年ぐらいですかね」

「それはすごい」

　こちらは素直に感想を述べたつもりだったが、相手はそう受け取らなかったようだ。

「いえ、そんな。フィルムカメラを使っている人に比べたら、私なんて……」

　どうやら彼は、矢代が謙遜したと思ったらしい。

　男性の言うとおり、矢代が持っているのはフィルムカメラ——銀塩カメラとも呼ばれるものだ。デジタルカメラ全盛の今、こうしたカメラを使う人は珍しいのだろう。まして、M302はフィルムカメラの中でも古い機種で、すでに骨董品の部類に入る。カメラメーカー・タイタンの製品の中でも特に注目されていて、かなり希少価値が高い。

　これを手に入れてから、矢代もカメラの歴史やメーカー、機種について勉強した。撮影の腕はたいしたことがないが、カメラの知識はけっこう持っているつもりだ。

　仕事柄、矢代は人と話すことには慣れている。男性としばしカメラ談義を続けて、だいぶ打ち解けてきた。あるタイミングで、矢代は言った。

「私、矢代といいます。もしよかったら、連絡先の交換とか……。いや、初対面で失礼ですかね」

「そんなことはないですよ。私なんかでよければ」

同じメーカーの携帯を使っているとわかったので、すぐに連絡先が交換できた。その男性は稲本武博（いなもとたけひろ）というらしい。鉄鋼メーカーに勤めていて、休日には都内で写真撮影をしているそうだ。

「矢代さんは、どんなお仕事を……」

差し支えがあるときは、地方公務員だと答えるようにしている。しかし言葉づかいや会話の内容から、稲本はきわめて常識的な一般市民だと思えた。矢代は自分の職業について、説明することにした。

「警察官です。警視庁に勤めています」

「え……。警察の方？」

稲本はまばたきのあと、口を閉ざした。まあ普通はそうなるよな、と矢代は思う。今までも、個人的な会話の中で矢代の職業を知った人はたいてい驚き、少し身構えるような態度になることが多かった。

相手をリラックスさせようと、笑顔を見せながら矢代は言った。

「今日はプライベートですからね。こうして、カメラ好きな方を見つけてお話しするのが目的なんです」

「ああ、なるほど。プライベートで……」

取り繕うように稲本は言った。警戒心を見せてしまったことを、少々ばつが悪いと感じたのかもしれない。

　そういう人物であれば、この話をしてもかまわないだろう。矢代は自分のカメラを指し示した。

「実はこれ、フィルムが入っていないんですよ」

「え？　そうなんですか？」

「デジカメはリュックに入っているんですがね。Ｍ３０２は持っているだけです」

「……それはまた、どうして」

「私、このカメラについて情報を集めていましてね。珍しい機種だから、持って歩いているとカメラファンの方が声をかけてくれるんですよ。もちろん、こちらから話しかけることも多いんですが」

　稲本は何度かうなずいてから、遠慮がちに尋ねてきた。

「フィルムのこと、何か理由があるんですよね？」

　矢代はＭ３０２をちらりと見たあと、相手の顔に視線を戻した。

「これと同じカメラを持った人物を探しているんです。今から七年半前、田端一丁目で女性が死亡する事件がありました。その事件にはある男が関与していると思われるんです」

「もしかして、そのカメラを持っていた人が？」

　先回りをして稲本は尋ねてきた。矢代はゆっくりとうなずく。

「目撃者もいます。Ｍ３０２を持っていた男が、女性を殺害した疑いがあるんです」

稲本は難しい顔をして黙り込んだ。急に事件の話が出て、戸惑っているに違いない。だが、迷惑だと感じているようには見えなかった。先が気になっている様子だ。

「七年半前でも、もうフィルムカメラを使う人は少なかったはずですよね」

「ええ、その男は、フィルムカメラにこだわりを持っている人物だと思うんです」

「田端一丁目というと、都道の向こう側でしょうか、あの崖の上もそうですよね。撮影で歩いたことがあります」

稲本は田端駅のほうを指差す。あいにくここからその崖は見えないが、矢代にとっては地元だからよくわかる。

「崖の上から坂を下っていって、不忍通りの手前ぐらいまでが一丁目ですね」

「……矢代さんはその事件を捜査しているんですか」

そう問われて、矢代は一瞬返事に困った。自分でも、ややグレーな部分があると感じているからだ。

「捜査というか、調査ですかね」

「え？　それはいったい、どういう……」

「捜査本部はもうなくなっているんですが、個人的に調べを続けていまして」

「ああ、あれですね、未解決事件の捜査というやつ」

「まあ、そんなふうに思っていただければ」

組織として継続捜査が行われているわけではないから、細かい部分に突っ込まれると説明が難しい。矢代は主に休日を使って、個人的な調査をしているだけなのだ。事件からもう七年半ほどになる。それでも、何もせずにはいられないというのが正直なところだった。

「ほかに手がかりはないんですか?」

稲本が尋ねてきた。もはや彼は、M302より事件のほうに興味を感じているようだ。

「背恰好(せかっこう)から男性だということはわかっています。ですが……カメラ以外にこれといった手がかりはないんですよね」

「どんな事件だったのか、お訊(き)きしてもいいですか?」

「階段から突き落とされたんです。打ち所が悪くて、女性は死亡しました」

「……そんなことがあったんですか」

稲本は現場の様子を想像しているようだ。そのうち彼は、何度か深くうなずいた。

「田端は坂の多い町ですからね。特に一丁目の辺りは」

「おっしゃるとおりです。細い坂道のほか、コンクリートの階段もありますよね。そういう場所で事件は起こりました」

なるほど、と稲本はつぶやく。表情が曇っていた。単に興味本位で質問しただけではないことがよくわかる。

矢代は軽く咳払(せきばら)いをした。

「稲本さん、ひとつお願いなんですが、もし今後M302を見かけることがあったら、ご連絡をいただけませんか」

「犯人捜しですね。……わかりました。同じカメラ仲間の頼みとあれば、断れません」

屈託のない笑みを浮かべて、稲本はそう言ってくれた。

「助かります。メーカーに問い合わせたんですが、もう部品も作っていないし、何台ぐらい現役で使われているかわからないというんですよね」

「まあ、数が少ないのであれば、すぐに気がつくでしょう。見つけたらご連絡しますよ。壊れていてもいいんですよね？」

「故障していてもかまいません。とにかくM302であれば、何かの手がかりになる可能性がありますから」

それじゃあ、また、と言って稲本は頭を下げた。ショルダーバッグを肩に掛け直して、彼は駅のほうへと坂を下っていく。一度振り返ったので、矢代は手を振りながら会釈をした。

調査が進んでいくかどうか、矢代にはわからない。だが、こうして知り合いを増やしていくことで、いつか大きな手がかりが得られるのではないかと思っている。何もせずにいるより、地味であっても可能性を広げていくほうがいい。

リュックサックを揺すり上げてから、矢代は坂を上り始めた。

田端六丁目から一丁目のほうに移動してみた。

坂の多い町をしばらく歩いてみたが、カメラを持った人にはなかなか出会えない。観光地などへ行けばカメラ持参の人も多いと思うが、それでは趣旨が違ってしまう。矢代が探しているのは古いカメラに興味を持つ人だ。たまたま観光地で記念写真を撮っている人たちでは、M302を見てもほかの機種との違いがわからないだろう。

それに、矢代が今日田端で情報を集めようとしているのは、事件が起こったのがまさにこの町だからだ。もし、七年半前M302を持っていた男が田端の住人だったとすれば、ここで情報収集することには意味があるはずだった。

あちこち歩き回るうち、矢代は事件現場に近づいていた。

喉（のど）の奥が少し苦しいような感じがする。気のせいだとわかってはいたが、いざその場所に行けば古い記憶が甦（よみがえ）ってくる。

矢代は坂を下りていった。民家に交じってクリーニング店があった。利用したことはないが、子供のころから知っている店だ。

しばらく行くと坂道は終わりになった。その先が石の階段だ。

高い階段の上に立ち、矢代はそっと下を見た。かなり急な階段だった。幅は二メートルほどで段数は五十、いやそれ以上か。

階段の左右にはそれぞれ数軒の民家があった。もちろん土地は斜面ではなく、平らに造成されている。矢代は山の中の段々畑を思い出した。あんなふうに、高低差のある私有地が並んでいるわけだ。

　コンクリートブロックの向こうには意外に新しそうな家がある。そうかと思うと、古い板塀の向こうには古びた木造家屋もある。共通しているのは、どの家も坂をうまく造成して建ててあることだ。

　階段の左右の端には白い手すりが設置してあるが、足を踏み外したら転落は必至だろう。昼間でもそう思うのだから、街灯の明かりが届きにくい夜であれば、さらに危険だ。こんな場所で揉み合いになれば、落ちても仕方がないという気がする。

　――あいつも、この階段は知っていたはずなのに。

　子供のころから住んでいた町なのだ。この階段から彼女の家までは徒歩五分ほどしか離れていないから、ごく近所ということになる。数えられないほどの回数、彼女はこの階段を上り下りしていたはずだった。

　それでも彼女は転落し、死亡してしまった。

　油断があったということなのか。いや、そうではない。一緒にいた男が彼女を突き落としたのだろう。

　気持ちを引き締めて、矢代は階段を下りていった。

　七年半前のことが頭に浮かんでくる。

　彼女の死亡を受けて、ここ田端を管轄する滝野川署に捜査本部が設置された。当時矢代は別の所轄署にいたため、残念だが捜査に参加することはできなかった。それで、知り合いである川奈部（かわなべ）という先輩刑事に連絡をとり、捜査状況を教えてもらったのだ。目撃証言はあったが、聞き込みを重ねてもこれといった手がかりが得られず、事件は未解決のままとなってしまった。

　矢代にとってそれは受け入れがたいことだった。だが自分は彼女の遺族でもないし、その件を捜査すべき立場にもない。また、若い所轄の警察官が捜査一課に苦情を申し入れることなどできるはずもなかった。唯一、知り合いの川奈部にだけは相談したが、彼も捜一のいち刑事でしかなく、どうすることもできないという返事だった。

　そういう状況だったから、矢代はひとりで地道な調査をするしかなかったのだ。

　カメラ店やネットショップを調べてようやく中古のＭ３０２を見つけたのは、事件から半年後のことだった。その後、何か情報はないかと、矢代はこの階段を中心に田端の町を歩き回った。階段の両側に並ぶ家々には、もちろん聞き込みをした。しかしＭ３０２を出して、このカメラに見覚えはないかと尋ねても、知っていると答える者はひとりもいないのだった。

　当時のいろいろな出来事を思い出して、矢代はひとりため息をついた。

　続いて田端二丁目に向かった。馴染（なじ）みのある道を進んでいくと、やがてリサイクルショップが見えてきた。店頭にワゴンが置いてあり、食器やら雑貨やらが並んでいる。ガラス戸を開け、矢代は店内を覗（のぞ）き込んだ。

「こんにちは。おじさん、いますか」

店の主人は中沢（なかざわ）という六十代の男性だ。若いころ喧嘩（けんか）で作ったという切り傷の痕（あと）が、顎（あご）の左側に二センチほどある。同じ町内だから、矢代は子供のころから中沢と顔見知りだった。しばらく関係が途絶えていたのだが、七年半前の事件があってから、矢代はこの店に再び顔を出すようになっていた。

「お、久しぶりだな」

カウンターの向こうにいた中沢が声をかけてきた。彼はお茶を飲みながら、新聞を読んでいたようだ。

「ご無沙汰（ぶさた）しています。その後いかがですか」

「おかげさまで元気だよ。……って、俺のことはどうでもいいか」中沢は笑った。「M302だろ？」

「ええ、何か情報はありませんかね」

矢代は自分のM302をカウンターの上に置いた。中沢はそのカメラをじっと見つめる。

「いいカメラだよな。タイタンっていうメーカーはデザインが魅力なんだ。性能はともかく、このフォルムが好きだって人は多い」

「出物はなさそうですね」矢代は店内を見回して言った。「情報だけでも、何かありませんか。最近、どこかの店に中古のM302が持ち込まれたとか」

「聞かないなあ。この機種、そもそも製造数が少ないっていうし」

「それだけ、目につきやすいってことはあると思うんですけど」

矢代は、先ほど会った稲本の言葉を口にした。中沢は腕組みをしてひとつ唸る。

「まあ、そりゃそうだよな。オークションなんかに出れば、カメラ好きは注目するだろう。……おまえもそういうのはチェックしてるんだよな？」

「定期的に見ていますが、なかなか出てきませんね。この一台が買えたのは本当に運がよかった」

「そのとき売った人間が、何か知ってたりしないのか」

七年半前に不審者がＭ３０２を持っていたことは、中沢も承知しているのだ。

矢代はゆっくりと首を左右に振った。

「俺もそれを疑ったんですけど、違っていましたね。俺にカメラを売ってくれたのは、以前カメラ店をやっていた人です。店を畳んでネットだけで商売をしている、と言っていました」

「時代は変わったねえ。俺なんんか、ネットショップ？　何それって感じだけどな」

そんなことを言って、中沢は苦笑いを浮かべた。

店内のショーケースを一通り見せてもらってから、矢代はカウンターの前に戻った。

「ありがとうございました。何かあったら連絡をください」

「ああ。……また顔を出しな。死んだおまえの父親から、面倒見てくれって頼まれてるからさ」

「それはどうも」

「このあと実家か？　だったらお母さんに伝えておいてくれ。困ったことがあれば、何でも中沢が相談に乗るってな。まあ、金を貸すのだけは無理だけど」

「伝えておきます」

頭を下げて、矢代はリサイクルショップを出た。

今日もなかなか情報は集まらないようだ。だが、七年半かかって今まで何もわからなかったのだから、それも仕方ないだろう。

職業柄、歩くことには慣れている。以前から矢代は、関係者宅へ何度も足を運び、聞き込みを重ねるのを信条にしていた。それで、ついたあだ名が「お遍路さん」だ。今でもそのスタイルを変えようとは思わない。

フィルムの入っていないカメラを携えて、矢代は田端の町を歩いていった。

2

まだ十一時過ぎだが、コンビニエンスストアで弁当をふたつ買った。

薬局の角を曲がって、矢代は路地に入っていく。二十メートルほど先にクリーム色の家が見えてきた。いや、かつてはクリーム色だったが、築四十年ぐらいになるから全体的にくすんだような色合いだ。これを見て、外壁塗装の会社が飛び込み営業をかけてくるという。断るのが大変だ、と母がぼやいていたのを思い出した。

玄関のドアを開けて、矢代は家の中に声をかけた。

「ただいま」

この家に戻ってくるのは五ヵ月ぶりだが、実家だという気安さからそんな言葉が自然に出る。

「ああ、おかえり」

廊下の奥から母の三津子が顔を出した。現在六十四歳だが、白髪染めを使っているせいで髪は黒々としている。矢代の目から見ても五十代前半ぐらいという印象だ。普段から黄色とかピンクとか、明るい色の洋服を好んでいるせいもあるだろう。

「寒かったでしょう。リビング、あったかいから」

三津子が今日着ているのは薄いオレンジ色のセーターだ。こういう色合いの洋服が、彼女の箪笥には十数枚入っている。いったいどこで買ってくるのだろう、と以前から矢代は不思議に思っている。

「弁当買ってきた」矢代はレジ袋を掲げて見せた。「少し早いけど、食べるよね?」

あら、と言って三津子はまばたきをした。

「それはありがとう。さっき肉まん食べたけど、お弁当もいただこうかな」

「え……。メールしたよね。昼前に行くって」

「休みだから顔を出すっていうメールは、昨日見たけど……」

「今朝また送ったんだよ。弁当買っていきますって」

「本当に？　全然気がつかなかったわ」

矢代は三和土で靴を脱ぎながら、顔をしかめてみせた。

「いつも携帯見てないの？」

「あんまり見ないかな。だってメールって会社の宣伝ばかりだし」

仕方ないなあ、とぼやいたあと、矢代はレジ袋を母に渡した。三津子は早速それを覗き込む。

「とんかつ弁当、美味しそうね。あんた親子丼でいいでしょ？」

「え……。ああ、それでいいよ」

本当は三津子に親子丼を買ったつもりだったが、意外なことになった。まあ、矢代としては腹が満たされればそれでいい。

台所に行って、矢代はテーブルにリュックを下ろし、椅子に腰掛けた。三津子は鼻歌を歌いながらお茶の用意をしているようだ。母は楽天的で、少し子供っぽいところがある。そんな三津子の性格に、小学校時代の矢代はいくらか不満を感じていた。

友達の家に行くと、お洒落な服装の母親が出てきて優しい言葉をかけてくれた。家の中はきれいに片づいていて、掃除も行き届いていた。それに比べると矢代の家は、どういうわけかいつも雑然としていて、ややもすると新聞紙の下から靴下が出てきたりする。

子供心に、自分の母を恥ずかしく思ったものだ。

そんな矢代の考えが変わったのは、小学校五年生のときだった。

父親が病気で亡くなり、矢代は母とふたり暮らしになった。母は会社で事務の仕事をしながら、週末になるとスーパーでレジ打ちのパートを始めた。たまたま矢代が店を覗いたとき、母は客からクレームを受けて謝っているところだった。その様子を見て、母への気持ちが変わったのだ。家では一度も見たことのない母の姿がそこにあった。

矢代が昔のことを思い出していると、流しのそばから三津子が尋ねてきた。

「おみそ汁、いる？」

「あるんなら、もらうよ」

「いえ、ないのよ。インスタントなんだけど」

「うん、かまわないよ」

父が亡くなったあと、母は仕事で忙しかったから、子供時代の矢代の食事はパンやコンビニ弁当、インスタント食品ばかりだった。だが、それに関しては特に不満は感じなかった。食べ盛りだったから、とにかく量さえあれば文句はなかったのだ。

現在、母はパートの仕事だけをしている。時間の余裕はあるはずだが、今もインスタント食品の世話になっているようだ。

仏壇に線香を上げて、矢代は台所に戻ってきた。テーブルの上には電子レンジで温めた弁当とインスタントのみそ汁、お茶が並んでいる。

ふたり向き合って、弁当を食べ始めた。

「最近どうなの。仕事は忙しい？」

とんかつを頬張りながら、母が話しかけてきた。矢代はうなずく。

「おかげさまで毎日忙しいよ。警察官が忙しいっていうのは、あんまりいいことじゃないけどね」

「本部に行ったばかりのころは、電話で愚痴っていたでしょう。こんな仕事やってられない、なんて」

三津子の言う「本部」というのは、桜田門（さくらだもん）にある警視庁本部のことだ。大学を卒業してから、矢代は警視庁に入庁した。所轄での交番勤務から始まって、のちに刑事になり、本部の捜査一課に異動したのが二年半ほど前のことだった。

新しい部署は「捜査一課　科学捜査係　文書解読班」というところで、所属人員はわずか三名。当初は段ボール箱に入った捜査資料の整理ばかりやらされて、大いに不満だった。そんなとき実家と電話でやりとりして、つい愚痴が出てしまったのだ。

「今はそんなことないんだよ」矢代はみそ汁の椀（わん）を手に取った。「実力が認められて、現場に呼ばれることが増えたからね」

「捜査の役に立っているってこと？」

「まあ、そうだね」

具体的なことまでは話せない。一度話してしまったら、近所の人に広まってしまうおそれがあるからだ。本人には言えないが、母はかなり口が軽い。

「それで朋彦、今日はどうしたの。何か取りに来たの？」

椅子から立ちながら、三津子は矢代に問いかけた。しばらく顔を出さなかった息子が急にやってきたので、不思議に思ったのだろう。

「情報収集だよ。水原の」

「ああ……」

察したという表情で、三津子は何度かうなずいた。

「弘子ちゃんの件ね。そうか。あんた、まだ調べてくれていたんだ」

「このところばたばたしていたけど、今日明日と休みが取れたんでね。久しぶりに歩いてみようと思って」

「七年……いえ、もう七年半経つの？」

「そうだね、事件から七年半。今年は八年目だ」

お喋り好きな母が、口を閉ざしてしんみりした表情を浮かべている。弁当の容器を片づけたあと、三津子は流しに向かった。

「コーヒー飲むでしょ？」

「うん。いただくよ」

母は食器棚の扉を開けた。カップを取り出すとき、かちゃかちゃという音がした。ポットではすでに湯が沸いている。母が用意してくれるのはインスタントコーヒーだ。

「あんまり訊いちゃいけないのかもしれないけど……」こちらに背を向けたまま、母が言った。「正直なところ、どうだったのかしらねえ」

「どうって、何が？」

「あんたと弘子ちゃん」

矢代は黙り込んだ。そのことを母に訊かれたのは初めてだ。どう答えたものかと考えた。それから、少し話をずらそうと思った。

「……そういえば、母さんは水原のことを気に入っていたよね」

「水原さんのところとは、家族ぐるみのつきあいだったから。……あんたと弘子ちゃんは同い年の幼なじみだったでしょう。今だから言うけど、弘子ちゃんの親御さんと話していたのよ。将来ふたりが一緒になるのもいいわねえ、なんて」

「そんなことを話してたのか」

矢代は眉をひそめて母を見つめる。三津子はコーヒーカップをふたつ、テーブルの上に置いた。

「冗談半分だったけどね。でも私は、いいんじゃないかと思ってた。弘子ちゃんのご両親はいい人たちだし、もちろん弘子ちゃんもね」

「でもあいつ、気が強かったからさ」矢代は椅子の背もたれに体を預けた。「小学校のころなんて、俺を子分扱いだよ」

「ああ、そうだったそうだった」三津子は眉を大きく上下させた。「あんた泣かされて帰ってきたこと、なかったたっけ？」

「押されて、倒れて、足に擦り傷が出来たんだよ」

「あら、傷害の現行犯だ。逮捕しないと」

「……あんまり面白くないよ」矢代は腕組みをした。

ポットの湯をカップに注ぎながら、三津子はひとり笑っている。

こんな母だが、今まで気をつかってくれていたのだろうな、と矢代は思った。事件の直後、母が水原弘子の死を嘆いていたことを矢代は知っている。温厚な母が、犯人を絶対に許せないと憤っていたのだ。すでに刑事になっていた矢代に、なんとかして犯人を捕まえてほしい、と三津子は連絡してきた。管轄が違うから無理だと言っても、母には通じなかった。「あんたは犯人が憎くないの？」と電話口で責められたことを覚えている。

「七年半か……」三津子はつぶやくように言った。「もう、無理なのかもね」

それを聞いて、矢代の気持ちがざわついた。事件のあと、あれだけ感情を高ぶらせていた母が、とうとう諦めの言葉を口にした。七年半というのは、それぐらい長い年月なのだ。

「俺はまだ頑張るよ」

矢代が言うと、三津子は黙ったままうなずいた。

ふたつのカップから、白い湯気が立ち昇っている。台所の中に、コーヒーの香りが漂い始めた。

3

食事のあと、矢代はリュックを背負って実家を出た。

和菓子屋に寄って、いくつかの菓子を購入する。自分はそれほど甘いものを食べないが、手土産にするならこれがいい。

実をいうと、今日その家に行くかどうか、矢代の中には迷いがあった。だが母といろいろな話をして、過去の出来事を思い出した。久しく会っていないあの人たちに挨拶をしよう、という気になったのだ。

都道458号を渡って、再び田端一丁目に向かう。事件のあった階段から徒歩五分。住宅街の一画にその二階家はあった。

正面にある黒い門扉は以前のままだ。庭には家庭菜園と花壇がある。菜園のほうには何も植えられていなかったが、花壇には白やピンク色の花が咲いていた。あれはシクラメンだろうか。

庭の様子は変わっていなかった。七年半前もそうだったし、それ以前――矢代が子供だったころからずっと変わっていないのではないか。初めて矢代がこの家にやってきたのは小学三年生のときだったから、数えてみればもう三十年にもなる。

　懐かしく思いながら建物を見上げていると、庭のほうに女性の姿が見えた。たまたま庭先に出てきたのだろうか、灰色のスカートに黒いセーターを着ただけの寒々しい恰好だ。その女性はこちらに気づいたようで、怪訝そうな顔をしている。

「おばさん、ご無沙汰しています。矢代です」

　こちらから声をかけてみた。すると女性は「ああ！」と声を上げ、矢代に近づいてきた。

「どうしたの朋くん。久しぶりじゃない」

　肩まで届くセミロングの髪には、少し白いものが交じっている。昔はお洒落な人だったが、最近は美容院にも行っていないようだ。顔色もあまりよくない。

　水原弘子の母、隆子だった。

「休みが取れたものですから、ちょっとこのへんを歩いていたんです」

　矢代が言うと、隆子は微笑を浮かべた。

「そうなんだ……。実家にはもう行ったの？」

「さっき昼飯を食いに寄りました」

「ああ、もう食事は済んじゃったのね……。でもお茶ぐらいどう？　うちの人もいるから、ちょっと寄っていきなさいよ」

「いいですか？」

「もちろん。さあ、どうぞ」

ありがとうございます、と矢代は頭を下げた。話をするのが目的だったから、上がらせてもらえてよかった。

この家には応接間もあるのだが、矢代はこたつのある居間に通された。

部屋の隅を見ると、雑誌が散らばり、菓子や飲料の入ったレジ袋が置かれていた。それに気づいて、隆子はばつの悪そうな顔をした。

「ごめんなさいね、散らかっていて。そこに座って」

「うちはもっとひどいですから。おばさんも知ってるでしょう」

隆子は記憶をたどる様子だ。じきに思い出したのだろう、くすりと笑った。

「まあ、矢代さんちはお父さんのこともあって、ずっと大変だったから」雑誌やレジ袋を片づけながら、隆子は言った。「お母さんはお元気？」

「おかげさまで、調子よさそうでしたよ」

「もう会社は辞めたんでしょう？」

「パートだけやっているようです」

「じゃあ、少しゆっくりできそうね。これまで大変だったから」

何か趣味でも持ってくれればいいのだが、と矢代も思う。しかし母は移り気な性格だから、ひとつの趣味に打ち込むというのは難しいかもしれない。

「これ、つまらないものですが……」

矢代は菓子折を差し出した。まあどうも、と言って隆子は頭を下げ、それを受け取る。

「仏壇にもひとつあげておこうかしら」

「ああ……そうですね」矢代はうなずいた。「線香を上げていいですか」

矢代は居間の隅にある仏壇に近づいた。線香に火を点け、鈴を鳴らす。

仏壇の横には女性の遺影があった。ショートボブの髪にきりっとした眉。瞳には意志の強さを感じさせる光がある。水原弘子だ。今から七年半前、彼女は三十歳で亡くなった。

弘子とは小学校時代からつきあいがあった。

小学三年生のとき、矢代は算盤教室に通っていたのだが、同じ教室に水原弘子がいたのだ。彼女は小学校でも矢代と同じクラスだったから、算盤のときよく話すようになった。彼女は活発で、学校では女子だけでなく男子ともよく遊んでいた。リーダータイプの性格で、曲がったことは大嫌い。クラスでいじめでもあろうものなら、すぐさま間に入って問題を解決した。教師にとって便利な児童だったのではないだろうか。実際、彼女は小学校時代に学級委員を何度か経験している。

母親同士も気が合ったようで、矢代家と水原家は家族ぐるみのつきあいをするようになった。その後、五年生のときに矢代の父が亡くなって、両家の関係はさらに深まった。三津子が仕事で多忙なのを知って、弘子の両親は積極的に矢代の面倒を見てくれたし、弘子と一緒に勉強したらいい、とも言ってくれた。三津子は感謝して、買ってきた惣菜やら菓子やらで礼をしていたようだ。気にしないでほしい、と弘子の両親は言ったが、三津子は感謝の気持ちを物で返したかったのだろう。

週に何日か、矢代は弘子の家で過ごすようになった。しかし相手は女子だし、最初のうちは少し気後れしたものだった。

「なんでそんな顔してるの。遠慮？」

弘子にそう訊かれたとき、矢代は口を尖らせて答えた。

「だって、クラスの友達がいろいろ言うと思うよ」

「ばっかねえ。そんなの気にしてるの？　私がぶっとばしてやるから大丈夫だよ」

「ぶっとばすの？　男子を？」

「男子も女子も関係ないよ。矢代、あんた男女平等って知らないの？」

「知ってるけど、暴力はよくないよ」

「口で言ってもわからない奴は、ぶっとばすしかないんだってば」

そんな調子で、矢代はいつも言いくるめられていた。感覚的には弘子のほうがふたつ、三つ、年上のような印象だったと思う。当時の矢代は弘子に頭が上がらなかった。

中学生になると部活動で忙しくなったから、互いの家を行き来することはなくなった。それでも親同士はたまに会ってお茶を飲んだり、食事をしたりしていたようだ。仕事で忙しいはずの母がやけに中学校のことに詳しいなと思ったら、そういう理由があったのだと、あとで知らされた。

高校からは別の学校に通うようになった。大学卒業後、矢代は警視庁に入り、弘子は商社に就職した。それぞれ仕事に追われていたから、普通なら関係はすっかり切れてしまうところだろう。だが就職した年の十二月中旬、弘子から電話がかかってきたのだ。

「矢代、あんた寮だって聞いたけど、年末年始には帰ってくるんでしょう？」

「まあ一日ぐらいはね。会社員じゃないから、ずっと実家にいるわけにはいかないよ」

「そうなの？　おばさん寂しがってると思うよ」

「じゃあ水原が様子を見てきてくれよ」

「なんで私が」弘子は不満げに言った。「とにかく、休みの日が決まったら教えて」

一日だけ外泊許可をもらって実家に戻った。弘子と居酒屋に行ったはいいが、酔っ払った彼女から仕事の愚痴をさんざん聞かされ、その日は終わってしまった。翌日は二日酔いで大変な目に遭った。

何年かして仕事に慣れてくると、もう少しスケジュールを調整できるようになった。矢代はときどき実家に戻り、年末には弘子とふたりで忘年会をした。彼女は相変わらず仕事の愚痴をこぼし続け、矢代は相づちを打ちながらそれを聞いた。腐れ縁、という言葉が頭に浮かんだ。どちらかが結婚するまで、こんな調子で飲み会を続けるのだろうな、と矢代は思った。

だがふたりが三十歳になった年、その関係は唐突に終わってしまったのだ。


「朋彦くん、来たのか」

うしろから声をかけられ、矢代は振り返った。廊下から白髪の男性が入ってくる。この家の主人、水原徳郎だ。

　こたつのそばに座っていた矢代は、素早く立ち上がった。

「ご無沙汰しています。ご飯どきにすみません。俺はもう食事を済ませちゃって……」

「なんだ、寿司でも取ろうかと思ったのに」

「いえいえ、とんでもない」

「まあしかし、元気そうで何よりだよ。ほら、座って」

　徳郎はグレーのシャツに、幾何学模様の入ったカーディガンを着ている。昔に比べると、背中が丸くなったように思えた。表情も少し暗く見える。徳郎はたしか今、六十八歳だったはずだ。一方、妻の隆子は矢代の母と同い年だから六十四歳だ。

　隆子がお茶を淹れてくれた。矢代と水原夫妻は、間にこたつを挟んで向かい合った。

　自分の母を見ていると、あまり歳を感じることはない。だがこの家に来て矢代は、年月の経過を強く意識した。徳郎も隆子も、疲れた老人の顔になってしまっていた。

「あなた。これ、朋くんのお土産」

　隆子は豆大福の皿をこたつの上に置いた。ああ、わざわざありがとう、と言って徳郎は穏やかな笑みを見せた。

「おじさん、おばさん、その後、調子はいかがですか」

　矢代は無難な話題を口にした。徳郎と隆子は顔を見合わせてから、ふたり揃って首を横に振る。

「まあ、あんまり……ねえ」と隆子。

「この歳だから、あっちこっち悪くなるよ」

「通院はしてるんですか？」

「かかりつけのクリニックにね。大きい病院は混むからさ」

「必要があるときは病院へ、ということですね」

そうね、と隆子がうなずく。

「そのときはクリニックの先生が紹介状を書いてくれるから」

「このへんだと、やっぱりあそこかな」

徳郎は病院の名を口にした。それを聞いて、隆子と矢代は黙り込んだ。

はっとした様子で徳郎もまた口を閉ざす。しばし沈黙が訪れた。

隆子はお茶をすすり、それを見て徳郎も湯呑(ゆの)みを手に取った。居心地の悪い思いをしながら、矢代もお茶を飲む。普段飲み慣れないせいもあるのだろう、渋いお茶だと感じた。

「いろいろ思い出してしまいますよね」隆子が取り繕うように言った。「あの病院にはお世話になったけれど、やっぱり気持ちの整理がね……」

「恨むなら、医者じゃないよな。犯人だ」

もはや、その話題を避けることはできないと考えたらしい。徳郎ははっきり、犯人という言葉を口にした。

　こうなってしまえば、矢代としても遠回りは必要ない。変に気をつかいすぎてもいけないと考えた。

「実は今日、これを持って町を歩いていたんです」矢代はリュックからM302を取り出した。「話しかけられましたよ。知っている人は興味を示してくれるんですよね」

　世間話をするような調子で矢代は言った。だがカメラを前にして、水原夫妻は硬い表情を浮かべている。

　矢代がM302をふたりに見せたのは、今日が初めてではない。事件のあとネットショップでカメラを手に入れたことを、矢代はメールで夫妻に伝えていた。それからしばらくして、今日と同じように田端の町で情報収集をしたとき、この家に寄ってカメラを見せたのだ。あのとき徳郎たちは一瞬黙り込んだが、それは自分の中に広がる動揺を抑えるためだったに違いない。

　嫌な思いをさせたいわけではなかった。事件と関係がある品を入手し、情報収集を続けていることを、夫妻にはっきり伝えたかったのだ。だからあの日、矢代はカメラをふたりに見せた。

　今日に関して言えば、当初はここへ来るかどうか迷っていた。しかしカメラを見てもらっているうち、やはり来てよかったと矢代は感じた。そう思わせてくれたのは隆子だった。

「ありがとうね、朋くん」彼女は居住まいを正して言った。「忙しいのに、あの子のために動いてくれて……。あなただけよ。七年以上経ったのに、今でも調べを続けてくれているのは」

「すみません。本当は、組織として警察が動くべきなんですが、今は個人で調査をするしかなくて……」

「忘れずにいてくれるだけでも、ありがたいことよ。ねえ、あなた」

隆子は隣にいる夫に話しかけた。

徳郎は目を逸らすようにして、南のほうに顔を向ける。そこには広い掃き出し窓があった。ガラスの外にはシクラメンを植えた花壇がある。

急に徳郎は立ち上がって、廊下に出ていってしまった。矢代は隆子と顔を見合わせた。まずかっただろうか、という気持ちがあった。やはりカメラを見ては、平常心ではいられなかったのか。

だが、二分ほどで徳郎は居間に戻ってきた。手にしていたノートやメモを、彼はこたつの上に置いた。

「七年半も経ってしまったなあ」

ため息を漏らしながら徳郎はノートを開き、挟んであった写真を取り出した。

「おじさん、それは例の……」

そう言いながら、矢代は写真を自分のほうへ引き寄せる。

もう、だいぶ暗くなった時間帯の写真だ。右から左方向へ歩いていく人物のうしろ姿が写っていた。灰色のズボンに黒っぽいウインドブレーカー、頭にはフードを被っている。左肩に茶色いショルダーバッグを掛けているようだ。暗がりを歩いているのだが、わずかに街灯の明かりが届いて、右手に持ったカメラが見えている。レンズの取り付け部分に半円形のエプロンがあった。これはカメラメーカー・タイタンのM３００シリーズの特徴だ。

「俺が撮ったこの一枚が、重要な証拠写真になったんだ」徳郎は言った。

矢代は事件前後のことを思い起こした。

今から七年半前の八月中旬、この近辺で不審な人物が目撃されるようになっていた。その噂を聞きつけて水原夫妻に伝えたのは、娘の弘子だったそうだ。当時彼女は会社勤めをしていたが、子供のころから社交的で近隣住民とは交流があった。彼女は会社帰りに立ち話をして、最近見かけるようになった不審者の話を聞きつけてきたのだった。

徳郎は娘のことを心配した。いくら気の強い弘子であっても、もし相手が屈強な男性であれば危険な目に遭うかもしれない。町内会に見回りなどを進言しようかと考えていたそうだ。そんな中、八月十八日、自宅の二階でパソコンを使っていた徳郎は、表の路地に不審な人物がいるのを見つけた。黒っぽいウインドブレーカーを着てフードを被っている。沿道の民家を気にしているようだった。咄嗟にデジタルカメラを構えて何枚か撮影した。気づくのが遅かったから、撮影できたのはうしろ姿ばかりだ。

どうしようかと迷った末、徳郎は階段を下りて家を出た。急いで先ほどの人物を探したが、もう姿は見えなくなっていたという。しばらく辺りを歩いてみたが、発見することはできなかった。

徳郎が不審者を見かけたのはその一度だけだった。一応、町内会の役員に話してみる、ということになったようだ。だが彼らよりも早く、弘子はひとりで動きだした。夜、会社から帰ってくるとき、田端駅から少し遠回りをして町内を歩くようになったのだ。見回りというほどではないが、どのみち駅から歩くのだからと、あちこちに注意を払うようになった。

そんな状況の中、とうとう事件が起こった。

八月二十七日の夜十時過ぎ、弘子は田端駅を出て自宅に向かった。ただし最短ルートではなく、普段とは違う道を通っていた。本人はパトロールをしているつもりだったのだと思う。正義感が強かったから、個人でなんとかしようと考えてしまったのではないか。

誰かが止めるべきだったのだ、と今では思う。だが当時、矢代は弘子の行動を知らなかった。また、弘子は残業で遅くなることもあったから、両親も彼女のしていることには気づかなかったそうだ。

詳しい経緯はわからない。だが、おそらく田端一丁目のどこかで、弘子は不審者を見つけたのだろう。そして彼女は不審者を追ったのだと思われる。

のちに近隣住民が証言したところによると、坂の多い路地を誰かが走ってくる気配があった。例の階段の途中で、言い争うような声が聞こえた。

「そのカメラ……」

という言葉だけは聞き取れたそうだ。女性の声だったという。

そのあと短い悲鳴が上がって、あとは静かになった。

何事かと、近隣住民が戸外に出て階段のほうに向かった。長い階段の途中に誰かが立っていたが、住民がやってきたのを見ると慌てて駆け下り、逃走してしまった。

住民たちは危険を感じて、すぐにあとを追うことはできなかった。人間心理として、これは仕方のないことだろう。一分か二分ののち、何人かの住人が様子を見に行くと、階段の下に倒れている女性の姿が見えた。弘子だった。彼女は階段を二十数段転がり落ちていたのだ。

発見されたとき、弘子の洋服の襟が少し破れていたそうだ。おそらく彼女は階段の途中で不審者と揉み合いになり、突き落とされたのだろう。

すぐに救急車が呼ばれたが、弘子が意識を取り戻すことはなかった。病院で彼女の死亡が確認された。頸椎の骨折が原因だった。

「最初は何かの間違いだと思ったんだ」

こたつの向こうで徳郎は言った。当時のことを思い出したらしく、眉根を寄せ、痛みをこらえるような表情を浮かべている。

「階段から転げ落ちて、打ち所が悪くて死ぬなんて……そんな馬鹿なことがあるかと思った。いったい何の因果でああなったんだと」

「さっき、あらためて現場を見てきたところです」

たしかに急な階段だったし、転落すれば怪我をしそうだという意識はあった。だが昔からそこにあるものだったから、みな慣れてしまっていた。気をつけていれば転落などしないと、誰もが思っていた場所だった。

事件の二日後、弘子の死は水原家から矢代の母に伝えられた。矢代がそれを知ったのは、その日の午後のことだ。目の前が真っ暗になるというのは、ああいうことを言うのだろう。まさか弘子が、という思いがあった。病気であれば辛いけれど仕方ない、と諦めることもできたのではないか。だが彼女は事件に巻き込まれたのだ。割り切れない気分だった。

警察はすぐに捜査を始めた。現場で「そのカメラ」という言葉が発せられたと知って、徳郎は自分が撮った写真を警察に提供した。科学捜査研究所で分析した結果、写っていたカメラはＭ３０２だと特定された。灰色のズボンに黒いウインドブレーカー、フードを被った人物が犯人ではないか、と誰もが思った。

だが、そういう手がかりがあっても、警察は何ら成果を挙げることができなかった。

「俺が捜査本部に入れればよかったんですが、そうもいかなくて……」

申し訳ないという気持ちを込めて、矢代は水原夫妻に詫びる。

「ああ、それはわかっているよ。縄張り――じゃなくて管轄だっけ？　その問題があるだろうからね」

「とはいえ、放ってはおけません。警察が組織として動けなくても、俺個人なら行動できます。今日もあちこち回ってきました」

「朋彦くん、そのことなんだがね」徳郎は少し考える様子を見せながら言った。「七年以上経っているし、もう諦めるしかないんじゃないかと思うんだ」

　驚いて、矢代は相手の顔を見つめた。

　予想外の言葉だった。あの事件の話をしたら、早く犯人を見つけてくれと急かされるものと思っていた。地道に調査を進めますからと、夫妻を宥めるつもりでいた。それなのに、徳郎の口からもう諦めるという言葉が出た。

「いや、おじさん。そんなことを言わないでください」矢代は居住まいを正した。「警察の捜査が止まっているのは申し訳なく思います。でも俺がいるじゃないですか。少しずつでも調べを進めていきますから」

　徳郎は困ったような顔をして黙り込む。それを見て、隆子が口を開いた。

「朋くん、私たち、この前も話したのよ。行方不明になった人って、七年経てば失踪宣告？　そういうふうにするんでしょう？　何ていうのかしら、七年というのはひとつの区切りというかね……。私たちも、そろそろ落ち着きたいのよ」

　矢代はひどく戸惑った。夫妻の顔を交互に見ながら訴えかける。

「忘れてしまっていいんですか、弘子さんのことを」

「いいえ、忘れるわけじゃないんだけど……。ずっと気を張って、誰かを恨んでいるのが辛いのよ」

矢代は言葉を継げずに、口を閉ざした。自分の心の中に、大きな迷いが生じていた。

「朋彦くん、今までいろいろありがとう」

徳郎が言った。もうすっかり気持ちは決まったというふうに聞こえる。矢代は低い声で唸った。

「でも、そんな……」

「私たちも歳をとったんだよ。あの子の事件を思い出すのは辛くてね」

しばらく思案したあと、矢代はふたりに向かって言った。

「いつになるかはわかりません。でも俺は必ず犯人を見つけます。それまで待っていてもらえませんか」

「とはいえ、君にも仕事があるだろう」

「そうなんですが、このままじゃ終われません。おふたりにとって弘子さんは大事な娘さんでした。そして俺にとって、弘子さんは大事な親友だったんです」

弘子は悩みを相談できる数少ない友人のひとりだった。小さいころから彼女は男子顔負けの活発な性格だった。だから、性別を超えた親友だと思えたのだ。

だが二十代も後半になったころ、矢代はふと考えた。このままつきあいが続くのなら、いずれ異性として弘子を意識するときもあるのではないか。もしかしたら、交際に発展する可能性もあるのではないか、と。

あり得たかもしれない未来を、今になって矢代は想像していた。そんな思いがあるからこそ、あの事件を放っておけないのだ。

「親友、か……」

矢代の言葉を聞いて、徳郎は腕組みをした。隆子は壁に掛かったカレンダーを見つめている。

「わかった。じゃあ、お願いするよ」徳郎は言った。「でも、忙しいだろうから無理はしないでくれ。こう言っては何だけど、あまり期待しないようにするから」

矢代の中に複雑な気分が広がった。

今まで、矢代は何の手がかりもつかめずにいた。そんな状態が七年以上も続けば、期待もされなくなるだろう。仕方のないことではある。だがそれをはっきり言われるのは、やはり精神的にきついものがあった。矢代は――いや、警察という組織は、もう彼らに信用されていないということだ。

「今日このあと、もう少し聞き込みをしてみます」

黙ったまま、徳郎と隆子はうなずいた。彼らに向かって、矢代は静かに頭を下げた。

折からの風に、庭のシクラメンが大きく揺れるのが見えた。

事件の九日前に、徳郎がカメラを持った不審者を撮影している。

同じ人物が弘子を殺害したのではないか、というのが大方の見方だった。女性の「そのカメラ」という声が聞かれているからだ。

しかし、不審者がカメラを持っていたのはなぜなのか。

住宅街を歩いていたこと、夜に現れていたことを考えると、覗きや盗撮が目的だったという線が考えられる。民家のほかにアパートなどもあるから、ひとり暮らしの女性が見つかる可能性は高い。そういう家に目をつけ、ひそかに写真を撮っていたに違いない、というわけだ。

4

矢代としてもその意見を否定することはできなかった。事件が起きたのは八月末だから、窓を開けている家は多かったに違いない。暗がりを利用し、住宅街を徘徊する人物。開かれた窓から中を覗き込み、あわよくばカメラで盗撮しようとしていたのではないか。自分の欲望を満たすために、奴は夜な夜な出歩いていたのだろう。

下品極まりない話ではないか。まったく、唾棄すべき犯罪者だ。そんなつまらない人間のせいで弘子が死んだのかと思うと、怒りがおさまらなかった。

その人物はタイタンのＭ３０２を使っていたと思われる。フィルムカメラに何かこだわりがあったのではないか。そいつは自分で現像をしていたのだろうか。もしそうだったとすると、かなり写真の知識を持っていたことになる。一方で、単に手元にあった古いカメラを使っただけだという考えも捨てきれない。そうであれば、町のカメラ店などで現像を頼んでいたはずだ。

可能性としては半々だと思った。それで矢代は事件のあと、個人であちこちのカメラ店を回っていたのだ。さらにリサイクルショップや骨董品店、質店なども訪ねた。M302を使っている人物を知らないか、中古で取り扱ったことはないかと質問を繰り返してきたのだった。

水原宅を出たあと、矢代はまた田端一丁目を歩いた。当てがあるわけではない。それでも現場近くを見ていくことで、何か新しい発見があると信じたかった。「お遍路さん」としての意地もある。

歩いているうち、そういえば、と思った。

道端で足を止め、携帯を操作し始める。いつもチェックしているサイトにアクセスしてみた。そこはカメラ好きな人たちが集まる場所で、昔ながらの掲示板というスタイルになっていた。誰かが情報を書き込み、ほかの誰かがそれに反応する。好きなカメラの話題で盛り上がることもあれば、写真の技術について議論になることもある。最近ではコスプレイヤーの撮影会などの話が出ることもあった。

矢代はM302を探す過程でこの掲示板を知った。書き込みをするようになってから、もう四年ほど経つだろうか。今では常連のひとりという扱いをされている。
最後に確認したのは昨日の夜だ。それ以降の書き込みを調べてみた。

《篠原(しのはら)：今日、田端第二公園でフリマやってるんだけど、M302が出品されてた。これ、誰か探してなかったっけ？》
《CAMEKUN：たしかアロウさんでは？》
《篠原：あーそうだ。アロウさんだ》
《H―0501：本当にM302でしたか？》
《篠原：間違いないよ》
《CAMEKUN：M300シリーズって珍しいよね。掘り出し物かも》
《H―0501：ちなみに、おいくらでしたか？》
《篠原：五千円だったかな。相場よりすごく安い。急いでいたから手に取れなかったんだけど、けっこう傷があったし故障してると思う》
《H―0501：フリマとは意外です。田端でよくやってるんでしょうか》
《篠原：たまにやってる。けっこう面白いよ》

ついに見つけた。矢代は心の中で快哉(かいさい)を叫んだ。
「アロウ」というのは矢代が使っているハンドルネームだった。矢代の「矢」を英語にして「arrow」というわけだ。
以前からこの掲示板で、矢代はM３０２の情報を集めていた。どこかで見かけたらぜひ教えてほしい、と仲間たちに頼んでおいたのだ。
互いに会ったこともないのだが、掲示板の常連たちは親切だった。こちらが失礼なことを言わない限り、話に応じてくれる。初心者が来れば経験者が質問に答えるし、何かを探しているという人には情報をくれる。基本的には善意の人が多い場所なのだ。
矢代は早速、掲示板に書き込みをした。
《アロウ：情報ありがとう！　田端第二公園ですね。行ってみます》
それに対して、すぐに返信があった。
《篠原：俺が見たのは午前中だから、急いだほうがいいかも》
腕時計で今の時刻を確認する。十二時半を回ったところだった。篠原の言うとおり、急いだほうがよさそうだ。
《アロウ：このお礼はいつか必ず》
《篠原：お気になさらず。ご武運を》
掲示板を閉じて、矢代は地図アプリを起動した。
念のため、田端第二公園の場所を確認してみる。記憶していたとおり、田端五丁目にある広い公園だとわかった。矢代は携帯をポケットにしまって足早に歩き始めた。
フリーマーケットにM３０２が出品されていたという。しかも、場所は田端の公園だ。

運がいいといえばそのとおりだが、それだけではないと思えた。

——もしかしたら、何かあるんじゃないか？

運命とか因縁とか、そんな曖昧(あいまい)なものではない。田端でＭ３０２が見つかるというのなら、あの事件と関係あるのではないか、という気がする。今まで矢代はずっとＭ３０２を探してきた。その努力が実ったと考えていいのではないだろうか。

誰かに買われてしまう前に、それを手にしなければならない。いつしか矢代は、住宅街を走りだしていた。

駅から西のほうへ進んでいく。まもなく田端第二公園が見えてきた。

普段は子供たちが集まる場所なのだろうが、今日は雰囲気が違っていた。レジャーシートにワゴンを置いたり、箱を並べたりして、出品者たちはそれぞれの商品を展示している。品物のジャンルはさまざまで、使わなくなった家電や家具、調理用具から文具、雑貨のたぐいまで、とにかく数多くのものが並んでいた。矢代はフリーマーケットに来るのは初めてだが、小学生のころ学校行事でバザーに参加したのを思い出した。

出ている店は三十ほどだろうか。積極的に客に話しかけている者もいれば、出品者同士でお喋(しゃべ)りする者、椅子に座って暇そうにしている者などもいる。

ものによって客たちの関心がだいぶ違うのだろう。家電や家庭用ゲームの店はかなり人気があるようだった。

商売でやっているわけではないから、出品者側も無理に押しつけるような売り方はしない。購入者側も腰を据えてじっくり商品を吟味している。中には、品物を見て回るだけの人もいるだろう。

そういう雰囲気だったから、矢代も周りの目を気にすることなく、店を調べることができた。どこかにカメラはないかと、展示されたものを素早くチェックしていく。

十店ほど確認したあと、ついに目的の店が見つかった。

レジャーシートの上に、直に品物を並べた質素な店だ。一見して、あまりフリマには慣れていないようだとわかる。しかしイベント本来の趣旨を考えれば、プロの商売ではないのだし、素人っぽい店のほうが安心できるような気もする。

商品を見ると、家にあった不要品をかき集めてきたという感じだった。ドライヤーやホットサンドメーカーなどの家電、バッグや化粧ポーチなどの袋物、未使用らしいノートや消しゴムなどの文具、昔流行ったアニメのキャラクターグッズ、絵本や文庫本など雑多な品揃えだ。

それらの品物の中に、矢代が探していたカメラがあった。レンズの取り付け部分に銀色、半円形のエプロンが付いている。これがM300シリーズの特徴だ。

レジャーシートの端に、ふたりの女性がぺたんと座っていた。ひとりは大学生ぐらいだろうか、白いダウンジャケットを着た眼鏡の女性。もうひとりはおそらく高校生で、緑色のジャンパーを着ていた。彼女は髪をうしろでひとつに縛り、唇にはリップクリームを塗っている。

ふたりは姉妹だろうか。

会釈をしながら、矢代は眼鏡の女性に尋ねた。

「そのカメラ、見せてもらってもいいですか」

「あっ！　どうぞどうぞ。好きなだけ見ていってください」

人懐こい笑顔を見せて、その女性は言った。どうやら明るい性格のようだ。つられて、隣にいる年下の子も口元を緩めている。

矢代はリュックから白手袋を取り出し、両手に嵌めた。急にそんなものが出てきたので、ふたりは驚いたようだ。

指紋を付けないようにして、矢代はカメラを手に取った。

同じM300シリーズでも、エプロンの形状が少し違っている。ボディのデザインもわずかだが変更がある。確認した結果、これはM302であることがはっきりした。掲示板で教えてくれた篠原という常連には感謝しなければならない。彼の情報のとおり、ボディには硬いものにぶつけたような、目立つ傷があった。それでも、この田端でM302を発見できたという事実に、矢代はかなり感動していた。

矢代が熱心にカメラを調べていたせいだろう、高校生らしい少女が話しかけてきた。

「あの……カメラお好きなんですか」

「ずっとこれを探していてね」

「すみません、もしかしたら故障しているかもしれないんですけど……」

「ああ、それはかまわないんだ」矢代は言った。「それにしても、まさかここでM302に出合えるとは」

正直な気持ちだった。七年半の努力は無駄ではなかった、という思いがある。とはいえ、いつまでも感動に浸っているわけにはいかなかった。ここから調査は次の段階に進むのだ。

「ちょっとお尋ねします。このカメラはもともと、どなたが持っていたものですか。君かな？」

矢代は少女に尋ねた。彼女は隣にいる眼鏡の女性をちらりと見たあと、小さくうなずいた。

「私が持ってきました。お祖母ちゃん——祖母のものだと思います」

「もう、いらなくなったから出品したわけだね」

「そうです。それ、デジタルカメラじゃないみたいなので、使い方もわからないし」

気になるのは、このカメラの出どころだった。

カメラを持っていた不審者は男性だと思われるから、その祖母は事件と無関係だろう。七年半前には別の誰かが使っていたのを、のちに祖母が譲り受けたのだろうか。

とにかく、少女の祖母に会ってみたかった。

「お祖母さんに少し話を聞きたいんだけど、どうかな」

矢代がそう訊くと、少女は黙り込んでしまった。眼鏡の女性も戸惑っているようだ。

考えてみれば当然のことだった。初対面の男にそんなことを言われて、はいわかりましたと承知する人間はいないだろう。

「ああ、すみません」矢代は声のトーンを落として、ふたりに言った。「私は警察官なんです。今日は非番なので、警察手帳を持っていないんですが……」

え、と言って、ふたりは顔を見合わせた。

「警察の人……」少女は身じろぎをした。「あの……このカメラに何か問題があるんでしょうか」

「できれば、誰が使っていたものなのか教えてほしくてね」

少女は緊張で顔を強張らせている。その横で、眼鏡の女性は矢代をじっと見つめた。

「疑うわけじゃないんですが、本当に警察の方ですか?」

「ああ……そうか、心配だよね」

矢代はリュックを下ろして、内側のポケットを探った。名刺入れを取り出す。

「これで信じてもらえますかね。矢代朋彦といいます」

矢代は名刺を一枚差し出した。普段、警察官が名刺を使うことはほとんどない。だが非番のときなど稀にこういうことがあるから、持ち歩いているのだ。

その名刺には所属と電話番号などが印刷されている。

「電話してもらえれば、私が所属していることがわかるはずです」

「いえ、待ってください」眼鏡の女性は疑いの目を矢代に向けた。「その電話に出る人だって偽者かもしれませんよね。振り込め詐欺なんかは、警察官を名乗ってお年寄りを騙すじゃないですか」

明るい性格だと思ったが、意外に慎重なところがあるようだ。たしかに、眼鏡の彼女の言うことは正しい。振り込め詐欺防止のキャンペーン中であれば、彼女には百点をあげたいところだ。

どうしたものかと考えているところへ、うしろから声をかけられた。

「あれ……。矢代さんとこの息子さん？」

驚いて矢代は振り返った。そこに立っていたのは、六十歳ぐらいの男性だ。左腕に腕章を付けている。

「ああ、山下のおじさん。ご無沙汰してます」

彼は矢代宅の近所に住んでいる人だ。母とも懇意だし、矢代も子供のころから彼の顔を知っている。

「山下さん、もしかしてこのイベントに関わっているんですか？」

腕章を見ながら矢代は尋ねた。

「そうなんだよ。町内会の役員として、フリーマーケットの事務局に駆り出されてね。まあ、こういうのは好きだからいいんだけどさ。……お母さん元気かい？」

いいところで知り合いに会えた。矢代は眼鏡の女性のほうを向いて、山下を紹介した。

「この方は町内会の役員なんです。このフリマの事務局にも関わっているそうです」

「それはどうも……」女性は軽く頭を下げる。

「山下さん、俺の職業をこの人に説明してもらえませんか」

矢代にそう請われて、山下は大きくまばたきをした。

「言っちゃっていいのかい。あまり喋るなって釘を刺されていたけど……」

「かまいません。言ってください。俺は警察官ですよね？」

矢代が問いかけると、山下は大きくうなずいた。

「そう、警視庁に勤めている刑事さんだよ。でも、窓際部署だってぼやいてたけどね」

「おじさん、そういうのはいいから」

よけいな茶々を入れられたが、山下のおかげで眼鏡の女性も信じてくれたようだ。

山下が去っていったあと、矢代はあらためて女性たちに頭を下げた。

「このカメラについて話を聞かせてもらえないかな。お祖母さんに会わせてほしいんだ」

「すみません、それは無理なんです」少女は言った。「祖母は亡くなりました。七年前……いえ、もう新年になったから八年前ですね。秋に亡くなったんです」

「八年前の何月？」

「九月です。九月の八日」

矢代は眉をひそめた。

内心、かなりの動揺があった。もう一月で新年になっているから、彼女は八年前と言った。しかしそれは、今からおよそ七年半前の出来事だ。水原弘子が階段から転落したのは八月二十七日、病院で死亡したのは翌二十八日の未明だった。そのわずか十日ほどのちに、少女の祖母は死亡したという。

「ええと……ふたりのお名前や年齢を訊いてもいいですか？」

矢代が尋ねると、眼鏡の女性は少女のほうをちらりと見てから、こう答えた。

「私は野島和美(のじまかずみ)です。二十一歳、大学生です。この子は武井千佳(たけいちか)ちゃん」

「武井です。……十六歳、高校一年生です」

少女はそう言って頭を下げた。縛った髪が、ぽんと大きく跳ねた。

「急ですまないんだけど、このあとご両親に会えないかな」

今日は土曜だ。もし両親が会社勤めなら、家にいる可能性がある。

「母は家にいるはずです。父は亡くなりました」

「ああ、それは申し訳ないことを……」詫(わ)びたあと、矢代は続けた。「俺も子供のころに父親を亡くしているんだ。母ひとり、子ひとりの家だったんだよ」

「そうなんですか……」

少女は意外そうな顔をした。ほんの少しだが、矢代への緊張感が薄れたように見える。

「君の家はどこなの？」

「田端一丁目です」

「一丁目には古い友達の家があってね。さっき行ってきたばかりなんだ。千佳ちゃんの家は一丁目のどのへん?」

「クリーニング屋さんの近くに、大きい階段があるんですけど、わかりますか」

「うん、わかるわかる」

「私のうち、その階段のところにあるんです」

矢代は黙ったまま、少女をじっと見つめた。

この公園のフリマに参加しているのだから、近くではないかと予想していた。だが、自分が何度も見に行ったあの階段の脇に、彼女は住んでいるらしい。そして彼女の祖母は七年半前に亡くなった。祖母はM302を持っていたという。

場所と時間が、水原の事件と非常に近い。いや、あまりにも近すぎる。

——これでは、関係ないと思うほうがどうかしている。

早急にいろいろなことを調べなければならない。

訊いてみると、今回フリマに参加するのを決めたのは和美だったそうだ。

「私の家は田端六丁目なんですけど」眼鏡のフレームを押し上げながら和美は言った。「図書館でボランティアをしていて、千佳ちゃんと知り合ったんです。今日フリマに出店するから、一緒にやらないかって私が誘って……」

それで、ふたりで店を出していたというわけだ。

このあとM302の出どころを訊かなければならないが、とりあえず自分で持っていたいと矢代は考えた。五千円の代金を払って、カメラを購入した。

ようやく手に入ったカメラだ。これが重要な証拠品になるかもしれないと考えると、気持ちが高ぶってきた。あらためてカメラのボディを確認する。そのうち、おや、と矢代は思った。

「このカメラ、フィルムが入ってるんじゃないかな」

フィルムカウンターの数字が《6》となっているのだ。矢代は千佳のほうを向いた。

「どうかな。フィルムのこと、何か聞いていない？」

「いえ、知りません。……それ、フィルムが入っていたんですね。私、カメラのこと何も知らなくて」

「まあ、今はデジタルの時代だからね」

「お祖母ちゃんが何か撮影していたのかな」

千佳は首をかしげている。七年半前といえば、彼女はまだ小学校の中学年だったはずだ。細かいことを覚えていなくても無理はない。

詳しい事情を知っているとすれば、千佳の母親だ。

店はこのまま和美が見ていてくれるという。彼女に礼を言って、千佳は頭を下げた。

千佳とともに、矢代は田端第二公園をあとにした。

5

クリーニング店を通り過ぎて、民家の間の路地を進んでいく。

少し歩くと舗装道路が途切れていた。そこから先は歩行者しか通れない急な階段だ。数時間前、矢代はこの場所を訪れたばかりだった。弘子の死を悲しみ、その事件に関わった人物のことを思って怒りを新たにした。

だが今、再びここへやってきた矢代は、先ほどとは違う思いを抱いていた。弘子の死を悼む気持ち、犯人への憤りなどはもちろんある。しかしカメラを発見し、千佳の家族から情報が得られそうだとわかって、心の中に強い意気込みがあった。ついにこの調査を前進させることができるのではないだろうか。

今までの七年半、地道に調査を続けたことは無駄ではなかったのだ、と矢代は自分に言い聞かせた。もしかしたら、一度止まってしまった警察の捜査がいずれ再開されるかもしれない。

「君の家は、この階段に面しているわけだね」

「はい。すぐそこです」

千佳の案内で、矢代は階段を下りていった。慣れているせいだろう、彼女はひょいひょいと進んでいく。若いから体が軽く、バランス感覚もいい。

　とはいえ、ここで死者が出ていることを考えると、どうしても不安になってくる。矢代はうしろから彼女に問いかけた。

「雨の日なんかは、けっこう危ないんじゃないのかい？」

「そうですね。気をつけるようにって、小学生のころから言われていました」

「なるほど……」

　もしかしたら七年半前の弘子の死を受けて、階段では気をつけるように、と母親が注意したのかもしれない。

　左右の家に目をやりながら、矢代は階段を下りていく。半分ほど行ったところで、千佳が右手を指差した。

「私のうち、ここです」

　そこにある塀を見て、ああ、ここなのか、と矢代は思った。

　コンクリートで固めた基礎の上に、古い板塀が設置してある。階段を何十回も上り下りした矢代は、当然その塀を記憶していた。この家でもたしか二度聞き込みをしたはずだ。住人の顔までは覚えていないが、会えば思い出せるかもしれない。

「どうしたんですか？」

　塀を見つめている矢代に向かって、千佳は尋ねてきた。

「なんというか、感慨深いものがあるよ」

「……え？」

「昔、この階段でね……」

そう言いかけたが、矢代は口を閉ざした。今、その話をしなくてもいいだろう。どのみち、このあと彼女の母親の前で、事件について訊くことになるのだ。

「ちょっと待っていてくれるかな」

矢代はリュックから自分のカメラを取り出した。M302とは違って、どこの量販店でも売っているコンデジ——コンパクトデジタルカメラだ。

カメラを構え、板塀の中の家を撮影する。白い壁に、灰色の瓦屋根という二階家だ。この階段から見て、建物は少し奥のほうにある。ということは、階段に面した板塀の向こうは庭になっているのだろう。

板塀に近づいてみた。黒っぽい板を並べたものだが、下のほうに十センチほどの隙間がある。腰を屈めて矢代は塀の中を覗き込んだ。その姿勢をとってみて、ああ、前にもこうやって覗いたことがあったな、と思い出した。

塀の向こうはやはり庭になっていた。ほとんど手入れができていないようで、雑草がはびこっている。この位置からだと、その先にある建物の壁を見ることはできない。

階段側からは庭に入れないようになっていた。千佳とともに、矢代は階段の一番下まで下り、一本裏の路地に入った。そちらは舗装された上り坂になっていて、家々が階段状に並んでいる。一階の部分が車庫になっている家も多かった。

坂の途中に、千佳の家の入り口があった。

「ただいまあ」

彼女はガラスの引き戸を開け、廊下の奥に声をかけた。じきにぱたぱたとスリッパの音がして、女性がやってきた。

事前に電話をかけておいたから、薄く化粧をしたようだ。歳は四十代半ばというところだろう。見たところ、おとなしく真面目そうな印象で、娘の千佳と通じるものがあった。薄い緑色のセーターがよく似合っている。

「このたびは娘がどうも……。母親の葉子です」

彼女は丁寧に頭を下げた。矢代が刑事だと知っているから、表情には緊張の色がある。

「警視庁の矢代です。実はこちらのお宅には、何度かお邪魔したことがありまして」

矢代が言うと、ええ、と葉子はうなずいた。

「そうですよね。たしか前にお見えになって、階段の事件のことを……」

覚えていてくれたようだ。それならば話が早い。

さあどうぞ、と言って葉子はスリッパを用意してくれた。恐縮です、と頭を下げ、矢代は廊下に上がらせてもらった。以前この家で二度聞き込みをしたが、いずれも玄関先での立ち話だった。中に入れてもらうのは初めてだ。

矢代は応接間に通された。古めかしいソファを勧められ、会釈をして腰掛ける。

お茶を用意してから、葉子は矢代の向かいに座った。千佳はその隣で神妙な顔をしていた。

なんだかふたりを緊張させてしまっているようだな、と矢代は思った。少し口元を緩めて、葉子に話しかけてみた。

「前に玄関先にお邪魔したとき、千佳さんはいませんでしたよね」

「そう……ですね」葉子は考えながら答えた。「学校に行っていたか、塾だったか……。とにかく家にはいませんでした」

矢代はリュックからポリ袋を取り出した。中には傷の付いたM302が入っている。両手で丁寧にテーブルの上に置いた。

「今日、千佳さんがこれをフリーマーケットに出していたんです。実はこのカメラ、私が七年半前からずっと探していたものでして……」

「そうなんですか」

「前にお邪魔したとき、持ち主のわからないカメラはないかとお訊きしたかと思うんですが、覚えていらっしゃいませんか」

「ああ……すみません。ちょっと覚えていないですね」

申し訳なさそうに葉子は言う。矢代は手元のカメラを指差した。

「お母さんは、このカメラのことはご存じなかったわけですね？」

「前に刑事さんが二回見えたときは忘れていました」葉子は娘の横顔をちらりと見た。「今回、この子がフリーマーケットに出すというので、ああ、お祖母(ばあ)ちゃんのだったっけ、と思い出したんです。それについてはちょっと事情がありまして……。いえ、隠していたとかそういうことではないんです、本当に」

　早口になりながら葉子は釈明する。どうやら焦らせてしまったようだ。

「当時のことを教えていただけますか。ゆっくりでかまいません」

　矢代がそう促すと、葉子は機械人形のように繰り返しうなずいた。それから彼女は、隣にいる娘に問いかけた。

「このカメラ、押し入れにあったって言ったわよね？」

「もとはお祖母ちゃんのカメラだよ。奥の部屋にあったの」

「ええと……私、あのころ仕事で忙しくて、空返事しちゃったかもしれないんだけど……。お祖母ちゃんが亡くなったあとに見つけたってことね？」

「うん。お母さん忙しいから、私にこう言ったの。できる範囲でいいから、お祖母ちゃんの遺品を片づけてくれって。覚えてない？」

　娘に言われて葉子はしばらく考えたが、じきに顔をしかめた。

「言ったかもしれない。小学生に遺品を片づけろなんて、私も無理なこと頼んだわよね。本当にごめん」

「私もよくわからなかったから、あるもの全部、段ボール箱に入れて押し入れにしまったんだよ」

「いるものといらないものと、仕分けはしなかったんだっけ？」

「しないしない。だって私にはわからないし」

今になって、親子で七年半前の情報をすり合わせているようだ。しばらく話してから、葉子は矢代のほうを向いた。

「すみません。だいたいのことがわかりました。もともと千佳の祖母――私の母で多恵子というんですけど、その母がカメラを持っていたみたいです。不燃ごみで出そうとしていたようですが、その前に亡くなりました」

「どういう経緯でカメラを手に入れたかは、わからないんですよね？」

「はい。軽い認知症がありましたから。今思えば、どこかで拾ってきたのかもしれません」

「お祖母さんは七年半前に亡くなったと……。ご病気ですか？」

「心筋梗塞でした。庭いじりが好きだったんですが、私たちが気づいたときには外で倒れていまして……。本当に急なことでした」

葉子は掃き出し窓のほうに目を向けた。ガラス戸の外には、雑草だらけになってしまった庭と黒っぽい板塀がある。ここからは見えないが、板塀の裏にあるのは先ほど矢代たちが通ってきた階段だ。

「母が亡くなったあと、遺品を整理するよう私が千佳に頼みました。それでカメラは、ほかの遺品と一緒に押し入れにしまわれたようです」

「ところが、今になって出てきたわけですね」

「フリーマーケットに参加することになって、千佳は何かないかと家中を探しました。

それで、忘れていたカメラを押し入れで見つけたんですね。あ、これがあるじゃないか、と。もう使う人もいないし、売ってもいいかと私に尋ねてきました。そのとき、実は母がこのカメラを捨てようとしていたことがわかったんです」

「なぜ、捨てるものだとわかったんですか？」

「母は不燃ごみを黒いポリ袋に入れておく習慣があったんです。小学生だった千佳はそのことを知らなかったので、とにかくすべて押し入れにしまい込んだわけです」

なるほど、と矢代はうなずく。葉子は続けた。

「母が処分しようとしていたのなら、売ってしまってもいいだろうと私は思いました。それで、フリマに出してもいいよ、と娘に言ったんです」
二、三日前にそんなやりとりがあったという。そして今日、M302は田端第二公園に運ばれ、篠原というカメラファンがそれを見つけて掲示板に書き込んだのだ。いくつかの偶然に助けられて、矢代はようやくこのカメラを手にすることができた。ありがたいことだと思った。
「あらためてお尋ねします」矢代は、葉子と千佳の顔を交互に見た。「七年半前の八月二十七日、夜十時過ぎ、そこの階段で事件が起こりました。私の知り合いだった女性が、転落して死亡したんです。当時捜査を行った刑事たちは、何者かに突き落とされた可能性が高いと判断しました。……武井さん、その日の夜に何か目撃したり、聞いたりはしませんでしたか」

そうですね、と葉子はつぶやいた。

「刑事さんたちから聞きましたけど、ふたりの人が走ってきたんだとか……」

「ええ、クリーニング店のほうからだと思います。そして階段の途中で争いになったらしいんですね。『そのカメラ』という女性の声が聞かれています」

矢代は真剣な目で葉子をじっと見つめる。彼女はしばらく考えていたが、そのうち首を横に振った。

「わからないですね……。前にもお話ししましたけど、私は台所で洗い物をしていたので、外の音には気がつきませんでした」

「千佳ちゃんはどうかな」

矢代は少女に視線を向けた。過去、この家に聞き込みに来たとき、千佳には話を聞いていない。何か情報が引き出せれば、という期待があった。

だが、それも空振りだったようだ。

「その日のことは母とも話したんですけど、私はもう寝ていたので……」

「言い争うような声は聞こえなかった?」

「はい。すみません……」

矢代は腕組みをした。小さなヒントでもいい、新しい証言者から何か出てこないかと期待したのだが、無理な注文だったらしい。

腕組みを解いて、矢代はもう一度葉子の顔を見た。そろそろ終わりにしてほしい、という気持ちが伝わってくるが、あらためて質問する。

「その年の八月中旬以降、田端一丁目を中心に不審者が目撃されていたんです。怪しい人物を見たとか、いつもとは違う出来事があったとか、何か記憶にないでしょうか。どんなことでもかまいません」

矢代が熱心に頭を下げるものだから、放っておけなくなったのだろう。葉子は立ち上がり、書棚からノートのようなものを持って戻ってきた。表紙を見て、日記帳であることがわかった。書かれている西暦年は、今から八年前。つまりそこには七年半前の夏のことも記されていると思われる。

「八月ですよね」葉子はページをめくっていった。「八月、八月……。あなた、何か覚えてない？」

彼女は娘に尋ねた。千佳は即座に答える。

「私、そのとき小学生だったし」

「そうだよねえ。覚えてないわよね」

葉子はさらに日記を調べていく。そうするうち、彼女はあるページの記載事項に目を留めたようだった。

「何でもいいんですか？」

「ええ、些細（ささい）なことでもけっこうです。聞かせてください」

「関係あるかどうかわかりませんけど、八月二十日の夜、美容院の近くでバイクが燃える火事があったみたいです」

　火事ですか、と矢代はつぶやく。指先でこめかみを掻(か)いたあと、葉子に確認してみた。

「……都道に近いところにある、美容室ワタナベですか？」

「よくご存じですね。その近くで火事があったみたいです。バイク火災だから、放火かもしれない、なんて日記に書いています」

　今いる武井宅も一丁目だが、その美容院はここから少し離れている。歩いて五、六分というところだろう。

　ほかにも質問を重ねたが、これといった情報は出てこなかった。今日はもう諦(あきら)めるしかなさそうだ。

　最後に矢代は、大事なことを葉子に尋ねた。

「お母さん、このカメラにはフィルムが入っているみたいなんですが、どうしましょう」

「え……。そうなんですか？」

　葉子は驚いている。彼女もフィルムカメラには詳しくないらしい。

「よろしければ、私のほうで現像してみたいと思います。もし、ご家族にとって大事なものが写っていたら、写真をお渡ししますので」

「ああ、それは助かります。でも、母がカメラを使っていたとは思えないんですよね」

「なるほど、そうですか」

　矢代の中にひとつの仮説が浮かんでいた。

これまでの情報を組み合わせれば、このM302は犯人のものだという疑いが濃くなってくる。そうだとしたら、フィルムに記録されている写真は、犯人が撮影したものなのではないだろうか。

それを現像できれば、重要な手がかりになるかもしれない。

「じゃあ矢代さん、現像をお願いしてもいいですか」

葉子の言葉を聞いて、矢代は深くうなずいた。

「早速頼んできます。最短、一時間で済みますから」

「そんなに早いんですか？」

「スピード仕上げをやってくれる店があるんです。せっかく大事なものが手に入ったんですから、時間を無駄にはできません」

葉子と千佳に礼を言うと、矢代は急いで武井宅を出た。

千佳の祖母が、どのようにしてカメラを手に入れたのかはわからない。だが、フィルムに何が写っているのか、至急確認する必要がある。

長年カメラに関する聞き込みをしてきたから、都内の大きなカメラ店のことは頭に入っていた。現像のスピード仕上げをしてくれる店も知っている。これもまた、地道な情報収集の成果だった。ここからだと、池袋（いけぶくろ）に出るのがもっとも早いだろう。

矢代は田端駅へと急いだ。

6

矢代は二杯目のコーヒーを飲んだあと、再びメモ帳に目を落とした。

今日わかったことをまとめ、気になった点を携帯でネット検索する。七年半前から今までの出来事を時系列で並べ、関係者が何を行ったか記録していく。

この一日で急に数多くの情報が手に入っていた。事件の捜査のときにも、こういうことはたまにある。一週間、二週間と捜査が停滞したあと、ある日突然、重要な証拠品が見つかったり、証言が得られたりするのだ。それをきっかけにして新事実が次々と明らかになり、捜査は大きく前進する。矢代はこれまでに、そういうことを何度か経験してきていた。

──今日、田端に来て本当によかった。

心からそう思った。

正直なところ、せっかくの休みなのだし、もう少し寝ていたいという気持ちもあった。顔を洗っているうち、そういえば新しい携帯電話を見に行きたかったのだと思い出したりもした。意志が弱ければ、そこで田端へ行くのをやめてしまっていただろう。

しかし矢代はリュックを背負い、自分のＭ３０２を手にして出かけた。その結果、今日はいくつもの重要な発見ができたのだ。やはり出てきて正解だった。

情報の整理が一段落したところで、腕時計を確認した。すでに、予定の一時間が経過している。

会計を済ませて、矢代はカフェを出た。

ここは池袋駅から徒歩数分の場所だ。百メートルほど歩くと、大きなカメラ店がある。矢代は迷わず、一階の奥にあるDPEコーナーに向かった。

「写真の現像をお願いした矢代といいますが」

カウンターには、一時間前にフィルムを預かってくれた男性の店員がいた。矢代を見ると、ああ、お待ちしていました、と彼は言った。

「矢代様……。こちらになります」

ネガフィルムと写真が入った横長の紙封筒を、彼はカウンターに置いた。代金を払って、矢代は封筒を受け取る。早く見たいのを我慢して、売り場を出た。

エレベーターのそばに休憩スペースが見えた。幸い、そこには誰もいない。矢代はスペースの隅に行って、ベンチに腰掛けた。

膝（ひざ）の上で先ほどの封筒を開き、現像された写真を取り出す。順番に確認していった。

まず一枚目。奇妙なものが写っていた。新聞の見出しを切り抜いたと思われる文字が、縦書きになるよう並べて紙に貼ってあるのだ。文字のサイズは揃っていないし、背後が網掛けだったり、黒っぽく加工されたりしている文字もある。

見た目にも変だったが、読んでみると、その内容がまた異様だった。

おまえを処刑スる　しゃべれなイヨウ　口をふさギ
見えナいよう　目をふさグ

いったい何だろう、と矢代は思った。三回読んでみたが、意味がわからない。いや、書かれていること自体は理解できる。しかし、なぜこんなことが書かれたのか、なぜ新聞の切り抜きで作られたのかがわからない。

——これは、脅迫状じゃないのか？

最近では、こうした脅迫状を見かけることはほとんどない。だが矢代は知識としてそれを知っている。昭和のころ、誘拐事件や企業恐喝事件が多発した時期があった。当時はパソコンも電子メールもなかったから、犯人は新聞の見出しの文字を切り抜き、組み合わせて文章を作った。手書きでは筆跡が知られてしまうから、あえてそんな面倒な方法でメッセージを作ったわけだ。

犯罪者たちはその脅迫状を被害者や警察に送りつけた。あるいは、わかりやすい場所にこっそり置いておき、あとで誰かが発見するように仕向けた。そうやって犯行声明を出したり、自分たちの要求を伝えたりしたという。

メッセージを伝える方法としてはもうひとつ、電話を使う手もあった。しかし電話で誰かと話せば録音される危険があるし、背後で何かの音がして、それが手がかりになってしまうこともある。だから慎重な犯罪者は、切り貼りをした脅迫状を作成したのだ。

矢代は首をかしげた。この写真が撮影されたのはいつなのだろう。

千佳の祖母がカメラを誰かから入手したとして、それはいつだったのか。もっとも短い期間を考えるなら、祖母が亡くなる少し前、今から七年半前の八月か九月だろうか。

しかし気になるのは脅迫状だ。こんな古めかしいものを、七年半前に誰かが作ったのだろうか。明らかに時代遅れだと感じられる。

いや、待てよ、と思った。この脅迫状の一番の特徴は、不気味さの表現なのではないか。そういう目的なら、パソコンもメールもある時代に、わざわざ手間をかけて作る意味もありそうだ。

気を取り直して、矢代は二枚目の写真を確認した。そこでまた、ぎくりとした。

お前を処刑する　体ジゅうに痛ミを与え
喉を裂いテ　息をできなクすル

まただ。一枚目の写真と同じように、新聞から切り抜いたらしい文字が並んでいる。

明らかに不審な写真だった。これから何かをする、という意味では、この二枚は間違いなく脅迫状だろう。しかしただ傷つけると言っているだけで、どこの誰がターゲットなのか、いつそれを実行するのかはわからない。

七年半前のものだったとして、この二枚に写っている文章は、脅迫状としてすでに使用されたのだろうか。そして実際、これらの不気味なメッセージのとおり、「処刑」は行われたのか。

次に三枚目を見てみた。民家の全体像が写っている。撮影時間はおそらく昼間、明るいうちだろう。白い壁に青い屋根、二階にはベランダがあるという、よく見かけるタイプの二階家だった。塀が見えているから、おそらく道路から撮影したものだと思われる。向かって左のほうに車庫があり、白っぽい車が停めてあったが、車庫用のフェンスが邪魔でナンバーはわからない。その車庫の右側には玄関のドアがあるのだが、この角度からだと表札は見えなかった。

その民家の左隣には建物がないようだ。緑色のフェンスがあり、自動車の後部が見えている。これは駐車場ではないだろうか。一方、民家の右隣の建物は正面に広いガラス戸があり、ショーウインドウではないかと思われた。何か商売をやっているようだ。

中央に写った白い壁、青い屋根の家は、誰の住居なのだろうか。もしかしたら、と矢代は思った。田端の町をうろついていた不審者が撮影したのなら、その人物が興味を持った家ではないだろうか。下世話な話だが、この家の裏から浴室が覗(のぞ)けたとか、ここに住む女性に好意を寄せていたとか、そんな事情があったのではないか。

続く二枚も同じ民家を撮影したものだった。ただし撮影した時間帯は変わっているようだ。四枚目は夕方、五枚目は夜だろう。

六枚目の写真を見てみた。そこには三、四十代の男性が写っている。時間帯はおそらく夕方だ。

道を歩いているところを、斜め上のほうから撮影したようだった。坂や階段などの上から撮ったのかもしれない。男性は顎ひげを生やしていて、髪はやや長めだった。服装はジーンズと水色の半袖シャツだ。腕や腹部の様子から、少し太めの体形であることがわかる。仕事という恰好ではないから、買い物にでも行くところなのか。

この男性は三、四、五枚目の民家の住人なのだろうか。その可能性はあるが、しかし妙だな、と矢代は首をかしげた。不審者はカメラを持ってうろついていた。狙いは女性だろうと思ったのだが、違っていたのか。奴はこの男性をつけ回していたということか。そうだとすると、今までの推測はまったく的外れだったことになる。

写真はその六枚だけだった。

もっとも気になるのは、やはり二枚の脅迫状だった。戯れに作られたメッセージだという可能性も、ないわけではない。だが、これらが犯罪絡みだという可能性も捨てるわけにはいかなかった。

矢代は写真とネガを封筒に戻し、カメラ店を出た。

通りを行き交う人々の間を縫って、矢代は池袋駅に向かった。

午後三時半を過ぎて、また風が強くなってきた。

田端一丁目には坂が多いだけでなく、細い路地も多い。あちこちに三叉路や十字路があった。道が交差するその場所を、冷たい風が吹き抜けていく。枯れ葉や紙くずが飛ばされて、目の前を横切っていく。

池袋のカメラ店を出てから約三十分後、矢代は武井千佳の家に戻ってきた。

インターホンで矢代の到着を知り、母親の葉子が顔を出した。

「ああ、刑事さん。寒かったでしょう。どうぞ上がってください」

すみません、と会釈をして、矢代は玄関で靴を脱いだ。

「本当に早かったんですね」廊下を歩きながら、葉子は言った。「私、写真の現像なんて頼んだことがなくて」

「そうですよね」

短く答えて、矢代は葉子のあとについていく。

応接間のソファに腰掛け、矢代たちは再び向かい合った。葉子は居住まいを正して、こちらを見ている。母親の隣に座った千佳は、やや不安そうな表情を浮かべていた。

「現像したところ、不可解な写真が見つかりました。カウンターの数字のとおり、六枚です」

矢代はカメラ店の封筒から、六枚の写真を取り出した。先に三、四、五枚目をテーブルの上に置く。

「まずこの家です。七年半前、不審者がうろついていたことを考えると、田端一丁目かその周辺にあるんじゃないかと思います。左隣はたぶん駐車場、右隣は何かのお店のように見えるんですが、いかがですか？」

　葉子と千佳は、その写真をじっと見つめた。しばらくして、葉子は首を横に振った。

「どこかで見たような気もするんですが、わからないですね」

　千佳も知らないという。矢代は少し考えてから、再び口を開いた。

「階段の事件のあと、私は田端一丁目辺りを何度も歩きましたが、残念ながらこの家がどこにあるのかわかりません。白い壁に青い屋根の家なんて、ごまんとありますからね。ただ、隣の駐車場と何かのお店は手がかりになりそうですが……」

　次に六枚目、男性の写真をふたりに見せてみた。

「この人物に見覚えはありませんか？」

　矢代は親子の表情を窺う。だが、この写真についても空振りだった。

「三十代ぐらいでしょうか」葉子は言った。「なんというか……このへんではあまり見かけないタイプの人ですよね」

「半袖で歩いていますから夏だと思うんです。もう少し幅を持たせたとしても、初夏から秋の初めという感じでしょうか」

「そういえば、階段の事件があったのは八月でしたね」

「ええ、それを考えるとやはり、不審者が現れた七年半前の夏に撮影された写真じゃないかという気がします」

「不審者はこの人を狙っていた、ということですか」

「可能性は高いと思います」

矢代はうなずいた。その不審者は、ただの痴漢や変質者ではなかったと言えそうだ。

続いて矢代は、一枚目と二枚目を同時に差し出した。新聞の切り抜きが並んでいる写真だ。

最初はよくわからないという顔をして、葉子たちはそれを見ていた。だが切り抜きの文章を理解すると、ふたりは揃って眉をひそめた。

「何でしょうか。……脅迫状？」

「そのように見えますよね」

「気味が悪いですね」葉子は身じろぎをした。「誰かに恨みがあった、ということでしょうか」

矢代は六枚目の写真を指差す。

「犯人がこの男性を狙っていたのなら、彼への脅迫状だったのかもしれません」

「じゃあ、もしかしたらこの男の人はもう……」

殺害されたのではないか、と言いたいのだろう。もし彼が七年半前かその前後に死亡したのなら、白い壁、青い屋根の家も壊されてしまったのではないか。そうだとすれば、葉子たちが覚えていないというのも、仕方がないのかもしれない。

「念のためにうかがいますが、この脅迫状の文面にも覚えはありませんよね？」

「……まったく知りません」

葉子がそう答え、隣で千佳もこくりとうなずいた。

矢代は腕組みをして考え込んだ。この家にあったＭ３０２で、不審な写真が六枚撮影されていた。誰が撮ったのかはわからない。何のために撮ったのかもわからない。今の時点ではっきりしていることは何もない。

だがひとつだけ言えるのは、これらの写真には意味があるはずだ、ということだった。不審者は何度も田端に現れ、写真を撮ったのだ。無駄なことをしていたとは思えなかった。

7

矢代はまた田端の町を歩きだした。

水原弘子の事件があってから七年半。長いようだが、毎日忙しく過ごしていた自分にとっては、あっという間だったような気がする。これまでたいした成果は得られなかった。だが今日になって急にいくつも手がかりが出てきたのは、幸運だったというべきか。もし幸運だとすれば、それもまた自分の努力が引き寄せたものではないだろうか。

――いや、違うか。俺なんかより、水原自身の執念かもしれない。

矢代は霊とか魂とかを信じる人間ではない。だが殺人事件などを捜査しているうち、理屈では説明できないような偶然を目撃することがある。そういうとき、もしかしたら何かの導きのようなものがあったのでは、と感じてしまうのだ。

あの階段を中心とした一帯で、矢代は調査を続けた。

これまではずっと、人に注目していた。だが今の目的は、通り沿いに並んでいる建物だ。左側に駐車場、右側に何かの店舗、そして真ん中に建つ、白い壁と青い屋根の民家。それを見つけたかった。道の左右に並ぶ家々を見ながら、矢代は路地を進んでいった。たまに食料品店や酒販店を見つけると中に入り、写真を見せて聞き込みをした。しかし、相手はみな首を横に振るばかりだ。

そのうち、ショッピングカートを押しながら歩く女性を見かけた。もう七、八十歳ではないだろうか。緩い坂を上ってきていたが、途中で疲れが出たのか道端で立ち止まっている。矢代は彼女に近づいて声をかけた。

「こんにちは。大丈夫ですか？」

「大丈夫よ。放っておいてちょうだい」

疲れていて機嫌が悪いのかもしれない。彼女は硬い表情でこちらを見ている。

「少しお手伝いをしましょうか」

「よけいなことしないで。何かのセールスじゃないの？　それとも詐欺？」

「まさか。……私は警察官なんです」

「警察官？」女性は矢代の姿をまじまじと見た。「だってあんた、そんな遊びに行くような恰好(かっこう)をして」

　矢代はジーンズにジャンパー、リュックサックという姿だ。彼女が言うとおり、遊びに行くような恰好そのものだった。

「いや、まあ、こういうときもあるんですよ」

　あいにく近くに知り合いもいないから、自分が刑事だと証明することはできない。とにかく訊(き)くことだけ訊いてしまおう、と思った。

「ちょっとうかがいますが、この家をご存じありませんか」

　矢代は例の六枚の写真のうち、民家が写っている三枚を女性に見せた。何なのよ、とぶつぶつ言いながらも、彼女は写真を手に取ってくれた。

「見えないわよ。私は目が悪いんだから」

「ええと、それは困ったな。どうしましょうか……」

「待ってなさいよ。今、眼鏡を出すから」

　彼女はショッピングカートのサイドポケットから老眼鏡を取り出した。それをかけてから、あらためて写真に目を向ける。

「どうです、見えますか？」

「見えるわよ」

「これね、左側は駐車場、右側は何かのお店じゃないかと思うんですが」

　女性はしばらく写真を見ていたが、やがて目を閉じて額をとんとん叩(たた)き始めた。

「どこだっけ。このお店、もうつぶれちゃってるはず」

「知っているんですか？」

「うるさいわね。ちょっと待ちなさいって」

彼女はなおも額を叩いていたが、やがて目を開いた。坂の上を見たあと、すぐに反対側、坂の下のほうを向いた。

「タケハラ商店っていう雑貨屋さんだと思う」

「雑貨屋さんですか。それ、どこにあったんでしょうか」

「ここを下って、左に曲がってしばらく行って……」彼女は首をかしげた。「忘れちゃった。途中で訊きなさいよ。タケハラ商店はどこにありましたか、って」

「わかりました。どうもありがとうございます」

「あなた、タケハラさんの隣の家に何の用なの？」

「いろいろと尋ねたいことがあるんです」

「ふうん。まあ、行ってみなさいよ」

もう一度礼を言って、矢代は彼女と別れた。

思わぬところで情報が得られた。地元に長く住んでいる人は、こんなふうに過去のことをいろいろ覚えているものだ。ありがたい、と思った。やはりカメラが出てきたことで、矢代の調査は大きく前進し始めたのだ。

途中、近隣住民に声をかけてみた。最初のひとりは空振りだったが、ふたり目はタケハラ商店を知っていた。もう店はなくなったが、場所はわかるという。簡単な地図を書いてもらえた。

しばらく歩いて、ついに矢代は目的の場所を見つけることができた。

だがそこは、写真とはかなり違った状態になっていた。家の右側、雑貨店だった建物は残っていたが、ガラスのショーウインドウは板ですっかり塞がれている。入り口のドアには《売店舗》という貼り紙があった。

左側、駐車場だった場所には民家がある。最近出来たものらしく、車庫も玄関もお洒落なデザインだ。そしてその隣、白い壁と青い屋根の家はなくなり、二階建てのメゾネットに変わっていた。一階と二階をひとつの住戸にして、二世帯が入居できるようになっている。

一号室を訪ねてみると、三十代後半と思われる女性が出てきた。

先ほどの高齢女性とのやりとりを思い出し、矢代は身元を伏せることにした。

「突然すみません。私、矢代といいますが、以前この場所に別の家が建っていましたよね。青い屋根の民家だったんですが、ご存じありませんか」

「……ごめんなさい、わからないです。私、一昨年ここへ引っ越してきたもので」

「写真を見てもらってもいいですか。こういう建物だったんですが……」

矢代が取り出した写真を、女性はちらりと見た。それから申し訳なさそうに言った。

「知らないですね」

「人を捜しているんですが、この男性を近くで見かけたことはありませんか」

顎(あご)ひげの男性の写真を見せてみた。もしかしたら、まだ田端のどこかにいるのではないかと期待したのだが、やはり女性は知らないと言う。そのうち彼女は、矢代に警戒心を抱き始めたようだった。

礼を言って、矢代はその家を出た。

メゾネットの二号室にも行ってみたが、そちらに住む主婦からも有益な情報は得られなかった。どちらの部屋の住人も一昨年引っ越してきたというから、七年半前のことを訊いてもぴんとこないようだ。

続いて矢代は左側、元は駐車場だった場所に行ってみた。お洒落な民家の住人から話を聞くことにする。五十代と思われる男性が出てきて、応対してくれた。彼はフレームが半透明になった、若者が好みそうな眼鏡をかけていた。

定岡(さだおか)というその男性は、自宅でコンピューター関係の仕事をしているということだった。

「七年半前ですか……」定岡は言った。「私がこの土地を買って家を建てたのは、去年のことなんですよね」

「そうでしたか」ここも外れだろうか、と矢代は肩を落とす。「元は駐車場だったのをご存じですかね」

「ええ、知っています。私、その駐車場を使っていたので」

「本当ですか？」

　思いがけない話だった。何か情報が引き出せないだろうか。矢代は続けて尋ねる。

「もしかして、七年半前にも駐車場を契約していましたか？」

「していました。十年ぐらい前からこの近くのマンションに住んでいたんですが、そこは駐車場がいっぱいでね。仕方なく、マンションからちょっと離れているんですが、この場所にあった駐車場を契約していたんです」

「車に乗るときだけ、駐車場に来ていたわけですね」

「そういうことです。ところが、遺産相続か何かで駐車場が閉鎖になりまして……。そのまま土地が売りに出されたので、まあご縁もありましたから、買わせてもらったんです」

　ならば、顎ひげの男性に見覚えがあるのではないか。そう思って矢代は写真を見せてみた。眼鏡の男性はじっと写真を見ていたが、じきに残念そうな表情を浮かべた。

「すみません。記憶にないですね」

「そうですか……」

　商売に使うなどの理由がなければ、車に乗るのは週に一度ぐらいだろう。一度車に乗ってしまえば、運転手が気にするのはバイクやほかの車だ。通行人の顔をいちいち気にして見ることなどないはずだった。

「駐車場を使っていて、何か気になることはなかったでしょうか。たとえば……」

そこまで言って、矢代ははっとした。数時間前、武井葉子から聞いた話を思い出したのだ。

「もしかして七年半前、その駐車場で火事がありませんでしたか。停めてあったバイクが燃える火事が」

「ああ、はい、ありました」定岡はうなずいた。「夏だったと思いますけど、夜九時ごろだったかな、火事があったそうでね……。近所の人が気づいて、消防車を呼んだって聞きました。私は自分のマンションにいたんですが、不動産会社から電話があって、すぐ駐車場に来てくれと。そのときにはもう火は消えていたんですが、やっぱり驚きますよね。バイクの持ち主は本当に気の毒でしたよ。私の車は大丈夫だったんですけど」

矢代はひとり考え込んだ。武井葉子が教えてくれたバイクの火事は、この場所にあった駐車場で起こっていたのだ。いろいろな情報が、徐々にひとつにまとまっていくような感覚がある。

「火事はその一回だけでしたか？」

「ええ、一回だけです。……いや、でもね、ほかにまた騒ぎがあったんですよ。ガス漏れだとかで、警察と消防が来ましてね。このへんの家を一軒一軒訪ねて回っていたみたいです。逃げたほうがいいのかって心配した人もいたようですけど」

「定岡さんのマンションにも警察や消防が来たんですか？」

「いえ、私のマンションはここから二百メートルぐらい離れていたので、騒ぎに巻き込まれることはなかったですね」

「そのガス漏れはいつ……」

「ええとね、バイクの火事の三、四日後ぐらいだったのかな」

　これもまた、七年半前の八月だったということだ。

　バイクの火事もガス漏れ騒ぎも、それぞれ一回だけだったという。ほかに何かなかったかと、矢代は相手を見つめて尋ねた。

「そういえば、駐車場でもうひとつ変なことがありました」

「何でしょうか」

「事件とか事故とかじゃないんですが、バイクの火事の翌年だったかな、それも夏ごろだったと思いますけど、たまたま私が気づきましてね。駐車場の隅に、花束が置いてあったんです」

「花束？」

「そう大きなものじゃなかったんですが、駐車場に花束なんておかしいでしょう。あれは何だったんだろうなと。ひょっとして車の事故でもあったのかと思ったんですが、そういう噂も聞いていなかったし……」

　これもまた気になる話だ。黙って置いていかれた花束というと、頭に浮かぶのは死者の出た事件や事故だ。定岡が言うように、その駐車場の車が事故を起こすなどしたのだろうか。

いずれも元駐車場の中、もしくはその近くで起こったのなら、三つの出来事は何か関係があるのではないか。もしかしたら七年半前の不審者と関わっているのではないか、と思えてくる。

とはいえ、今の時点でそれらは断片的な情報でしかない。曖昧な記憶ではなく、事実を確認しなければならないだろう。そして事実を確認するには、記録を調べる必要がある。

定岡に礼を述べて、矢代は踵を返した。

警視庁滝野川警察署は、地下鉄南北線・西ケ原駅のそばにある。

矢代はコンビニの前に立ち、署のほうを見ていた。約束した時間から五分ほど遅れて、その男性は現れた。矢代は手を振って合図をする。すぐに気づいて、彼はこちらに近づいてきた。

ぱりっとしたワイシャツに紺色のスーツ。理髪店に行ったばかりなのか、髪はきれいにカットされている。ネクタイも高級そうだ。しかしその出で立ちのスマートさに反して、男性は渋い表情を浮かべていた。

矢代の前に立って、彼は言った。

「正直な話、こういうのは困るんだよな。何か調べているんなら、筋を通してもらわないとさ。俺だって暇じゃないんだから」

「悪かった悪かった」矢代は苦笑いをして、相手を宥めるような仕草をした。「頼めるのが、戸村しかいなかったんだよ」

まったくもう、と戸村義正はぼやいた。彼は、田端を管轄する滝野川署の刑事だ。そして矢代とは、警視庁で同期の間柄だった。

矢代はそばにあるコンビニを指差した。

「何か奢ろうか。そこで売っているものなら……」

「おまえなあ、そんな安いもので済ませようとするなよ」と戸村。

「わかった。貸しにしておいてくれ」

手を合わせて、矢代は相手を拝んだ。

戸村は軽くため息をつく。それからポケットを探ってメモ帳を取り出した。

「この貸しはでかいぞ。飲み代ぐらいじゃ割に合わない」

「どうすればいい？」

しばらく考えてから、戸村は真面目な顔で矢代を見た。

「誰か紹介しろ」

「……誰かって誰だよ」

「本庁には女性職員が大勢いるだろう？　その中から何人か選りすぐってだな……」

「ああ、戸村くんね。そういうのはひとつ間違うとセクハラになるから」

「紹介してくれるだけでいいんだよ。あとは俺がうまくやる。俺は女性の扱いには慣れてるんだ」

「そういうのが一番厄介なんだよな……」

矢代は唸った。入庁以来、何度も一緒に飲んでいるから、彼のことはよくわかっているつもりだ。戸村は悪い奴ではない。だがかなりの自信家で、自分の力を高く見積もりすぎる傾向がある。

「所轄にだって女性はたくさんいるよな？」

矢代が訊くと、戸村はゆっくりと首を横に振った。

「俺は現状に満足していない。もっと上を目指したいんだよ」

「何だって？」

「本庁に勤める人間はみんな優秀だろう。才色兼備。それが俺の理想だ」

「いや、本庁にいるからって、みんながみんな優秀じゃないぞ」

「一般的には所轄でいい成績を挙げた人間が桜田門に行くわけだろう？　矢代みたいなのは例外としてさ」

どうやら、やぶ蛇になったようだ。矢代としても、はっきり否定できないのが辛いところだ。

咳払いをしてから、矢代は言った。

「たしかに俺が配属になったのは、当時、窓際と呼ばれる部署だったよ。しかし俺がそれを立て直したんだ。今じゃ文書解読班は、殺人班のサポートで大忙しでね」

「そう、それだ。文書解読班」戸村はうなずいた。「すごい美人がいるって噂じゃないか。おまえの上司の……鳴海理沙さんだったっけ？」

えっ、と言って矢代は身じろぎをした。まさかその名前が出るとは思わなかった。

「まさか、鳴海さんを紹介しろって言うのか」

「それぐらいできるだろう。おまえ、彼女と同じ部署なんだし、まずは飲み会でいいからセッティングしろよ」

「いや、それはなあ……」

「なんだよ、できないのか」

「できなくはないけど……たぶん戸村が想像しているようなタイプじゃないと思うぞ」

「けちけちするなよ。あとはふたりの気持ち次第だろう」

「ふたりって、戸村と鳴海主任？」

「そうだよ。俺に任せておけ。万事うまくやる」

矢代は腕組みをして唸った。理沙とは二年以上同じ部署にいるが、彼女を部外の飲み会に誘うなど考えたこともなかった。矢代から見て、理沙はそういう場にまったく興味がないと思えたからだ。

「ちょっと話してみてくれよ。な？」今度は戸村が矢代を拝んだ。

「それは困ったなあ……」

「なんだよ、俺しか頼る人間がいないんじゃないのか？」

言いながら、戸村は自分のメモ帳を指差した。そこに書かれている情報は、矢代の調査にとって重要なものであるはずだ。

「わかった。善処するよ。あとで連絡する」

矢代がそう答えると、戸村は満足そうにうなずいた。それからメモ帳を開いて、ページをめくった。

「よし、じゃあ俺が調べてきた情報を与えてやろう。……まずバイクの火災だな。七年半前の八月二十日、田端一丁目の駐車場で中型のバイクが燃える事件があった。現場検証の結果、放火と断定。駐車場には防犯カメラが設置してあったが、犯人の特定には至らず。怪しいのは黒っぽいウインドブレーカーにフードを被(かぶ)った人物だ。体格からしておそらく男性だろう」

「黒いウインドブレーカーにフード……」

矢代はメモをとった。その服装は、何度か目撃されていた不審者とよく似ている。いや、本人だと考えて間違いないのではないか。

「田端でバイクが放火された事件は、その一件だけだった。都下でバイクの放火はほかにも起こっているが、それは調べなくていいんだよな？」

「うん、田端だけでかまわない。念のためバイクの持ち主の情報をもらえるか？」

戸村のメモ帳を覗(のぞ)き込んで、矢代はその人物の住所、氏名、電話番号などを書き写した。

「それから花束の件だけど」矢代は尋ねた。「次の年の夏ごろ、その駐車場に花束が置いてあったらしいんだ。記録に残っていなかったか？」

「なかった。事件じゃないから、誰も通報なんかしないさ」

たしかに戸村の言うとおりだ。花束が置いてあったからといって、いちいち警察を呼ぶ者はいないだろう。

「次だ」戸村はまたページをめくった。「同じく七年半前、八月二十四日に田端一丁目で起こった騒ぎなんだが、あれはガス漏れではなかった」

「じゃあ、いったい何だったんだ？」

怪訝（けげん）そうな顔をする矢代に向かって、戸村は声を低めて言った。

「あのへんに爆発物を仕掛けたという電話があったんだよ」

「爆発物？」矢代は眉（まゆ）をひそめる。「そんな話はどこからも聞いてないぞ。耳が早いうちの母親も、爆発物騒ぎなんて一言も言っていなかった」

「一般市民に知らせたらパニックになるだろう？　だから爆発物のことは伏せて、ガス漏れだと言って近隣を調べたんだ。バイク火災のあった駐車場を中心にしたエリアが、危険だとされていた。ごみの集積場とか、駐車場の車の下とか、一般家庭の庭とか、そういう場所を調べたらしい。本当はそのエリアの家屋の中まで確認したかったんだろうが、さすがにそれはできなかった。……捜索の結果、不審物は見つからなかった。まあ、結果オーライだ。これはいたずらだった、ということになった」

「犯人はどこから電話してきたんだ？」

「公衆電話からだった。機械で声を変えていたようだ。録音されていた音声を分析した。使用された公衆電話も調べた。だが犯人はわからなかった」

矢代は首をかしげた。迷惑な愉快犯の犯行ということだろうか。しかし、その四日前に起こったバイク火災とエリアが重なっていた、というのが気になる。

七年半前の八月にこれだけのことが集中して起こっているのだ。はたして偶然だと言い切れるだろうか。それらの出来事の間に、何か関係はなかったのか。

「俺からの情報は以上だ」戸村はメモ帳を閉じた。「調べてみて俺も感じたが、たしかに何かありそうだな。しかし大きな事件ではないから、警察が組織的に動くことはできないだろう」

「今はまだ俺ひとりで調べ続けるしかない。わかっているよ」

「そうだな。矢代、おまえもいろいろ大変だと思うが……」戸村は真顔になって言った。「鳴海さんとの飲み会、忘れるなよ」

矢代は顔をしかめてみせた。

戸村と別れて、地下鉄の駅に向かった。そろそろ日が暮れようとしている。

今日はかなりの収穫があった。水原弘子の件を調べているうち、その周辺で不審な出来事がいくつも見つかったのだ。それぞれ何か繋がりがあるのではないか、という気がする。それは刑事としての勘だ。

矢代は弘子のことを思った。こういうとき頭に浮かんでくるのは、居酒屋で一緒に飲んだときの姿だ。酔いが回ると、弘子は矢代の背中をばんばん叩いて笑った。女性っぽさは微塵もなかったが、彼女と一緒にいるとなぜか安心できたのを覚えている。

弘子のためにも必ず犯人を挙げなければ、と矢代は自分に言い聞かせた。

第二章　血文字

1

　今日も朝から風が強かった。

　矢代はコートの襟を搔き合わせながら、霞が関の官庁街を歩いていく。前に見える通勤中の男女も、みな同じように背を丸めている。昨夜から今朝にかけて、関東地方は一段と冷え込んだ。早く春になってくれないものかと矢代は思った。

　信号待ちをしていると、前方に中型のバイクが見えた。荷台の部分に、やや大きめのリアボックスが取り付けてある。バイク便だ。この朝早くから集荷だろうか。宅配便に比べるとはるかに輸送費が高いのだが、急いでいるときには最後の手段として使われる。自動車より小さいため渋滞を気にしなくて済む、というのはメリットが大きい。

　そのバイクを見ているうち、矢代は以前の出来事を思い出した。

　今日は二月十三日だから、もう一ヵ月前のことになる。一月十四日と十五日、矢代は休暇を活かして実家のある田端に行った。幼なじみの水原弘子が殺害された事件について、個人的な調査をしていたのだ。

運がよかったというべきだろう、十四日に矢代は多くの情報を入手することができた。弘子が階段から転落して死亡する前、田端一丁目ではいくつかの不審な出来事が続いていた。そのひとつが駐車場でのバイク放火事件だ。

駐車場には数台の自動車が停まっていたはずなのに、なぜ犯人はバイクを狙ったのか。火を点けやすかった、という理由はありそうだ。自動車だとドアをこじ開けるとか、ガラスを割るとかしなければ車内に火を点けにくい。しかしバイクであれば、シートの部分にガソリンをかけるなどすれば燃やしやすいだろう。

それはいいとして、なぜ犯人がその駐車場で放火事件を起こしたか、ということが問題になる。翌十五日、矢代はバイクの持ち主や、駐車場を管理していた不動産会社を訪ねてみたが、どちらも思い当たることはない、ということだった。騒音や駐車のマナーに関して、近隣住民とのトラブルなどはなかったという。そのバイクが何かの事故を起こしたという事実もなかった。

しかし、と矢代は思う。バイクへの放火に加えて、四日後には爆発物を仕掛けたという電話もあったのだ。ただの嫌がらせかもしれないが、そうだとすれば、あの辺りで何か人間関係のトラブルが起こっていたのではないか。

十四、十五日に多くの成果があったため、矢代は二週間後、もう一度田端で聞き込みをしてみた。だがそのときは収穫がなく、失意の中、帰宅することになった。やはりあの二日間が特別だったのだという気がする。この先、また調査は停滞してしまうのだろうか。どうにかして弘子の敵を討ちたいという気持ちがある。しかし本来の仕事もあるから、そうそう個人的な調査に時間を費やすことはできなかった。

　信号が変わって、リアボックスを付けたバイクはエンジンを吹かし、皇居方面へ走っていった。

　まあ仕方がないか、と矢代は思った。弘子の事件はおそらく、矢代にとってライフワークのようなものなのだ。少しずつでも堅実に、確実に、情報を集めていくべきだろう。そしていつか再び警察組織を動かして、大々的な捜査を行う。犯人を見つけて罪を償わせれば、弘子への供養になるはずだ。

　エレベーターで警視庁本部庁舎の六階に上がり、廊下を進んでいく。《文書解読班》というプレートの掛かった部屋が、矢代の仕事場だ。今日も自分の務めをしっかり果たさなければならない。

　だがドアを開けた途端、これからの作業を思い出して矢代はげんなりした。

　――ああ、今日は大仕事があるんだった。

　矢代が所属する文書解読班は、この部屋で大量の捜査資料を管理・保存している。スチールラックには段ボール箱が所狭しと置かれていた。ある程度の量は収納できるよう考えられていたはずだが、最近、場所が足りなくなってきた。検討の結果、スチールラックを増設して保管スペースを増やすことになった。その作業が今日から始まるのだ。

これからラックが作られる予定の場所には、現在、未整理の段ボール箱が積み上げたままになっている。一時的にそれらの箱を移動させる必要があった。部署で男性は自分だけだから、多くの作業を期待されているはずだ。業務だから仕方がないのだが、それにしても気乗りのしない仕事だった。

床に積まれた段ボール箱をよけながら、矢代は部屋の奥に向かった。

基本的にここは資料を保管する場所だから、メンバーの執務スペースはごくわずかしかない。部屋の一番奥の場所がそれだ。四つの事務机で島が作られ、少し離れた場所にリーダー用の机が設置されている。

リーダー席には人が座っている気配があった。だが机の一番下の引き出しを開け、何か捜しているのだろう。ここからでは、頭は見えなかった。

「おはようございます」

矢代はそう声をかけて反応を待った。しかし返事はない。

理沙が物事に熱中しているときには、よくあることだった。矢代は気にせず、自分の席に腰掛けた。机上のパソコンを起動させていると、

「あっ、矢代先輩」

と女性の声が聞こえた。あれ、と思って矢代はそちらに顔を向ける。

リーダー席にいたのは上司の鳴海理沙ではなかった。矢代の後輩の夏目(なつめ)静香(しずか)だ。

「なんで夏目がそこに座っているんだ？」

矢代が尋ねると、夏目は椅子から立ってこちらにやってきた。

彼女は矢代より大きくて、身長は百七十九・八センチある。小数点以下まで細かく言うのは、百八十センチの大台にはのっていないと主張したいからだろう。彼女は普段から、自分の背が高いことを気にしているのだ。

「鳴海主任からの指示で、ある資料を捜していたんです」夏目は答えた。「どこかにあるはずだから、見つけておいてくれって」

「人の机なんだから、よくわからないだろう。主任が自分で捜せばいいのに」

「朝から急ぎの用事で呼び出されて、主任は今、財津係長のところに行ってるんです。内線で連絡があって、資料を捜すようにと言われました」

まだ始業時刻前だが、緊急の呼び出しがあったということか。朝から何か問題が発生したのだろうか。

「俺も捜すよ。いったい何の資料だ？」

「『猟奇の扉』という本です」

「……猟奇？」

「机か、その周りのどこかにあるそうなんですが……」

矢代は眉をひそめた。朝からそんな本が必要になった理由とは何なのか。

嫌な想像が頭をよぎったが、とりあえずその本を捜すことにした。夏目は引き出しの中を調べ終わり、机の上にある資料や本の山を確認している。矢代は机の周辺、床に直接積み上げられた山に近づいた。まるで蟻塚のように書籍、雑誌の山がいくつも出来ている。初めて見た人は、これが仕事をする環境なのかと驚くだろうが、矢代たちはもうすっかり慣れてしまった。

しゃがんで書籍の山をチェックしているうち、目的の本が見つかった。

「あったぞ。これだよな」

矢代は背表紙を確認して、一冊の書籍を山から抜き出した。バランスを失って本の山が崩れたが、そのまま放っておく。

それは『猟奇の扉　殺人者たちの饗宴』というソフトカバーの本だった。表紙には白黒の写真があり、はっきりとはわからないものの、どうやら海外の事件現場を撮影したものらしい。ページをめくってみると、イラストと写真で犯罪者の経歴や事件の内容が紹介されていた。中には、かなり衝撃的な殺害方法なども説明されている。

刑事である以上、矢代も殺人事件の現場にはある程度の耐性を持っている。しかし日本に比べると、世界各地で起こった猟奇殺人にはすさまじいものがあった。こういう本は興味本位で買われることが多いのだろうが、実際に起こった事件だと考えると背筋が寒くなってくる。

「この本、どうすればいいのかな」

「鳴海主任のところに持っていきます」

「じゃあ、俺も一緒に……」

と話しているところへ、ドアが開く音がした。

入ってきたのは紺色のパンツスーツを着た女性だ。ボブにした髪に緩いウエーブをかけている。身長は百六十センチぐらい。整った顔立ちをしていて、黙っていればテレビタレントのように見える。歳は矢代の四つ下、三十三歳だ。

矢代たちの上司・鳴海理沙だった。彼女は段ボール箱を迂回(うかい)しながら、急ぎ足でこちらにやってきた。

「あ……。矢代さんも来ましたか」

彼女はいつになく緊張した表情を浮かべている。それだけでも、何か重大なことが起こったのだと想像できた。

「主任、本が見つかりました」と夏目。

「これですよね」

矢代が差し出した書籍に、理沙はちらりと目をやった。軽く頭を下げてそれを受け取る。すぐに中を見るのかと思ったが、そうはせずに、彼女は自分の机に向かった。

「ふたりとも出かける準備をしてください」理沙は硬い表情のまま言った。「殺人事件が起こりました。私たち文書解読班にも出動要請が出ています。すぐ出発です」

やはり、と矢代は思った。

都内で事件が起こり、すでに捜査が始まっているのだ。殺人班から要請を受け、財津係長が理沙に出動を命じたのだろう。そして文書解読班が呼ばれたということは、何か文字や文書に関する証拠品が見つかったのだと思われる。

「わかりました」

と返事をして、矢代たちは自分の席に戻った。パソコンの電源を切り、鞄(かばん)に手を伸ばす。一分で仕度はできた。矢代と夏目はリーダー席の前に立ち、姿勢を正した。

「では、行きましょう」理沙は言った。「これより、文書解読班は捜査一課四係とともに、現場での捜査活動を開始します」

「了解しました」

矢代と夏目は声を揃えて答えた。

2

地下鉄に乗り、南千住(みなみせんじゅ)駅に到着したのは約四十分後のことだった。駅からタクシーに乗り、住宅街に向かう。後部座席に理沙と矢代、助手席には夏目が座った。財津係長は、あとで開かれる捜査会議からの参加となるそうだ。

フロントガラス越しに前方を見ていると、理髪店の少し先だろうか、警察車両が多数停まっているのがわかった。南千住署の捜査員や鑑識係、警視庁本部の捜査一課、鑑識課などが続々と集まってきているはずだ。

矢代たち三人はタクシーを降りて、現場となった建物に向かった。捜査員たちが出入りしているのは五階建てのマンションだ。エントランスの前には黄色い立入禁止テープが張ってある。矢代が制服警官に警察手帳を見せようとしていると、横から野太い声が聞こえた。

「来たか、鳴海さん。待ってたぞ」

矢代たちは声のしたほうに目を向けた。スーツ姿の男性が、右手を軽く上げてこちらに近づいてくる。がっちりした体形が特徴の刑事、川奈部孝史（たかし）だ。現在四十三歳、矢代より六つ上の先輩だが、気さくにいろいろ話しかけてくれる。事件現場で顔を合わせることが多く、矢代たちは何度か彼から情報をもらっていた。一緒に聞き込みに行くこともある。

「お、なんだ。倉庫番もいたのか」

「いたのか、はないでしょう。……それと、倉庫番はやめてください」

矢代は顔をしかめた。捜査一課の資料を管理するのが、文書解読班の役目のひとつなのは事実だ。しかし要請があれば、こうして事件現場にも臨場する。その後の捜査にも加わって、事件の解決を目指す。やっていることは川奈部たちとそう変わらない、と矢代は思っている。

「資料の片づけがすっかり終わったら、倉庫番は卒業かもな。だが、今のところその目処（めど）は立っていない。……だろ？」

「勘弁してくださいよ。俺はいつまでも倉庫番に甘んじている男じゃありません」

咳払い(せきばら)をしながら、理沙が川奈部に話しかけた。

「挨拶(あいさつ)はそれぐらいにしていただいて、仕事の話を……」

「ああ、そうだな」

軽口を叩(たた)いていた川奈部が、急に表情を引き締めた。夏目の顔も真剣だ。

「被害者は四〇五号室の住人で皆川延人(みながわのぶと)、フリーランスのデザイナー、三十九歳。今日午前七時十分ごろ、四〇二号室に住む男性がエレベーターに乗ろうとしたとき、四〇五号室の前で血痕(けっこん)を見つけた。男性は皆川と顔見知りだったため、部屋のチャイムを鳴らしてみた。しかし応答はなかった。ドアが施錠されていなかったので中を覗(のぞ)いてみると、奥の部屋で誰か倒れているのが見えた。男性はすぐ靴を脱いで、部屋に上がった」

あの、と理沙が口を挟んだ。

「勝手に上がったというのは、少し違和感がありますが……」

「介護施設の職員なので、心臓マッサージなどの講習を受けていたらしい。たまに一緒に飲む間柄だったこともあって、部屋に上がったようだ」

「……そういうことですか」

「男性は廊下の奥にある居間を確認した。倒れていた皆川は、すでに心肺停止の状態だった。男性は心臓マッサージを試みようとしたが、被害者の状態を見てためらった……」

妙ですね、と夏目が首をかしげた。

「心臓マッサージの心得があったから部屋に上がったんですよね。なんで心マをしなかったんでしょう」

「そこだよ」川奈部は声を低めて言った。「遺体の状況があまりにも異様だったんだ」

矢代は川奈部を見たあと、夏目を見て、それから理沙の顔に目をやった。

「もしかして、あの本と関係あるんですか？」

頭に浮かんだのは『猟奇の扉　殺人者たちの饗宴』だ。遺体に猟奇的な損壊などが行われていたから、理沙はあの本を用意させたのではないか。

「念のため捜してもらったんですが……」理沙は言った。「財津係長と話している間に、現場からの第二報が届きました。それを聞いて、あの本に載っているようなものではないとわかったんです」

携帯電話の着信音が聞こえた。川奈部がポケットを探り、携帯を取り出す。相手と二言、三言話してから、彼は電話を切った。

「権ちゃんからだ。鑑識の仕事が一段落したらしい」

「すぐに現場を見られるでしょうか」

理沙が尋ねると、川奈部は携帯をポケットにしまいながらうなずいた。

「一緒に行こう」

エレベーターに乗り、四階に上がる。かごから下りると、すぐ右側の部屋のドアが開いていた。共用廊下には私服の捜査員が三人いる。

「そこ、気をつけてな」

川奈部が注意を促した。矢代たちは足下に目を落とす。直径四、五センチの血痕がいくつかあった。これを見て、四〇二号室の住人は異変を察知したわけだ。

「ああ、お疲れさまです」

四〇五号室から男性がひとり出てきた。筋肉質の体に活動服を着た、四十代前半の人物だ。普段から鍛えているらしく、腕がかなり太い。

先ほど電話をかけてきてくれた、鑑識課の権藤巌警部補だった。

「中を見せてもらうよ」と川奈部。

ええ、どうぞ、と権藤は答えた。だがそのあと、彼は理沙の顔をちらりと見た。

「ただですね、遺体の状態がひどいので、その……場合によってはご覧になるのがきついかもしれません」

理沙はうしろにいる部下に問いかけた。

「夏目さん、大丈夫ですね？」

この中で一番若く、捜査経験が浅いのは夏目だ。理沙はそれを気にしたのだろう。

「もちろんです。現場をしっかり見せていただかないと」

そう言って夏目は姿勢を正した。

権藤が先頭になり、川奈部、理沙、矢代と続く。夏目は最後についてきた。

部屋の中を風が流れていた。玄関のドア以外にも、どこかの窓が開いているのだろう。

廊下を進み、権藤は突き当たりにある部屋に入った。そこは八畳相当と思える洋間で、フローリングになっている。北を向いた窓が細めに開かれていて、そこから冷たい風が吹き込んでいた。

普段、住人はこの部屋でくつろいでいたのだろう。室内には大型のテレビやオーディオ機器、書棚、ローテーブルとソファなどが配置されている。部屋の隅にはごみ箱と、いずれ捨てる予定だったのか、雑誌やダイレクトメールが入ったバスケットが置かれていた。

遺体はローテーブルの横、北向きの窓から二メートルほど離れた場所にあった。黒いズボンに灰色のシャツ、青い厚手のセーターを着ている。

これが皆川延人だろう。

皆川はうつぶせの状態だった。後頭部に打撲痕がある。腹のそばに血溜まりが出来ているから、刃物で刺されたのではないだろうか。左右の手の指先が、血で赤く汚れていた。床の上には、指でなぞったような血の痕が何本か残っている。

矢代は床にしゃがんで、遺体の顔を確認しようとした。だがそこで、はっと息を呑んだ。

——何だ、これは……。

ひと目見ただけでは、被害者の正確な状態を知ることができなかった。とにかく異様だとしか言いようがない。

口を閉じているのだが、ところどころ唇の皮膚が破れ、血が流れている。開かなくなった口を無理やり開けようとして唇が傷ついた、というふうに見えた。だが、なぜ口が開かなかったのかはわからない。

そして、もっと不可解なのは目だった。被害者は両目を閉じていたが、上まぶたと下まぶたが、コの字型の針で縫い合わされたようになっているのだ。針の数は右目が六個、左目も六個。その針は文具のホチキス——ステープラーの針のようだった。ただ、よく見るとそれより若干太いように感じられる。

元は目を閉じた状態で、針で留められていたのだと思う。だが、あとで被害者が抵抗したのか、強引に左目を開けようとした形跡があった。上と下、まぶたの皮膚が一部引き裂かれて出血している。この状態で、左目だけはわずかながら開くことができたようだ。その結果、被害者はどうにか視覚を取り戻せたのではないかと思われる。

いったい、この被害者の身に何が起こったのか。不可解さよりも気味の悪さが勝っていた。こんなことは滅多にないのだが、矢代は自分の指が少し震えていることに気がついた。

遺体から離れて、理沙たちに場所を譲る。

矢代の様子がおかしいのに気づいて、理沙や夏目は怪訝（けげん）そうな顔をした。それから遺体の顔を覗き込み、ふたりは身じろぎをした。夏目は自分の口を手で塞（ふさ）ぎ、理沙は厳しい顔で眉（まゆ）をひそめる。

「先に聞いてはいました」理沙は低い声で言った。「でも、ここまでとは」

「何なんですか、この遺体は……」

夏目が落ち着きのない目を権藤に向けた。

被害者の遺体が損壊されるのは、ときどきあることだった。証拠隠滅をはかるため、遺体を切断して運んだり、遺棄したりするケースがあるのだ。だが今、矢代たちの前にある遺体は何なのだろう。

「これはですね……」権藤が言った。「調べてみないと断定はできませんが、口は接着剤か何かで塞がれたのだと思います。そして目のほうは――おそらくスキンステープラーの針でしょう」

「スキンステープラーというのは？」

矢代が尋ねると、権藤は軽くうなずいて、

「医療器具の一種です。手術で切開した部分を縫合するのに使います。以前は医療用の糸を使うしかなかったんですが、今はこうした針で留める方法もあるんです」

今回、その特殊な道具が使われたということらしい。

「それにしても、ひどいな。犯人はなぜこんなことをしたんだろう」

「恨みがあったからですよね？」と夏目。

「しかし理由がわからないんです」権藤は首をかしげた。「恨みを晴らすのなら、痛めつける方法はいろいろありますよね。それなのに、なぜステープラーを使ったのか……」

権藤の言うとおりだ。こんなことをした意味がわからない。矢代は腕組みをして、じっと考え込む。

遺体を調べていた川奈部がこちらを向いた。

「押し入ったのか、訪ねてきたのかはわからない。とにかく犯人はこの部屋に上がり、隙を見てハンマーか何かでマル害の後頭部を殴った。相手が怯んだか、あるいは昏倒したところで腹を刺し、致命傷を与えた。……そのあと口を接着剤で塞ぎ、まぶたを縫い合わせることができたんだから、たぶんマル害は昏倒していたんだろうな。あるいは仮死状態だったのか」

「すぐには絶命しなかったということですか？」

矢代が尋ねると、川奈部はうなずいた。

「そう考えられる。犯人はそのまま逃走したようだが、マル害がメッセージを残したのは、奴にとって大きな誤算だったはずだ」

「メッセージ？」

理沙はまばたきをしたあと、床の上に視線を走らせた。矢代も辺りを見回したが、フローリングの上に、判読できるようなメッセージは見当たらない。

「権ちゃん、あれを……」

川奈部に促され、権藤は透明な証拠品保管袋をみなに見せた。中にはA5サイズほどの紙が入っている。ポスティングされたチラシらしく、片面にはパン屋の広告が印刷されていたが、あちこち血で汚れていた。

「この紙はあそこにありました」権藤は部屋の隅、雑誌などが入ったバスケットを指差した。「あのバスケットと壁の間に挟まっていました。犯行のあったとき、換気のために北向きの窓が少し開いていたんでしょう。そのせいで、この紙は飛ばされてしまったんだと思います」

「どこから飛ばされたんですか？」と夏目。

「おそらく、遺体の顔の辺りから……。つまり、こういうことです」

権藤は証拠品保管袋を持って、遺体に近づいた。

「床に血の痕があるでしょう。ここでマル害はメッセージを書いたんだと思います。失血死に至る前、最後の力を振り絞り、自分の血を使って……」

「……で、その紙には何と書いてあるんですか」

質問を受けて、権藤は証拠品の袋を理沙に手渡した。

理沙と矢代、夏目は袋を凝視する。チラシの裏には血文字が記されていた。かなり乱れてしまっている。瀕死(ひんし)の状態で書いたのなら、こんなふうにバランスが崩れるのも当然だろう。

そこには文字らしきものがふたつあった。《二》と《累》。そのように読める。

「何でしょうね」理沙はつぶやいた。「野球のベースなら土塁の『塁』ですけど、ここにあるのは累計の《累》ですね」

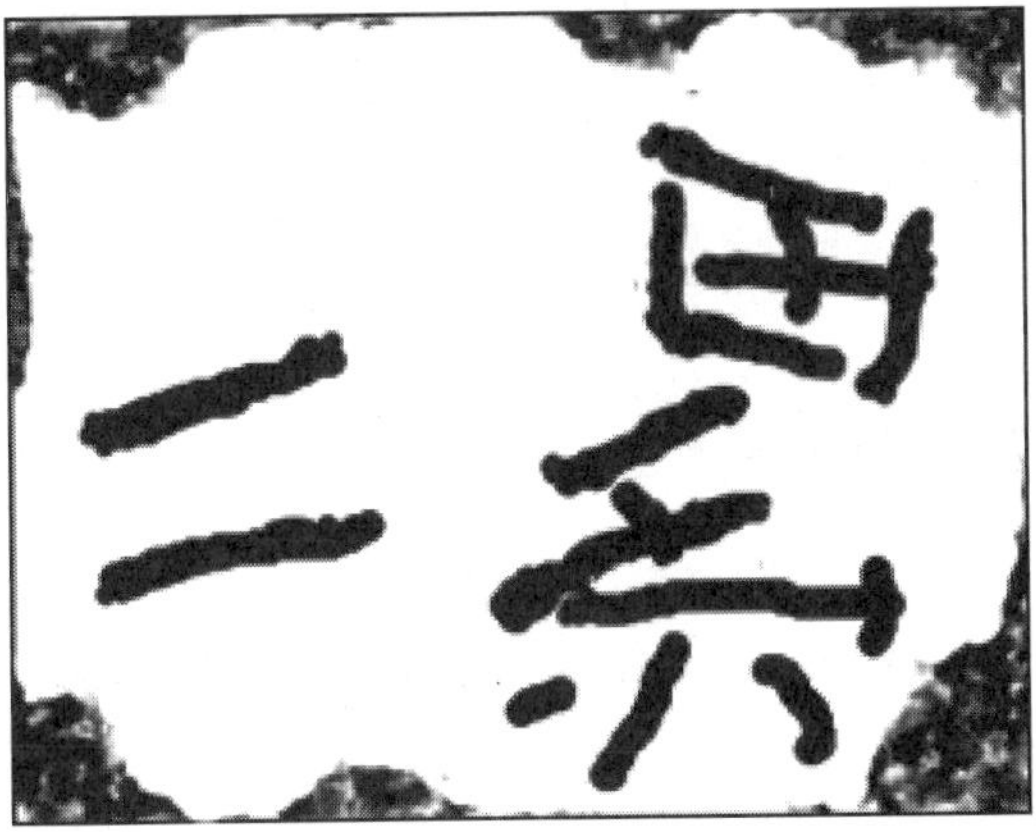

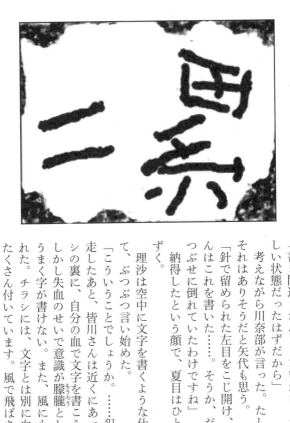

「書き間違ったんじゃないかな。かなり苦しい状態だったはずだから」

考えながら川奈部が言った。たしかに、それはありそうだと矢代も思う。

「針で留められた左目をこじ開け、皆川さんはこれを書いた……。そうか、だからうつぶせに倒れていたわけですね」

納得したという顔で、夏目はひとりうなずく。

理沙は空中に文字を書くような仕草をして、ぶつぶつ言い始めた。

「こういうことでしょうか。……犯人が逃走したあと、皆川さんは近くにあったチラシの裏に、自分の血で文字を書こうとした。しかし失血のせいで意識が朦朧（もうろう）としている。うまく字が書けない。また、風にも邪魔された。チラシには、文字とは別に血の痕がたくさん付いています。風で飛ばされそうになった紙を必死に押さえて、指の痕が付いたんでしょう」

　矢代は、理沙が手にしている証拠品保管袋をあらためてじっと見つめた。彼女の言うとおり、そこには指で押さえたような血の痕が残っている。

「そして、どうにか《二累》と書いたあと、皆川さんはついに力尽きた。チラシは風に煽（あお）られ、部屋の隅に飛ばされてしまった……というわけですね」

　理沙は真剣な目で何か考えていたが、やがて顔を上げ、矢代を見た。

「野球の《二塁》が、どんな手がかりになるんでしょう。矢代さん、どうです？」

「そうですね……。犯人は何か、野球に関係ある人物だとか？」

「なるほど。犯人が皆川さんの知り合いだったとすれば、その人の趣味を知っていたかもしれませんね。プロ野球の観戦が好きな人物だった。あるいは草野球をやっている人物だった。そういう感じでしょうか」

「その方向で考えるのがいいかもな」と川奈部。

　今回、文書解読班が呼ばれたのはこのメッセージを解読するためだという。

「この血文字は、犯人特定のための重要なヒントになるかもしれません。全力を挙げて捜査を行いましょう。そして被害者の遺恨を晴らさなければ」

　理沙の言葉を聞いて、みな大きくうなずいた。

　矢代はもう一度、被害者の遺体を見つめた。

　皆川は犯人の顔を目撃していたに違いない。だがその後、彼は口を塞がれて話すこともできなかったし、目を塞がれてものを見ることもできなかった。死力を尽くして左目をわずかに開けたが、じきに息絶えてしまったのだ。

彼が書き残したかったものは何なのか。早急にそれを解読する必要があった。

3

南千住警察署の講堂に特別捜査本部が設置された。

所轄の捜査員はもちろんだが、桜田門の警視庁本部からも捜査一課の刑事たちが参加することになる。今、長机が並べられた特捜本部には五十名ほどの捜査員たちが集まっていた。

刑事たちの顔には緊張の色がある。今回発生した事件について、彼らはあちこちでささやき交わしていた。

「お疲れさん。遅れてすまなかったな」

そう言いながら、スーツ姿の男性が矢代たちに近づいてきた。銀縁眼鏡をかけた、穏やかな印象の人物だ。縦縞のワイシャツに緑色のネクタイを締めている。

矢代たちの上司、財津喜延係長だった。

財津は捜査第一課の科学捜査係を率いている。その一方で、矢代たちの属する文書解読班を管理・監督する立場でもあるのだが、実際に班の活動を指揮するのは理沙だった。

けている。

財津としては理沙に任せきりという形だ。それでも、文書解読班は一定の成果を挙げ続

「俺もいろいろ忙しくてな。まあしかし、最近は鳴海に任せておけば安心だからな」

財津の言葉を聞いて、理沙は戸惑うような表情を浮かべた。

「そうおっしゃっていただけるのは嬉しいんですが、いざというときは、やはり管理職の方に判断していただかないと……」

「まあ、管理職といっても、俺なんかはお飾りみたいなものだからさ」

財津は苦笑いしている。物腰が柔らかく、人がよさそうに見えた。

しかし彼はなかなかの策士で、警察組織の中でうまく立ち回っていることを矢代たちは知っている。敵を作らず、かといって誰かに付き従うわけでもない。常に飄々とした態度をとっていて、何を考えているのかわかりにくい人物だった。

「現場を見てきましたが、異様な状況でした。あんな遺体は見たことがありません」

理沙が言うと、財津も真面目な顔になった。

「第二報である程度聞かせてもらったが……。ひどいのか、死体損壊が」

「いえ、あれは死後の損壊ではないですね。生きているうちに暴行されたようです」

現場を思い出したのだろう。隣にいる夏目が眉をひそめていた。

拷問、という言葉が矢代の頭に浮かんだ。

これまで死後の損壊はいくつか見てきたが、今回はおそらくそうではない。被害者の

皆川は、息があるうちにあの仕打ちを受けたのだ。左目を無理やり開けていたことからも、それがわかる。

多くの捜査員が情報交換している中、前方のドアが開いた。

いよいよ会議が始まるのだ。矢代たちは講堂に入ってきた幹部たちに注目した。

三人の人物が現れ、前方の幹部席に向かった。

制服を着ている男性は南千住署の署長だろう。ほかにスーツ姿の男性と女性がいる。

スーツの男性がほかのふたりに何かささやいた。うなずいてふたりは椅子に腰掛ける。

スーツの男性はそのままホワイトボードのそばに進んで、こちらを向いた。

「定刻になりましたので、捜査会議を始めます」彼はみなを見回しながら言った。「捜査一課四係の古賀清成です。この特捜本部の指揮を執りますので、以後よろしくお願いします」

淡々とした口調で、古賀は挨拶をした。あまり感情をあらわにせず、無表情のまま仕事を進めるのが彼のスタイルだ。

古賀はこの本部の責任者として、南千住署の署長を紹介した。ただ、実際に捜査員たちを動かすのは古賀係長ということになる。特捜本部は捜一と所轄のメンバーで構成されるが、主導権を握るのは捜一だ。彼らは殺人事件などの捜査に専従しているから、さまざまなノウハウを持っている。所轄のメンバーは捜一と組んで行動する際、指示を仰ぐというのが普通だった。

「では、事件の端緒について説明を」

古賀は機動捜査隊の座っている一角に目を向けた。

機捜の隊長が立ち上がり、近隣住民が遺体を発見した経緯について説明する。矢代はメモをとりながらその話を聞いた。被害者の氏名、年齢なども含めて、先ほど川奈部から聞かされたことと一致していた。

ホワイトボードに重要項目を書いていた古賀は、振り返って所轄の捜査員に問いかけた。

「現場付近での初動捜査の結果、現時点でわかっていることを報告願います」

所轄の刑事課から、メンバーが報告を行った。

「被害者・皆川延人は現在、フリーランスのデザイナーだそうです。ポスターやチラシ、カタログなど案件ごとに広告会社などと契約を行い、個人で仕事をしていたものと思われます。マンションの自室に仕事関係の書類などはありませんでした。仕事場としてもうひとつ別のマンションの部屋を借りていたとの情報がありますが、まだそちらは捜索できていません」

「OK。それはあとで調べさせよう。……川奈部はいるか」

古賀に呼ばれて、川奈部は右手を挙げた。

「はい、係長。ここです」

「会議のあと、情報をもらって皆川の仕事場を調べろ」

「了解しました」

川奈部はうなずく。それを見てから、古賀はもう一度刑事課のメンバーに目をやった。

「被害者の皆川だが、近隣住民との関係はわかっていますか」

「特に問題はなかったようです。先ほどの機捜の報告にもありましたが、四〇二号室の住人・福本清三（ふくもとせいぞう）とは親しくて、彼が屋内の遺体を発見しました」

古賀はホワイトボードに、マンション四階の簡単な見取り図を描いた。ポケットから取り出した指示棒を伸ばして、その図を指し示す。彼の姿は、物静かな大学教授のように見える。

「皆川の部屋は四〇五で一番端、エレベーターのそばにある。四〇四は欠番だろうか」

「そうです。縁起が悪いということでしょう。各フロア、四号室はありません」

「隣の四〇三号室からの情報は？」

「四〇三号室は今、空き部屋になっています」

「空き部屋か……」

「遺体を発見した福本に確認したところ、彼は昨夜午後十一時過ぎに、酒を飲んで寝てしまったということでした。夜中、物音などには気づかなかったそうです」

古賀は腕組みをして考え込む。刑事課のメンバーは続けた。

「四〇一号室の住人も、特に気づいたことはなかったと証言しています。三階、五階でも質問しましたが、やはり何も異常は感じなかったということでした」

「死亡推定時刻はまだわからないが、おそらく昨夜遅くだろうな」古賀は尋ねた。「防犯カメラはどうなっています？」

「マンションのエントランスにはカメラがありましたが、犯人はそれを避けたようです。塀を乗り越えて、裏の非常階段を使ったものと思われます」

「エントランスにオートロックは？」

「ありませんでした。古いマンションらしくて……」

なるほど、とつぶやいて古賀はホワイトボードを見つめた。考え事をしているらしく、手に持った指示棒を伸ばしたり縮めたりしている。

　しばらくののち、古賀は捜査員たちのほうを向いた。

「続いて鑑識、遺体の状態などからわかることを聞かせてください」

　うしろのほうにいた権藤主任が、椅子から立った。資料を見ながら説明を始める。

「鑑識からご報告いたします。コップなどは持ち去られたようですが、流し台などに付着していた液体の成分から、事件当時、被害者と犯人はウイスキーを飲んでいたものと思われます。司法解剖でアルコールの血中濃度が高ければ、飲酒していたことが確定となります。……それからですね、被害者の後頭部にはハンマー——金槌でしょうか、そういったものによる打撲痕がありました。また、腹部には刃物で刺された痕が三カ所。この刺創はかなり深いもので、犯人の行動には明確な殺意が感じられます。解剖の結果待ちではありますが、失血死と考えて間違いないと思います」

「飲んでいたというのなら、犯人と被害者は顔見知りだった可能性が高い、ということか……」

「少なくとも敵対関係にある相手ではなかったでしょう」

うん、と古賀はうなずく。それから長机にあった資料を手に取り、捜査員たちに視線を向けた。

「本事案が特殊だと言えるのはここから先です。資料に載っている写真を見てください」

矢代たちは資料のページをめくり、掲載された写真に注目する。現場で撮影された遺体の写真が何枚も載っていた。うつぶせになった被害者。その顔のアップ。固く塞がれた口と、針で留められた両目。左の目だけわずかに開いているのだが、そのアンバランスさのせいで、写真の不気味な印象が強まっている。

捜査員たちの間にざわめきが広がった。現場を見ていない者も多いから、こういう反応になるのは当然のことだろう。

「想像になりますが……」権藤は言った。「頭を殴られた時点で、被害者は意識を失っていたのではないかと思います。腹部を刺されたときも気絶したままだったのではないでしょうか。そしてですね、犯人は写真のような暴行を行いました。これから詳細な調べが行われますが、口は瞬間接着剤などで塞がれたものと思われます。そして目です」

「そう。この目だ……」

それまで無表情だった古賀が、眉間に皺を寄せた。

「これは医療用のスキンステープラーですね。犯人は手術の痕を縫合するような形で、上まぶたと下まぶたを留めたんでしょう」

暴行の様子を想像したのだろう、捜査員たちはみな不快そうな顔をしている。

繊細で敏感な目という器官に対し、針を打ち込むという信じられない行為だ。あまりに乱暴な犯行ではないか。

――どうして犯人はそんなことをしたんだ？

その理由がわからないから禍々しく、不気味だと感じてしまうのだ。

遺体の状況について、捜査員全員で情報を共有することができた。古賀は次の説明に移った。

「遺留品について話してくれるか、権藤」

「はい、遺留品としてはですね、死亡する前、被害者が書き残したと思われるメッセージがありまして……」

権藤はチラシの裏に書かれていたメッセージについて説明した。矢代たちは先ほど実際に自分の目でそれを確認している。

「《二塁》の書き間違いか……。その二塁は何かという話だな」古賀は理沙のほうを向いた。「メッセージの分析は文書解読班に頼みたい。財津さん、よろしいですね？」

「わかりました。その件は鳴海が承りますので」と財津。

「あ……はい。全力を尽くします」

急に自分の名前が出たので、理沙は驚いたようだ。

このタイミングがいいだろうと思い、矢代は手を挙げた。おそるおそる古賀に質問する。

「私と夏目なんですが、鳴海主任の分析をサポートするため、情報収集してもよろしいでしょうか。その……現場での聞き込みなども必要になるかと思うんですけど」

古賀は首を二十度ほど傾けた。矢代をじっと見つめている。

捜査の邪魔だとは言われないまでも、あまりいい顔をされないのではないか、と矢代は危ぶんだ。しかし、古賀からは予想外の返事があった。

「俺に訊くまでもないだろう。メッセージの解読に必要なら、しっかり情報を集めることだ。その点は鳴海とよく相談してくれ」

「本当ですか！　ありがとうございます」

素早く立ち上がって矢代は礼をした。以前の古賀は、文書解読班をよく思っていないような印象があった。だが、理沙が結果を出し続けているのを見て、最近態度が変わってきたようだ。

矢代が椅子に座るのを待ってから、古賀は議事を進めた。

「では、捜査の分担について説明します。……証拠品捜査班はブツ関係を調べてください。鑑識とも相談して、口を留めた接着剤や、目を縫い付けたスキンステープラーの出どころを調べてほしい。メーカーの割り出しが最優先だな」

メーカーがわかれば製品の流通経路がたどれるのではないか。そこから犯人の手がかりがつかめたら、事件解決への早道となるだろう。

「鑑取り班は被害者・皆川延人の関係者に当たってください。近隣住民、友人や知人、仕事の取引先、ほかにも趣味や何かで知り合いがいるかもしれない。何か人間関係のトラブルがあって、恨みを買っていた可能性もあります。

地取り班はいつものとおり、現場周辺で目撃証言を集めること。地味な作業に見えても、これが犯人特定に繋がることは充分考えられる。近隣の防犯カメラのデータは予備班に分析してもらいます。これも重要な仕事だから、気を抜かずにしっかりチェックしてほしい。あとは……」

古賀は一度言葉を切って、幹部席のほうを向いた。

彼が注視しているのはパンツスーツ姿の女性だ。四十八歳だと聞いているが、年齢よりかなり若く見える。容姿が整っていてファッションモデルのような印象があった。そして、その美しさの中に聡明さと、ある種の冷たさが混じっている。

「岩下管理官。情報分析班への指示も、私のほうで行ってよろしいですか？」

古賀から質問を受けて、岩下敦子管理官は資料から顔を上げた。机の上で指を組み、彼女は答えた。

「もちろんです。応援の要請をいただいて、この特捜本部に参加しました。情報分析班は古賀さんの指示に従います。……早峰、いいわね？」

岩下は捜査員席の後方に目を向けた。矢代は座ったまま、彼女の視線を追う。そこには小柄な女性と、対照的に大柄な男性がいた。情報分析班のふたりだ。

女性のほうは早峰優梨、たしか三十二歳だ。セミロングの髪を頭のうしろで縛っている。黒い瞳には知的な光が見えた。

「承知しました、管理官」はっきりした声で早峰は言った。「この事件の捜査で、私たちは必ず功績を挙げてご覧にいれます」

「あなたたちには期待しています」岩下は真剣な目で早峰を見つめた。「今回の捜査は特別なものになります。わかっていますね」

「もちろんです」早峰はこくりとうなずいた。「管理官にご迷惑をかけるようなことはいたしません。絶対に」

何だろう、と矢代は思った。早峰は相当な決意をもって返事をしたように見えた。そこに少し違和感がある。

過去の経緯が頭に浮かんできた。

矢代は三ヵ月前の特捜本部で、早峰たちとともに捜査を行った。早峰が所属する情報分析班は、どうやら岩下管理官が上司に働きかけて設立させたものらしい。過去、警察の捜査の中で蓄積されてきた膨大な量のデータを横断的・総括的に分析して事件解決に役立てる、というのが活動の目的だということだ。

殺人班をサポートするという意味では、矢代たちの文書解読班と同じ立場だから、当然、特捜本部の中では競合することになる。そうするといずれ、同じような部署はふたつもいらない、という意見が出てくるかもしれない。岩下の狙いはそこにあるようだった。情報分析班の活躍を警視庁の上層部にアピールし、最終的には文書解読班をつぶしてしまうというのが彼女の目的なのだろう。

早峰は処遇の面で岩下に助けてもらった恩があるという。だから忠誠を誓っている。岩下のためだったら何でもするという決意をもって、情報分析班のリーダーを拝命したらしい。早峰には一途なところがあるから、一度こうと決めたらとことん突っ走っていくに違いない。言葉は悪いが、彼女はその性格を岩下に利用されているのではないか、と矢代は思っている。

だから、今目の前で見た光景には不安があった。岩下から、何か非常に難しいことを命令されているのではないか。早峰はそれを断れずにいるのではないか。そんな気がする。

大丈夫だろうかと思いながら、矢代は早峰を見ていた。そのうち目が合って、彼女に睨まれてしまった。どうやら矢代は彼女に嫌われているようだ。

「情報分析班には過去のデータの調査をお願いします」古賀は早峰に視線を向けた。「過去、類似の殺人事件がなかったか調べてほしい。それから、この事件の特殊性についても知りたいところだ」

「承知しました。すぐに調査を始めます」

よろしく頼む、と古賀はうなずいた。

捜査の組分けをしてから、古賀はあらためてみなを見回した。

「この事件の犯人は、稀(まれ)に見る凶悪犯かもしれません。あまりこの言葉は使いたくありませんが、猟奇殺人者である可能性も否定はできない。全員、細心の注意を払って行動してほしい。もし捜査中に異変を感じることがあれば、無理をせず応援を呼んでください。……それでは、会議を終わりにします」

起立、礼の号令がかかった。

刑事たちは厳しい表情を浮かべて、それぞれの相棒と打ち合わせを始めた。

矢代と夏目は地取り、鑑取りなどの割り当てを受けていないから、自由に行動することができる。従ってどこから手をつけてもいいのだが、ほかの捜査員たちの邪魔をしないことだけは最低限のルールということになっていた。

立ち話をしている川奈部を見つけて、矢代は声をかけた。

「このあとマル害の仕事場に行くんですよね。俺たちも同行させてもらえませんか」

川奈部は話を中断してこちらを向いた。相棒の若い刑事も、おや、という表情で矢代を見ている。

「なんだ倉庫番、行くところがないのか」

「まずは川奈部さんについていくのが一番だと思いまして……」

「いつまでも俺に甘えてちゃいかんだろう。もっと自分の顔を売っていかないと」

「頑張ります。……とりあえず今は、一緒に行かせてほしいんですが」

「わかったよ。おまえのところの夏目には、いろいろ世話になっているからな」

川奈部の息子があるアニメ作品のファンで、夏目はそのキャラクターが描かれたトレーディングカードをプレゼントしたらしい。それ以来、川奈部は夏目と親しくなったのだ。彼女が川奈部との関係を深めてくれていて助かった。

「ちょっと打ち合わせがあるから、出発は二十分後だ。いいか?」

川奈部に問われて、矢代はうなずいた。

「うちも打ち合わせをしますから、ちょうどいい時間です。よろしくお願いします」

ひとつ頭を下げて、矢代は自分の席に戻った。

財津と理沙、矢代、夏目の四人で簡単な打ち合わせを始める。

今後の役割分担が決まった。理沙は特捜本部に残って、あのメッセージの分析を行う。矢代と夏目は現場に出て、できるだけ多くの情報を集める。

その情報は必ずしもメッセージ解読に役立つかどうかわからない。しかし捜査の最終的な目的は、この事件の犯人を捕らえることだ。仮にメッセージが解読できなかったとしても、犯人が見つかればそれでいい。もしかしたら矢代たちの聞き込みが重要な手がかりになるかもしれず、そうなれば文書解読班の手柄となるのだから万事OK、ということになった。

「よし、その方向でいこう」財津係長が言った。「矢代と夏目は随時、鳴海に報告を入れてくれ。俺はこのあと、別の特捜本部に行かなくちゃならない」

「夜の会議には出てくださるんですよね？」

理沙が尋ねると、財津は少し考えてから首をかしげた。

「わからないなあ。まあ、俺のことは気にしなくていいから」

「できれば出席していただきたいんですが、難しいでしょうか」

「そのときの状況次第だな。またあとで連絡する」

じゃあ、と言って財津は廊下へ出ていってしまった。

理沙はひとり顔をしかめている。

「もう少し、文書解読班のことも気にしてほしいんですけどね」

「財津さんは科学捜査係の係長ですから」矢代は理沙を宥めるように言った。「ほかにも事件をいくつか抱えているんでしょう。この『南千住事件』だけに関わってはいられない、というわけです。いつものことじゃないですか」

「それはそうですけど、今回の事件は今までとは違うような気がします」

「猟奇殺人じゃないかってことですか？　そういえば、本を捜してたんでしたね」

「何か、気持ちがざわつくんです」

「……え？」

　矢代は眉(まゆ)をひそめた。それを見て、理沙は胸の前で小さく手を振った。

「ああ、すみません。なんていうんでしょう、口を接着剤で塞(ふさ)ぐとか目をステープラーで留めるとか、まるでホラー映画みたいじゃないですか。思いつきでやったにしては手が込んでいるし、しっかり計画を立てたにしてはその効果がわかりにくい。そう、犯行の意味がわからないから気持ちがざわざわするんです」

「夢、でしょうか」声を低めて夏目が言った。

「……夢？」矢代は首をかしげる。

「まるで子供が見た悪夢のような……。夢には、はっきりした意味なんてありませんよね」

「ああ、そうかもしれません。私は、この犯行を怖いと感じているのかも」

　理沙にしては珍しく、弱気になっているようだった。それだけ今回の犯行が、衝撃的なものだったと言うべきだろう。

　出かける準備をしているうち、岩下管理官の姿が目に入った。

　すでに所轄の署長や古賀係長は自分の仕事を始めていて、周りにはいない。岩下は幹部席でひとり、何か資料を読んでいるようだった。椅子に背をもたせかけたかと思うと、すぐに頬杖(ほおづえ)をついて考え込み、やがて腕組みをした。何か相当悩んでいるように見える。普段の岩下とは違っているのが気になった。

　そのままじっと見ているうち、岩下と目が合った。まずいな、と矢代は思った。またこちらへやってきて、理沙に嫌みを言い始めるのではないだろうか。

ところが、岩下はすぐに目を逸らしてしまった。矢代に関わっている暇はないとでもいうように、また資料を見て難しい顔をしている。

――どういうことだろう？

絡まれるのは厄介だが、何もないとなると、それはそれで気になる。矢代は椅子から立って、早峰のそばに行った。

彼女は部下の男性と話していたが、矢代に気づいて不機嫌そうな表情になった。

「ちょっと何ですか、矢代さん。スパイですか」

棘のある言い方だった。彼女にとって矢代は敵グループの人間だ。馴れ馴れしく話しかけないでくれ、という気持ちがあるのだろう。

「スパイなんかしないよ。それより、ちょっと気になったんだけど……。岩下管理官、何かあったのかな」

「え……。どうしてです？」

「なんだか悩んでいるように見えたからさ。それに、さっきの早峰の言葉も引っかかった。今回は必ず功績を挙げるとか、迷惑をかけるようなことは絶対にしないとか、なんだか思い詰めたようなことを言っていただろう。どうかしたのか？」

矢代が尋ねると、早峰の表情が変わった。色白の頬に少し赤みが差している。これは何かを隠そうとするときの癖なのかもしれない。

わざとらしく咳払(せきばら)いをして、早峰は立ち上がった。驚いている矢代を置いて、彼女は講堂の出入り口へと向かった。

「おい早峰、どうしたんだよ」

声をかけたが、彼女は振り返りもしない。黙って廊下へ出ていってしまった。

まいったな、と矢代はつぶやいた。それから、早峰の部下の男性に目を向けた。

年齢は三十前ぐらい。早峰とは違ってのんびりした印象がある。身長はたしか夏目より少し高かったと記憶しているから、おそらく百八十センチ少々だろう。

情報分析班で早峰をサポートしている唐沢功児(からさわこうじ)だ。彼はたしか、他人との間にあまり壁を作らない人間だったはずだ。矢代は声を低めて、彼に話しかけた。

「唐沢は何か知らないのかい」

「岩下管理官のことですか。それとも早峰主任のこと？」

「知っているんなら、どっちも教えてくれよ」

それはですね、と言ったあと、唐沢は口をつぐんだ。意味ありげな微笑を浮かべている。

「私からは何とも……」

「なんだよ、もったいぶるなよ」

「いや、私も詳しいことは聞いていないんです。ただ、何かプレッシャーを受けているようですね」

「プレッシャーって、どういうことだ」

少し粘ってみたのだが、唐沢はそれ以上話してくれなかった。本当に知らないのか、あるいはとぼけているだけなのか、どちらとも見当がつかない。

「先輩、準備できましたよ。さあ、捜査に出かけましょう！」

夏目の声が聞こえた。気合いは充分という感じだ。この凄惨な事件を早く解決したい、という意気込みが感じられる。そうだ、今は捜査に集中しなければ、と矢代は思った。

「またあとでな」

唐沢にそうささやいてから、矢代は自分の席に戻っていった。

4

矢代と夏目は、四係の川奈部組とともに特捜本部を出た。

川奈部の相棒は二十代後半と思える、スポーツ刈りの男性だった。

「南千住署の下寺です。よろしくお願いします」

溌剌とした表情で彼は言う。しかしまだ若いから、今後の捜査に関しては川奈部の指導を受けるようだ。

被害者・皆川延人は自宅から徒歩十分ほどの場所に、ワンルームマンションを一室借りていたという。そこが仕事場になっていたらしい。自宅も仕事場も、南千住署から歩いていける距離にあった。

「仕事場を借りていたっていうのはすごいですね」矢代は川奈部に話しかけた。「デザイナーだという話でしたけど、儲かっていたのかな……」

「どうだろうな。デザイナーといってもピンキリだろうし」

「皆川さんはピンのほうですかね」

矢代と川奈部が話していると、横から夏目が言った。

「デザイナーといえばクリエイティブな仕事ですからね。自宅とは別に仕事場を用意して、気分を変えていたのかもしれませんよ」

「自宅はそんなに狭くなかったし、あそこで仕事をすれば出費が減るのに……」

「いやいや、矢代先輩にはわからないんですよ。クリエイターにとって、作業環境というのはすごく大事なんです。私だって、できることなら仕事場を借りたいですよ」

「例の同人誌か？　それは趣味であって仕事じゃないだろう」

矢代が言うと、夏目はわざとらしく眉をひそめた。

「何をおっしゃいますか。クリエイターにとって、創作に関わることはすべて仕事と言えるんです。構想をメモするのも仕事、キャラクターの衣装を考えるのも仕事です」

「いつからクリエイターを名乗るようになったんだ。おまえ公務員じゃないか」

「くっ……痛いところを衝かれました」

そんなことを言って、夏目は心臓の辺りを撫でている。

歩いている間は軽口を叩(たた)いていた夏目だが、目的のワンルームマンションに到着すると、急に真剣な表情を見せた。川奈部と相棒の下寺も同様だ。仕事となれば、捜査員はみな厳しい顔に変わる。

川奈部が事前に連絡していたため、不動産会社の人間が来てくれた。二十代後半と見える男性で、会社のロゴが入った緑色のジャンパーを着ている。彼は遠藤(えんどう)と名乗った。

遠藤はマスターキーを差し出した。

「皆川さんの部屋は一〇二号室です。あの……私も立ち会ったほうがいいでしょうか」

緊張の色が顔に出ている。皆川が殺害されたことを、すでに彼は電話で聞いているのだ。現場となったのは自宅だが、この仕事場も何か事件と関わりがあるかもしれない。そう思うと、やはり気持ちが落ち着かないのだろう。

「部屋には我々だけで入ります。終わったら声をかけますので」

そう言って、川奈部はマスターキーを受け取った。

矢代たちは白手袋をつけて一〇二号室の鍵(かぎ)を開け、中に入った。そこは一般的なワンルームマンションで、玄関から奥へと縦長の設計になっている。三和土(たたき)の近くにはトイレと一緒になったユニットバスがあった。

靴を脱いで部屋に上がる。

ユニットバスの裏にあたる部分に小さなキッチンがあった。流しとＩＨ調理器、小型の冷蔵庫が置いてある。

そこからベランダまでは六畳ほどの居住スペースになっていた。左手、壁際のパソコンラックには、大きなモニターを繋いだデスクトップパソコンがある。反対側、右手の壁には仮眠用だろうか、ソファベッドが用意されていた。部屋の真ん中にあるのは作業台だ。専門書が十数冊積み上げられ、雑誌が一冊開かれたままになっていた。

プリンターのそばには、試しに印刷したと思われる紙が何枚も散らばっている。書棚にはデザイン関係の書籍が百冊ほど収められていて、かなり勉強熱心だということがわかった。上のほう、書籍がない段にはお洒落な文具や小物が並んでいる。デザイナーとしてのセンスが感じられた。

「この部屋は事件と直接関係ないとは思うが……」川奈部は室内を見回しながら言った。「念のためメモやノートを調べてみよう。手がかりがないとは言えないからな」

「ひょっとしたら、犯人はこの部屋に来たことがあるかもしれませんよ」

夏目の言葉を聞いて、川奈部は首をかしげた。

「それは、どういう意味だ?」

「仕事関係の人間が犯人だった、という可能性もありますよね」

たしかにそうだ、と矢代は思った。仕事となると、人間関係がシビアになることは考えられる。金も絡むから、恨みが生じる余地はあるだろう。

「夏目の言うとおりかもしれません」矢代は川奈部のほうに視線を向けた。「皆川さんはフリーのデザイナーでした。個人で営業もするし、制作からアフターフォローまでしなくちゃいけなかったはずです。取引先企業との間で、何かトラブルが起こっていたというのは、あり得る話ですよね」

　矢代たちは部屋の中を調べ始めた。川奈部と下寺はキッチンやパソコン周りを、矢代と夏目は書棚をチェックしていく。技術関係の本のほか、写真集やデザイン集もかなりあった。大判の本は重いし、ページをめくっていくのに時間もかかる。それでもどこかの余白に書き込みがあったり、何かが挟まっていたりする可能性があるから、すべてのページを見なければならない。

　一時間ほどで部屋の確認が終わり、四人で軽く打ち合わせをした。

「パソコンの周りでいくつか発見があった」川奈部が言った。「まず、仕事用の名刺だ」

「個人の名刺ですね？」と矢代。

「そのとおり。この名刺で新規案件を受注していたんだろう。そのほか、古い名刺も出てきた。皆川は以前、印刷会社に勤めていたみたいだな」

　川奈部が差し出した名刺には、《アサクラ印刷株式会社》とある。皆川はデザイン部の主任となっていた。

「ああ、そうか……」矢代はうなずいた。「最初からフリーというのは難しいですもんね。まずは会社に入って、給料をもらいながら経験を積んだわけですか」

　テーブルの上にメモなどを並べて、川奈部は話を続けた。

「仕事先と電話でやりとりしたときの走り書きが何枚か出てきた。それから、荷物を発送するための住所や名前のメモ。ほかにアイデアノートも見つかったぞ。これにはいろんなことが書いてあるから、役に立つかもしれない」

「期待できそうですね」夏目がうなずいた。「あとで予備班に見てもらいますか？　それとも鳴海主任に直接見てもらうか……」

「まずは予備班でいいだろう。鳴海さんは鳴海さんで、あのメッセージの解読があるからな。……で、矢代たちのほうはどうだった？　何か見つかったか」

川奈部に訊かれて、矢代は渋い表情を浮かべた。

「書棚の本は空振りでしたね。全部チェックしましたが、書き込みはありませんでした。メモが挟まっていることもなかったし……」

「そっちは収穫なしか」

「ああ、そうだ。ひとつだけありました」

矢代は夏目のほうを振り返る。彼女は手元にあったスケッチブックを、こちらへ差し出した。

「これ、デザインの構想をスケッチしたものだと思います」

矢代はスケッチブックのページをめくった。ポスターやチラシの全体イメージや、ロゴを思わせる模様、それに人間や動物なども描かれている。

「ふうん。なかなかうまいもんだな」

感心したように川奈部が言った。それはそうでしょう、と矢代は苦笑いする。

「皆川さんはこれで食べていたんですからね。うまいのは当然ですよ」

「アサクラ印刷での経験が活かされたってわけか。……よし、ちょっと待っててくれ」

川奈部はポケットから携帯電話を取り出し、どこかへ架電した。一分ほど相手とやりとりしたあと、彼は電話を切った。

「その印刷会社のこと、鑑取り班はまだつかんでいないそうだ。俺たちで聞き込みに行ってみようか」

「一番乗りってわけですね。行きましょう」

矢代も夏目も、それに賛成した。

川奈部は下寺のほうを向いて、何か入れ物を用意するよう命じた。

「ええと……これでよろしいでしょうか」

下寺は自分の鞄から、取っ手付きの紙バッグを取り出す。

「上出来だ。メモやノートを持って帰るぞ」

「了解です」

「パソコンはあとで予備班に取りに来てもらおう。分析は鑑識か科捜研、いや、岩下さん直轄の情報分析班に依頼するか。……先に、パソコンの外観だけ撮っておいてくれ」

「わかりました」

はきはきと返事をして、下寺は携帯電話で写真を撮った。まだ殺人事件の捜査には不慣れなようだが、やる気だけは伝わってくる。

矢代はあらためて先ほどのスケッチブックに目をやった。ページをめくっていくと、動物のキャラクターが多いことがわかった。

兎などはリアルなものや漫画っぽいもの、擬人化されたものなどさまざまだ。羊の群れはユーモラスだったし、それを追いかける牧羊犬は小さいわりに勇ましく見えた。どれも微笑ましい絵だ。

「動物が得意だったみたいですね」横からスケッチブックを覗(のぞ)いて、夏目が言った。

「可愛い絵が多いですよね。もしかしたら、皆川さんは絵本作家を目指していたのかも……」

ああ、なるほど、と矢代は思った。デザイナーの仕事を経て、イラストレーターになったり漫画家になったりする人はいるだろう。皆川の場合は、子供のための絵本を作りたかったのかもしれない。

そんな皆川に対して、犯人はあれほど残酷なことをしたのだ。苦しみながら、皆川は最期を迎えることになった。そのときの絶望感はどれほどだっただろう。

犯人を許すわけにはいかない。強い思いが矢代の中に広がっていった。

不動産会社の社員・遠藤は、不安げな顔で共用廊下に立っていた。

矢代たちが部屋から出てくるのを見ると、彼は足早にこちらへやってきた。矢代や川奈部の表情を窺(うかが)ったあと、声を低めて尋ねてきた。

「何かわかりましたか？」

「我々は一旦引き揚げますが、あとで別の者から連絡が行くと思います。お手数ですが、また対応していただけませんか」

「それはまあ、かまいませんが……。皆川さんの部屋から、何か特別なものは見つかったでしょうか」

　真剣な目をして彼は尋ねてくる。彼には鍵を借りるなど手間をとらせているが、あまり首を突っ込まれては捜査に支障が出る。

「すみませんが、詳しいことはお話しできないんですよ」矢代は言った。「申し訳ありませんが、警察からの発表を待っていただけませんか」

「いえ、興味本位というわけじゃないんです。実は、皆川さんについて、少し気になることがありまして」

　意外な話だった。友人でも知人でもなく、仕事の関係先でもない不動産会社の社員が、いったい何を知っているのだろう。

「それは失礼しました」矢代は咳払いをした。「ぜひ聞かせていただけますか」

「私、皆川さんをよく覚えているんです。この部屋を契約するとき、皆川さんがひとつ尋ねてきたことがあったんですよ」

「何です？」

「部屋にはクローゼットがないんですが、それを知ったとき皆川さんが言ったんです。

クローゼットほどでなくてもいいから、どこか、小さい箱をしまっておける場所はないですか、と」

「小さい箱？」

「たとえるなら、救急箱ぐらいのサイズだと言っていました。あいにくそういうスペースはありませんとご説明したら、しばらく考え込む様子で……。立地とか日当たりとか、ほかの条件は気に入っているので、できればここを借りたいと。あとは収納スペースの問題だけなんだけど、とおっしゃっていました。ほかのお客様もいらっしゃいますから、急がないとこの部屋もどうなるかわかりません、と私は申し上げまして……」

おそらくそれは、客に決断を急がせるための言葉だろう。矢代は遠藤に尋ねた。

「……で、皆川さんはそのスペースの件を諦めたわけですね？」

「何とか工夫してみる、ということでご契約となりました」

「皆川さんがこの部屋を契約したのはいつでした？」

「六年前です」

「そうですか……」

矢代は川奈部の顔に視線を向ける。川奈部は小さく首を横に振った。先ほどの捜索で、そんな箱は見つかっていない。

六年前、皆川は「救急箱ぐらいのサイズ」の何かを、あの部屋に収納しようとしていた。それは、部屋を借りる際の条件になるぐらい重要なことだったと思われる。もしかしたら彼は、その何かをどこかに隠そうとしていたのではないだろうか。

「すみません。もう少し、待っていていただけますか」

矢代たちは遠藤をその場に残して、一〇二号室に戻った。靴を脱ぎ、急ぎ足で部屋に入っていく。

「その箱を捜してくれ。台所に床下収納庫はないんだよな？」

川奈部の問いに、下寺がすかさず答えた。

「ありません。もう一度、流しの下を確認してみます」

「矢代、書棚には何もなかったか」

「文具だとか写真立てだとか、小さいものはありますが、救急箱サイズとなると……」

「ベランダはどうだ？」

夏目がからからと引き戸を開け、ベランダに出た。

「さっきも確認しましたが、何もないですね」

報告を受けて、川奈部は腕組みをする。何かに気づいたのか、夏目が玄関に向かった。

彼女は靴を履いて共用廊下に出たが、じきに戻ってきた。

「パイプスペースを見てきましたけど、やっぱり何もありません」

「あとは風呂(ふろ)場か」

矢代はユニットバスのドアを開ける。こんな場所に隠し場所はないだろう、と諦め半分だったが、内部を見回してはっとした。

「まさかとは思うが……」

中に入り、トイレの便座に乗って両腕を上げる。天井に設けられた点検口の蓋を慎重に外した。

ポケットからミニライトを取り出し、天井裏を調べてみる。すると、二十センチほど先に四角い箱が見えた。それはまさに救急箱のようなサイズだ。

「あった！　ありましたよ川奈部さん」

矢代はライトを口にくわえ、両手を天井裏に差し込んでその箱を引き寄せた。埃が舞い落ちる中、ゆっくりと箱を下ろす。

それは小型の手提げ金庫だった。小さいながらも重量があり、かなり頑丈そうだ。

ユニットバスから出て、矢代はその金庫を流しの横に置いた。川奈部たち三人が近づいてきて、矢代の手元を覗き込む。

金庫はダイヤル式ではなく、キーを押すタイプの電子式だ。今は施錠されていて開かない。矢代はでたらめにいくつか番号を押してみたが、解錠はできなかった。

「何が入っているんですかね」矢代はつぶやいた。「こんなところに隠していたんだから、普通のものじゃないはずですよ」

「皆川は六年前に仕事場を借りたときから、隠し場所を考えていたわけだ」川奈部が言った。「自宅では危ないと思ったんだろうな」

この金庫も特捜本部へ運ぶことにした。

「しかし、このまま持って歩くわけにもいかないか……」川奈部は下寺に命じた。「古賀さんに連絡して、車を出してもらってくれ。その車でおまえも一旦、特捜本部に戻るんだ。あとは古賀さんの指示に従うこと」

「了解しました」

下寺はうなずいて、特捜本部に電話をかけ始めた。

殺人事件の被害者が大事に隠していた金庫だ。何か重要なものが入っているに違いない。

これが捜査の手がかりになってくれることを、矢代は祈った。

5

矢代と夏目は、川奈部とともに荻窪(おぎくぼ)へ移動した。

駅から徒歩十分ほどの場所に目的の建物があった。《アサクラ印刷株式会社》という看板を掲げた三階建てのビルだ。

川奈部が先に立って、事務所に入っていく。矢代と夏目は彼のあとに続いた。

カウンターの向こうに机が並んでいる。一番近い席にいた女性に、川奈部は声をかけた。

「総務部の日下部(くさかべ)さんはいらっしゃいますかね」

灰色のジャンパーを着た女性は、椅子から立って会釈をした。彼女に対して、川奈部は警察手帳を呈示する。

「さっきお電話した、警視庁の川奈部といいます」

「あ、はい、少々お待ちください」

彼女は事務所の奥に行って、中年の男性社員に何か話しかけた。男性はうなずいて立ち上がり、こちらへやってくる。

「総務部長の日下部です」

緊張感を滲ませながら、彼は言った。先ほどの女性と同じく、灰色のジャンパーを着ている。歳は五十代だろうか。髪はやや長めで、よく見るとひげのそり残しがあった。少し疲れているような気配も感じられる。

矢代たちは打ち合わせスペースに案内された。六人掛けのテーブル席だ。片側に川奈部、矢代、夏目の順で腰掛け、その向かいに日下部が座った。

「山ちゃん、お茶を……」

日下部は女性社員に声をかけた。それから、あらためて矢代たちのほうを向いた。

「皆川さんのことで、お話があるそうですが」

「実は今日、皆川延人さんが遺体で発見されました」

川奈部の言葉を聞いて、日下部は黙り込んだ。驚きを感じたというより、何か納得したというような顔だ。

「あまり驚かれないんですね」と川奈部。

「ああ……。いえ、なんというか……警察の方が訪ねてこられたわけですから、事件なんだろうなと」

「皆川さんなら、何かあってもおかしくないということですか？」

「そういうわけじゃないんですが、今の世の中、何が起こるかわかりませんから」

川奈部はしばらく相手を観察してから、再び口を開いた。

「日下部さん、少しお疲れのようですね。仕事がお忙しいんですか？」

「うちみたいな小さい会社はいろいろと大変でして……。いや、すみません、よその方にこんなことを」

管理職の彼でも、つい愚痴が出てしまうのだろうか。

話を聞いていた夏目が、同情するような口調で言った。

「スケジュールで無理をさせられ、出来たものに対してもクレームや修正があり、価格競争も厳しくて……。本当に大変なお仕事だと思います」

意外そうな顔をして、日下部は夏目を見た。

「この業界をご存じなんですか？」

「はい。薄い本……いえ、その……自費出版を少しやっているものですから」

「ああ、そうなんですか。うちは残念ながら自費出版はお受けしていないんですが、最近すごく人気がありますよね」

「夏のイベントでは、印刷会社さんにずいぶんお世話になりました。納期が厳しい中、頑張っていただいて……」

「どこの会社でも可能な限り、お客様のご要望にお応えしようと頑張りますよね。私たちは印刷のプロですから」

「心強いお言葉です」

夏目は深くうなずく。彼女の同人活動が、予想外のところで役に立った。日下部の緊張が少し解けてきたようだ。

女性社員がお茶を持ってきてくれた。矢代たちは礼を言って軽く頭を下げる。

彼女が戻っていってから、夏目は日下部に尋ねた。

「こちらの会社では、どういったものを刷っていらっしゃるんですか？」

「ポスターやチラシ、カタログなんかが中心です。あとは名刺とか葉書印刷なんかも」

「失敗できない作業ですから、ご苦労も多いのでは」

「それはどんな仕事でも同じだと思いますよ。刑事さんだって、ミスは許されないでしょう」

「おっしゃるとおりです」

夏目は笑顔で答える。

彼女が場を暖めてくれたのを受けて、川奈部は肝心のことを質問し始めた。

「亡くなった皆川さんは、以前アサクラ印刷さんに勤めていました。日下部さんは彼をご存じですか？」

「知っています。皆川くんは大学新卒でうちに入りましてね。六年前までだったかな、デザイナーとして働いてくれていました」

「六年前に退職して、フリーになったわけですよね」

「そう聞きました。辞めたあと、うちとの仕事は一度もありませんでしたね」

おや、と矢代は思った。意外に感じて、こう尋ねてみた。

「皆川さんはアサクラ印刷さんの仕事に詳しかったわけですよね。信用もあったでしょうし、下請けということで、アサクラさんからデザインを発注したりはしなかったんですか」

「ああ……まあ、いろいろありまして」

日下部は言葉を濁した。だが、彼は思っていることが顔に出てしまうタイプらしい。今、隠し事をしようとしているのは明らかだった。

「何か問題があったんですね？」矢代は声を低めた。「もしかして、そのせいで皆川さんは退職したんじゃありませんか？」

「それは……」

困惑しているのが手に取るようにわかる。ここまで来れば、もう一押しだ。

「六年前、何があったのか教えていただけませんか。あなたの証言で殺人犯を逮捕できるかもしれません。いえ、逆に言えば、あなたが沈黙することで犯人は逃げおおせてしまうかもしれないんです」

　日下部は椅子の背もたれに体を預けた。きい、と小さな音がした。ひとつため息をついたあと、彼は話しだした。

「おっしゃるとおり、六年前に何か問題があったようなんです。そのせいで皆川は退職したと聞きました。ただ、何が起こったかは私も知らされていません。事情を知っているのは当時の社長と、私の前の総務部長だけだそうです」

「そのふたりに会わせてほしいんですが……」

　矢代は相手の顔を見つめて言った。日下部は目を伏せ、ゆっくりと首を横に振る。

「すみません、それは無理なんです。社長は病気で亡くなりました。息子さんがあとを継いでいますが、彼は六年前のことを知らないと話していました」

「じゃあ、当時、総務部長だった方は？」

「宮里（みやざと）というんですが、家庭の事情で五年前に退職しました。今はどうしているかわかりません」

「連絡先を教えていただけませんか」

「引っ越してしまったようで、連絡がつかないんです。先月だったかな、会社の固定資産について訊（き）きたいことがあったんですが、もう携帯電話も通じませんでした」

「どなたか、居場所をご存じの方はいらっしゃいませんか。親しくしていた社員の方とか……」

「私も訊いて回ったんですが、誰も知らないというんですよ」

日下部は眉根を寄せ、困ったという顔をしている。しばらく彼の表情を観察したが、嘘をついているようには見えなかった。

まいったな、と矢代は思った。せっかくたどってきた情報の糸は、どうやらここで途切れてしまったようだ。

重い空気の中、矢代は腕組みをして考え込んだ。

6

冬の日が落ちるのは早い。

暗くなった都内各地で、矢代と夏目、川奈部の三人は聞き込みを続けた。だが皆川延人の関係者に当たってみても、これといった情報は出てこない。そうこうするうち、今日は時間がなくなってしまった。

午後七時十五分。矢代たちは南千住署に戻った。一緒に行動してくれた川奈部に礼を言うと、

「いや、俺のほうも助かった。相棒に金庫を運ばせてしまったんで、一緒に動いてくれる人間がほしかったんだ」

「そうでしたか。夏目は細かくメモをとってくれるから、頼りになるでしょう」

「初めて会ったころに比べると、捜査の手際もよくなったよな。若い刑事の成長を見ると頼もしくなる」

川奈部にそう言われて、夏目は口元を緩めた。

「どうもありがとうございます。でも川奈部さん、そんなに褒めてもらっても何も出ませんよ」

「俺は何もいらないから、成果を挙げてくれよ。みんなそれを期待している」

「ですよね」夏目はうなずいた。「一刻も早く犯人を見つけないと……。あんなことをした人間ですから、次の犯行を計画しているかもしれないし」

夏目の言葉を聞いて、矢代は唸（うな）った。彼女の顔を見ながら、低い声でぼやく。

「嫌なことを言わないでくれよ。もう俺は、あんな遺体は見たくない」

「ああ、すみません」

夏目は首をすくめた。だがその横で、川奈部は渋い表情を見せながら言った。

「俺もあんな現場はご免だが、夏目の言うように、犯人はまた事件を起こすかもしれないな。この事件の犯人は何かこう、すごくしつこそうな気がするんだ」

「川奈部さんまでそんな……。やめてくださいよ」

矢代は顔をしかめた。しかし、川奈部はいつになく真剣な目をしている。

「こんな犯人を追いかけるのは初めてだ。奴の考えていることがわからない」

ベテランの川奈部にまでそんなことを言わせるのだ。やはりこの事件の犯人は、稀（まれ）に見る凶悪な人間なのだろう。

矢代と夏目は、理沙の席に向かった。

机に広げた資料を見ながら、理沙は難しい顔をしていた。眉間に皺が寄り、せっかく整っている容姿が台無しだ。髪の毛が乱れているところを見ると、途中で何度か髪を掻きむしったのかもしれない。

「鳴海主任、戻りました」

矢代は声のトーンを落として話しかけた。相手は取り込み中らしいから、邪魔をしてはまずいと考えたのだ。だが、思いのほか理沙の反応は早かった。

「あっ、矢代さん、夏目さん。何か取りに戻ったんですか？」

彼女は顔を上げ、不思議そうな表情になった。矢代は自分の腕時計を指してみせる。

「いえ、主任、あちこち回ってきたんですよ。夜の会議まであと四十分ちょっとです」

「え……」理沙はまばたきをしてから、机の上の携帯電話を見た。「本当だ。いったい、いつの間に」

今の時刻を知って、彼女は慌てだした。会議のときには一日の成果をまとめておかなくてはならない。急がないと、準備不足のまま報告の時間を迎えることになる。

「その様子だと、ずっと事件のことを考えていたんですね」

椅子に腰掛けながら夏目が尋ねた。理沙は乱れた髪を手櫛で整えながら、

「皆川さんが残したメッセージを調べていたんです」

理沙の手元には《二》《累》という血文字のコピーがあった。その横に広げたノートには、彼女の字が細々と書き込まれている。

「鑑識からの報告で、血文字から皆川さんの指紋が検出されました。彼が書いたことは間違いありません。……この文字の調査ですが、私は漢字の成り立ちについて調べたあと、野球のことを勉強していたんです」

ノートパソコンの画面には、プロ野球の試合の様子が映し出されている。

「調査の途中、古賀係長のところに何度か行きました。捜査員の皆さんが随時報告してくる情報を教えてもらったんです。あのワンルームマンションの立地や構造、近隣住民の話、皆川さんの取引先からの証言……」

「取引先というと、デザインの仕事を発注してくれていた会社ですか？」

矢代が尋ねると、理沙はこくりとうなずいた。

「そう、クライアントですよね。皆川さんはいくつかの会社と取引していましたが、主なところは二社だったそうです」

「彼が六年前まで印刷会社に勤めていたことは聞きました？」

「ああ、そうらしいですね。でもその会社とは現在、仕事をしていないとのことで……」

「正解です。俺たちはそのアサクラ印刷という会社に行ってきました」

矢代と夏目は、今日集めてきた情報を理沙に伝えた。熱心にメモをとりながら、理沙はそれを聞いていた。

「……なるほど。矢代さんたちのほうは成果があったわけですね」

「成果と言っていいかどうかわかりませんが、いろいろ調べるための材料は揃ってきたかと思います」

矢代はうしろのほうの席に目をやった。そこには長机を寄せて作った島があり、四人の予備班員が資料を広げている。別の机には、皆川の自宅マンションや仕事場から借用してきた品物が並んでいた。デザインの作業で使っていたデスクトップパソコンや、手提げ金庫もある。

予備班員たちは真剣な顔で作業を続けていた。ときどきメンバー同士で言葉を交わし、各自の進捗状況を確認し合っているようだ。縁の下の力持ちという形だが、彼らの努力に期待したいと矢代は思った。


午後八時から捜査一日目、夜の会議が開かれた。

矢代たちの上司である財津係長は結局、欠席となってしまった。ほかの特捜本部で仕事が立て込んでいるのだろう。忙しい人だから仕方がない、と理沙も諦めたようだった。

ホワイトボードのそばに立って、古賀係長はみなを見回した。

「では夜の会議を始めます。まず私のほうから……。司法解剖の結果、被害者の死亡推定時刻は本日、二月十三日、午前一時から三時の間。腹部の創傷からの失血死と断定されました。死亡前には大量のアルコールを摂取していたことが判明。鑑識課が予想したとおり、上唇と下唇は瞬間接着剤で貼り付けられていました。それから、まぶたを縫い付けていたのは医療用のスキンステープラーで間違いないとのこと」

矢代の頭に、また現場の様子が浮かんできた。何度思い出しても、眉をひそめてしまう凄惨な状況だ。

「初日なので皆さんからの報告事項も多くなると思います」古賀は言った。「よく整理した上で発言をお願いします。……それでは地取り班一組から」

はい、と答えて中年の捜査員が立ち上がった。彼はメモ帳を見ながら報告を始めた。

「我々は、事件現場となったマンションの住人に、あらためて話を聞きました。マル害の住んでいた四階を中心に、一階から五階まで部屋を訪ねまして……」

地取り班の役目は、事件現場周辺で目撃証言を探すことだ。一見地味に思えるが、もっとも重要な仕事のひとつだった。一度情報収集が終わっても、時間帯によって住人がいたりいなかったりする。会社員の住まいであれば昼間は留守だから、夜にもう一度訪ねる必要がある。逆に会社の事務所として使われている部屋なら、昼間しか人はいない。ほかにも、何らかの事情で数日部屋に戻ってこない住人もいるだろう。日時を変えて何度も訪ねるのは根気のいる仕事だった。

順番に地取り班の報告が行われたが、不審者を見かけたという情報は出てこなかった。古賀係長は指示棒を伸ばして、ホワイトボードに貼られたマンション周辺の地図を指し示した。

「マンションの周りは住宅街です。少し行けばコンビニエンスストアもある。防犯カメラのデータは集まっていますか？」

　古賀が尋ねると、地取り班のひとりが答えた。

「近くの民家で防犯カメラを付けている家は多くありませんが、コンビニや駐車場からいくつか借りてきています。予備班に回しました」

　うん、とうなずいて古賀は予備班のいる一角に目を向けた。

「予備班、解析の状況はどうです？」

「あ、はい……」眼鏡をかけた男性が立ち上がった。「順次解析を進めていますが、今のところ不審者は見つかっていません」

「不審車両については？」

「ええと……それもなしです」

「引き続き解析を続けてください。……では次、証拠品捜査班一組」

　指名を受けて、ブツ捜査を担当する白髪の刑事が椅子から立った。

「現在、遺留品について調べを進めております。鑑識課が採集したごみ箱の中身を調べたところ、瞬間接着剤の小さな容器が見つかりました。これは新橋の文具メーカー・株式会社ホクトワンの製品だとわかりました。それから目を縫い付けていた針は、スキンステープラー用のピンで間違いありません。医療用器具メーカー、丸中メディカルの製品です」

　矢代はふたつの社名をメモ帳に書き込んだ。隣の席で夏目もペンを走らせている。

「……で、それらの会社からは何か話が聞けましたか？」

「ホクトワンですが、瞬間接着剤は出荷数が多いため、流通経路をたどるのは困難だということでした。丸中メディカルのほうは、ステープラー本体が残されていればどこの営業所で販売したものかわかるそうですが、あいにく現場に本体は残っていませんでしたので……」

「針——いや、ピンといったか。そちらは小さなものだから、製造番号も何も書かれていないわけですね」

「ええ、残念ながらそうです」

　白髪の刑事は一礼して椅子に腰掛ける。そこへ、勢いよく右手を挙げた者がいた。同じ証拠品捜査班の若手刑事だ。古賀は彼を指名した。

　立ち上がって、その刑事は話しだした。

「今の件について補足情報があります。丸中メディカルのスキンステープラーですが、実際に製造しているのはホクトワンです」

「……どういうことだ？」古賀が尋ねる。

「丸中メディカルから委託を受けて、ホクトワンがスキンステープラーの大部分のパーツを提供しているということです。これは丸中、ホクトワン、双方の品質保証部に確認したので間違いありません」

「なるほど、それは大きな手がかりになるかもしれない。よく調べてくれました」

古賀から労いの言葉をかけられ、若手刑事は嬉しそうに頭を下げた。一方、先に報告を行った白髪の刑事は面白くないという表情だ。同じ捜査班とはいえ、組同士で競争意識が働くから、たまにこういうことが起こる。上昇志向の強い捜査員ほど、自分が手に入れた情報を隠そうとする傾向があるからだ。

「瞬間接着剤は簡単に手に入るが、スキンステープラーは特殊な製品です」古賀は言った。「まだ確証はないが、犯人はホクトワンの製品にこだわっている可能性があります。それを意識して捜査すべきかもしれません」

しばらく考え込む様子だったが、やがて古賀は再び捜査員席のほうを向いた。証拠品捜査の報告を続けさせたあと、

「続いて鑑取り班、お願いします」

と促した。

鑑取り班にはベテランの刑事が多い。人間関係を調べていく仕事だから、ある程度捜査に慣れていて、コミュニケーション能力のある人物が選ばれているのだ。

彼らの捜査により、被害者・皆川延人のことが少しずつわかってきた。ひとりの人間が三十九歳になるまで、はたして何人の人間と関わってきたのか。百人や二百人では済まないかもしれない。捜査では、できるだけ多くの関係者から話を聞く必要がある。ただ、人間どこで恨みを買うかわからないから、関係の深い人だけが怪しいというわけで

はない。そこが鑑取り捜査の難しいところだ。

主要な捜査員たちの報告が終わると、古賀は矢代たちのほうに目を向けた。

「文書解読班、報告を」

矢代は理沙の様子を窺った。先にどうぞ、と彼女がささやいたので、矢代は立ち上がった。

「今日は四係・川奈部主任とともに行動しました。先ほど主任から話があったとおりですが……」繰り返しになるが、矢代は簡単に活動内容を説明した。「……そして、皆川さんのワンルームマンションへ行き、ユニットバスの天井裏から手提げ金庫を発見したというわけです」

「その金庫だが、調査は予備班に頼んだはずだな。どうなっているだろうか」

古賀は再び特捜本部の後方に声をかけた。予備班員たちは戸惑っている様子だ。メンバーのひとりが立ち上がり、釈明する口調で言った。

「すみません。まだ解錠はできていなくて……」

「金庫のメーカーはわかるはずだが、問い合わせてみたのか？」

「はい、連絡をとりました。この金庫は持ち主が自由に暗証番号を設定できるそうです。番号は最大十六桁だというので、順番に試すにしてもかなり時間がかかります。一度設定した番号は、メーカーでも解析ができない仕様になっているそうで……」

十六桁か、と古賀はつぶやいた。渋い表情だ。

「あまりにも時間がかかるようなら、金庫の破壊も検討する。だが、借用してきた品だ。できることなら乱暴な真似はしたくない」

「わかりました」

「今まで何時間ぐらい番号を試してみた？」

「実は、まだ三十分ぐらいで……」

「どうして時間をかけてしっかり試さないいんだ？　何か理由があるなら聞かせてほしい」

「その……ご指示いただいた作業が非常に多くてですね、防犯カメラの映像を先に調べたほうがいいと思ったものですから」予備班のメンバーは頭を下げた。「まことに申し訳ありません」

古賀は手に持った指示棒を伸ばしたり縮めたりしている。やがて彼は予備班員に言った。

「君は間違っている。作業が進んでいないことを謝るのではなく、早く私に相談しなかったことを反省すべきです」

「……はい？」

「手が足りていないのなら、私に報告し、相談すべきだった。できないことをできるように装うのは、正しいことではありません」

「……すみませんでした」

「このあと予備班のメンバーを増員します」

古賀は名簿を見て地取り班、証拠品捜査班の何人かを指名し、予備班に行くよう命じた。これで予備班のマンパワーはかなり増えるはずだ。

「それから、情報分析班」

古賀に呼ばれて、早峰が「はい」と立ち上がった。

「君たちは今、過去のデータを見て、今回のような猟奇的犯罪がなかったか調べているところだと思う。そうだな？」

「おっしゃるとおりです」

「まだ余裕があるだろう。それに、情報処理は君たちの得意分野だ。皆川延人が隠していた金庫を解錠してもらいたい。どうだ？」

早峰は隣の唐沢をちらりと見たあと、幹部席に視線を向けた。岩下の意向を探ろうとしたようだ。

岩下がうなずくのを確認してから、早峰は古賀に答えた。

「承知しました。情報分析班は従来の任務のほかに、金庫の解錠にも取り組みます」

「闇雲に数字を入れても無駄だろう。皆川がどこかに暗証番号を書き残している可能性があるから、探してみてくれ。あるいは……メモせず覚えていたのだとしたら、本人にとって意味のある数字だったはずだ。皆川に関する情報から、それを推測して試してもらいたい」

「はい、試してみます」

早峰は姿勢を正して素早く頭を下げる。うしろで結んだ髪が跳ね上がった。

彼女が元どおり腰掛けたあと、古賀は再び矢代たちに目を向けた。

「さて、文書解読班にはもうひとつ仕事を頼んでいたが、どうだろうか、鳴海」

理沙はゆっくりと立ち上がった。報告するにも、これといった成果がないため気が重そうだ。

「皆川さんが書き残したと思われる《二》《累》というメッセージですが、チラシから指紋も出ていますので、被害者が書き残したものと見て間違いないと思います。現在、調査を進めていますが、まだ解読はできていません。二文字しかないため、手がかりに乏しいもので……。もう少し時間をいただけないでしょうか」

古賀は黙ったまま理沙の顔を見つめる。頭を二十度ほど傾けて、彼は尋ねてきた。

「鳴海のところにも、応援の手が必要か？」

「あ……いえ、これは人数が多ければいいというものではありませんので、私ひとりで充分です」

「自分でそう言ったわけだから、結果を出すよう努力してくれ」

「はい、全力を尽くします」

表情を引き締めて、理沙は答えた。

いくつか捜査員たちに質問したあと、古賀は幹部席のほうを向いた。最後に何かあるかと、岩下管理官に目で訊いたようだ。しかし岩下は首を横に振った。

「では、これで捜査会議を終わりにします。講堂はずっと開けておきますから、作業を続ける者はこのまま残ってもらってかまいません」

今の会議を見てもわかるように、調べるべきこと、考えるべきことが山ほどある。多くの捜査員がこのあと遅くまで仕事をするだろう、と矢代は思った。もちろん、自分もそのひとりだ。


会議が終わったあと、矢代は講堂のうしろでコーヒーを飲んでいた。

ふと見ると、こちらへ近づいてくる人がいる。その人物の顔を見て、矢代は驚いてしまった。先ほどまで幹部席にいた岩下管理官だ。コーヒーの入った紙コップをワゴンに置き、矢代は姿勢を正して彼女を待った。

「矢代くん、いいかしら」

「……はい。何でしょうか」

岩下はポットや紙コップ、インスタントコーヒーなどが並ぶワゴンに目をやった。

「私、紅茶にしようかしら」

「あっ、はい。少々お待ちを」

矢代は紙コップにティーバッグを入れ、ポットの湯を注いだ。背筋を伸ばして、紙コップを相手に差し出す。

「どうぞ。砂糖はこちらに」

「ありがとう」

紙コップを受け取り、岩下は少し冷ましてから紅茶を飲んだ。ドラマかＣＭの一シーンのように、実に優雅な飲み方だった。

そのまま岩下は黙っている。壁によりかかって、講堂の中をぼんやり眺めているようだ。

だんだん居心地が悪くなってきて、矢代は彼女に尋ねた。

「あの……何かご用でしょうか」

すると岩下は、今初めて矢代に気づいたというような顔でこちらを見た。

「黙って紅茶を飲んでいてはまずい？」

「いえ、そんなことはありませんが……。本当に、紅茶を飲みにいらっしゃっただけなんですか？」

「そうね。紅茶が半分、残りの半分は、矢代くんと話をしたかったから、かな」

「え……」矢代は身じろぎをした。「どうなさったんですか管理官。どこか具合でも悪いのでは」

「どうしてよ」

「今朝から何か変……いえ、失礼しました。その……いつもと様子が違っていらっしゃるようでしたから」矢代は声を低めた。「何かあったんですか？」

岩下はもう一口紅茶を飲んだ。それから、矢代の目を見て話しだした。

「矢代くん、あらためて訊くけれど、私につく気はない？」

「すみません。その話でしたら、前にもお断りしたとおりで……」

「まあ待って」岩下は矢代を押し留めるような仕草をした。「今のままだと、あなたの身が危なくなるかもしれないのよ」

いったい何の話だろう。矢代は眉をひそめて尋ねた。

「どういうことです？」

「財津さんは、のらりくらりとして頼りにならない。それはわかるでしょう」

「まあ、そんな感じではありますけど……」

「いざというときに、財津さんは梯子を外してしまうかもしれない。つまり、あなたや鳴海さん、夏目さんに責任を押しつけてしまう可能性がある」

岩下は真剣な目をこちらに向けていた。モデルのような容姿の女性に見つめられ、矢代は落ち着かない気分になった。やはり今日の岩下は変だ。態度も変だし、言っていることもよくわからない。

「いや、管理官。さすがにそれはないでしょう。ああ見えても、財津係長はなかなか部下思いですし……」

「あの人に普通の感覚は通じない。昔の話をしましょうか。私と財津さんが同じ現場で仕事をしたことは知っているでしょう。彼は私の二年先輩だった。財津さんが優秀だったことは私も認めるわ。でも彼は明らかに、ほかの警察官とは違っていた。飄々として、つかみどころがなかった。ほかのみんなが必死になって仕事をしているのに、彼だけはどこか緩いというか、全力を尽くしている感じがしなかった。私にはそれが不満だった。だからある日、ふたりで飲んでいるときに質問したの。なぜもっと真剣に仕事をしないんですかって。そのとき、財津さんはこう答えた。『たまたまこの仕事をしているけれど、もし自分の立場が悪くなればすぐに辞める。そうすれば俺以外の人間が出世できるだろうし』ってね。それを聞いたとき、私は呆れたし、すごく腹が立った。そんないい加減な気持ちでいられたら、ほかの警察官たちは困る。市民だって困る。いざというとき、私たちは自分の身を挺して市民を守らなくちゃいけない。でも彼はそんなことをしない。する気がないのよ」

　決して激するわけではなかった。岩下は静かに、しかし強い敵意をもって財津を批判していた。どうしたものかと、矢代は戸惑った。

「でも、矢代くんはそうじゃない」岩下は続けた。「警察官としての矜持をもっているわよね。あなたなら、私のこの気持ちがわかるでしょう？」

「それは、まあ……」

「財津さんには警察官としての気概がない。責任感もない。力があるのに上を目指そうとしない。私はそういう人間が大嫌いなのよ」

　ふたりの関係がなんとなくわかったような気がした。おそらく岩下は大変な努力家で、これまでいくつもの壁を乗り越え、管理官という地位を手に入れたのだろう。一方の財津は、あまり苦労する様子もなく、熱意をもって仕事をすることもなかった。それが許せなかった。財津に力があることは、岩下にもわかっていたのだ。だからこそ上を目指そうとしない彼の態度に、苛立ちを感じていたのではないか。

「岩下管理官が財津係長を嫌うのは、そういう理由があったからですか」

「まあ、ほかにもいろいろあるけどね。ついでに言えば鳴海さんにも腹が立っているの」

矢代は思わずまばたきをした。そちらに話が飛ぶとは思っていなかった。

「鳴海主任は、どういう理由で……」

「女性が警察の中で仕事をしていくには大変な苦労があるの。私はそれを嫌というほど味わってきた。でも鳴海さんはたいした努力もせず、いつも自分の興味を優先している。そんないい加減な態度なのに、なぜか仕事はうまくいってしまうでしょう。私にはそれが不愉快だった。中途半端な気分でやられては困るのよ。なぜもっと真面目に取り組まないのかしら」

「いや……中途半端ということはないと思いますよ。鳴海主任は鳴海主任なりに、力を尽くしています。それは近くにいる俺がよくわかっています」

「あらそう。私には中途半端にしか見えないのだけど」

そんなことを言って、岩下は目を逸らした。

どう答えようかと矢代が迷っているそばで、岩下は残りの紅茶を飲み干した。紙コップをごみ箱に捨てて、こちらを振り返る。

「財津さんの行動をよく見ていたほうがいいわ」岩下は言った。「いずれ私の忠告を思い出すときが来るはず。その気になったら、いつでも私のところに来なさい、矢代くん」

彼女の言葉には、いつもの嫌みとは違う真剣味が感じられた。矢代は彼女に向かって頭を下げた。

岩下は机の間を通って幹部席に戻っていった。自分の席に座ると、ひとつため息をついたようだ。それから手元の資料に目を落とした。難しい顔で彼女は資料を見つめ、じっと何かを考えている。矢代はその姿を遠くから見ている。

あれは何かの決断を迫られている人の顔ではないか、という気がした。

第三章　新聞記事

1

アラームの音で目が覚めた。

矢代は布団から這い出て、枕元の携帯電話を確認する。午前六時三十分。昨夜横になったのは二時過ぎだったと思うから、四時間ほどは眠れた計算だ。

道場ではまだ十数人が寝ているようだった。矢代はあくびを嚙み殺しながら着替えをした。

洗面所で顔を洗うと、ようやく気持ちが引き締まった。ひげを剃り、鏡を見てネクタイを整える。

二月十四日、特捜本部設置から二日目の朝だ。今日も捜査に全力を尽くさなければならない。

近くのコンビニでサンドイッチと飲み物を買い、矢代は講堂に向かった。特捜本部にはすでに若手の刑事たちがいて、それぞれの仕事を始めている。

矢代は、並んでいる長机の間を歩いていった。昨日自分たち文書解読班が座っていたのはうしろから四列目、左のほうだ。そこにはすでに理沙の姿があった。

「おはようございます。早いですね」

そう声をかけると、理沙は驚いた様子で顔を上げた。

「あ……。矢代さんが来たということは、もう朝の会議ですか。まずいですね」

理沙の顔には焦りの色がある。やけに髪が乱れているし、目が充血しているようだ。

「徹夜したんですか」

何かに集中すると、理沙は周りのことが見えなくなってしまう。昨夜、この特捜本部で別れてから、彼女はずっと資料を見ていたのだろう。

「まだ何も成果が出せていませんからね」理沙はため息をつきながら言った。「私に与えられた仕事は、限られているというのに」

彼女の手元には《二》《累》という例のメッセージがある。文書解読班としては、一刻も早くその文字の謎を解かなくてはならない。

椅子に腰掛けて、矢代はふたつの文字を見つめた。

「なんというか……クイズみたいですね」

「まあ、ある意味そうかもしれません。この二文字から連想されることは何か。制限時間内に答えを出してください、という感じでしょうか」

「答えのある問題ならいいんですけど、どうなんだろう」

矢代がつぶやくのを聞いて、理沙は眉をひそめた。

「ちょっと、やめてくださいよ。答えがあると信じて、私は知恵を絞っているんですから」

「ああ、すみません」矢代は苦笑いを浮かべた。「そうですよね。指紋が付いていたから、被害者が書いたことは間違いありません。だったら何か意味があるはずですよね。ミステリー作品でいうところの、いわゆるダイイングメッセージです」

「その呼び名はあまり好きじゃありませんが、まあ、そういうことです」理沙はうなずいた。「おそらく意識が朦朧とする中で、皆川さんはあの文字を書いたんだと思います。起き上がることもできなくて、あれを書くのが精一杯だったんでしょう」

指を動かすのもやっとという状態だったのではないか。風も吹き込んでいたはずだから、飛ばされないようにするのにも苦労した可能性がある。そういう悪条件の中、彼はまさに死力を尽くしてメッセージを残したのだ。その思いを、なんとしても受け取らなくてはならない。

「でも、食事ぐらいちゃんととってくださいよ」矢代はコンビニのレジ袋を机に置いた。「主任の分も買ってきましたから、一緒に食べましょう」

矢代はふたり分のサンドイッチとコーヒーを取り出した。

「……すみません。ありがとうございます」

なぜだか理沙は感じ入った様子で頭を下げる。どうしました、と矢代が問うと、

「私、駄目ですね。仕事となるとほかのものが見えなくなってしまって、周りの人に気をつかわれて……」

「大丈夫ですよ。主任が変人だというのは、俺も夏目もよくわかっていますから」

「ひどい言われようですね」理沙は顔をしかめる。

そんな話をしているところへ、うしろから声が聞こえた。

「おはようございます、鳴海主任」

噂をすれば、その夏目だった。彼女は机の上を見て、あっ、と声を上げた。

「もう食べてるんですか。私も主任の分を買ってきたのに」

夏目もまたコンビニのレジ袋を提げていた。

矢代は口元を緩めて理沙に言う。

「ほらね。みんな主任のことを、よくわかっているんですよ」

「……本当にしっかりしないといけませんね」

そう言って、理沙は何度かうなずいていた。

八時半から捜査会議が開かれた。

昨日と同様、古賀係長がホワイトボードの横に立って、議事を進めていく。昨夜から今朝にかけて入ってきた新情報を、彼はみなに伝えた。それから、今日の活動予定の確認を行った。

文書解読班として会議に参加しているのは、いつものとおり理沙と矢代、夏目の三人だ。財津係長は忙しいそうで、別の特捜本部に直行すると連絡があった。

会議中、内線電話が鳴った。予備班のメンバーが受話器を取る。彼は最初ささやくように話していたが、急に大きな声を出した。

「……本当ですか？　ちょっと待ってください」予備班員は古賀のほうを向いた。「係長、緊急の連絡です」

「どうしました？　いったい何が……」

「警視庁本部の捜査一課からです。江東区住吉で殺人事件が発生したとのことで……」

「なぜここに電話が？　我々は事件の捜査をしている最中だが」

「それがですね、現場の状況から見て、南千住事件と関連があるようだというんです」

古賀は使っていた指示棒を短く縮めてポケットにしまった。予備班の机まで歩いていって受話器を受け取る。空咳をしてから、彼は電話に出た。

「はい、代わりました、古賀です。……うん、お疲れさま。何があった？」

しばらく相手と話すうち、古賀の表情が険しくなった。幹部席の岩下管理官も、怪訝そうな顔で彼を見ている。

「わかりました。こちらからも何人か出します。詳しくはまたあとで」

電話を切ったあと、古賀は数秒考えてから捜査員たちのほうを向いた。

「深川警察署管内で殺人事件が起こりました」古賀は言った。「その手口が、我々の事件と似ているらしい。うちの特捜からも臨場させることになりました。……川奈部、何人か連れてすぐに出かけてくれ。状況がわかったら俺に連絡を」

「了解です」川奈部は短く答える。

すみません、と言って矢代は右手を挙げた。

「文書解読班も同行させてください。指示をいただければ、現地で捜査に加わります」

「わかった。川奈部と一緒に行ってこい」

「ありがとうございます」と矢代。

川奈部に人選をさせたあと、古賀は岩下のほうを向いた。

「管理官、よろしいですね？」

「ええ、とにかく現場を見てきて」岩下は携帯電話を手に取りながら言った。「私も桜田門に連絡して情報を集めてみる」

岩下管理官は電話をかけ始めた。

古賀は残りの連絡事項をみなに伝え、会議を終わらせた。捜査員たちは表情を引き締め、捜査活動に取りかかった。

覆面パトカーが二台用意された。

現地へ行くメンバーは八名。矢代と夏目は、川奈部とともに一台目の車に乗り込んだ。運転手は若手の下寺だ。面パトはすぐに走りだした。

「手口が似ていたということでしたよね」

矢代は川奈部に問いかけた。川奈部は渋い表情を浮かべている。

「そういう話だったな。あまり想像したくないが……」

彼も同じことを考えていたのだとわかり、矢代は小さくうなずいた。

現場から報告を受けた本庁捜査一課が、昨日の事件との類似性を認めたのだろう。だから南千住事件の特捜本部に連絡してきたわけだ。昨日の事件を猟奇的と呼ぶのなら、今日これから確認する事件もかなり猟奇的なのだと想像できる。

途中で渋滞がなかったのは幸いだった。車はＪＲ錦糸町駅のそばを通過し、江東区住吉の事件現場に到着した。

車を降りた矢代たちは、人だかりの見えるほうへ歩いていった。そこにあるのは二階建ての民家だ。四角い箱を組み合わせたようなデザインで、壁はどこもきれいだったし、庭木もよく手入れがされている。まだ築五、六年ではないだろうか。

門の前に黄色い立入禁止テープが張られていた。スーツ姿の刑事や活動服姿の鑑識課員が忙しく出入りしている。

川奈部はしばらく彼らを見ていたが、じきに知り合いの鑑識課員を見つけたらしい。声をかけて近づいていった。

「磯山、久しぶりだな」

「ああ、ご無沙汰しています」眼鏡をかけた鑑識課員が頭を下げた。「お疲れさまです。

南千住から来る人って、川奈部さんだったんですか」

「現場を確認するよう指示を受けた。……遺体は損壊されているのか？」

声を低めて川奈部が尋ねると、磯山は建物を指差した。

「そろそろ見られますよ。ご案内しましょうか」

「うん、頼む」

川奈部は、南千住署の特捜本部からやってきた刑事たちを呼び集めた。あまり大勢では入れないから、半分の四人はこの場に残すことにしたようだ。

「こちらへどうぞ」

磯山は先に立って民家に向かう。そのあとに川奈部・下寺コンビが続き、矢代と夏目も彼らを追った。

門を通るとき表札が目に入った。《桐原哲生（きりはらてつお）》と読めた。

玄関から廊下に上がり、何人かの鑑識課員とすれ違う。突き当たりに台所があった。奥にはガスコンロと流し台、冷蔵庫などが並んでいた。右手の壁際にあるのは茶簞笥（ちゃだんす）だ。部屋の真ん中辺り、左手の壁に寄せて四人掛けのテーブルが置かれていた。被害者はそのテーブルのそばで仰向けに倒れていた。男性だ。

彼の姿を見て、矢代は息を呑（の）んだ。

腰の前で、両手をワイヤーで縛られている。上半身に無数の赤い筋があった。シャツの上から何度も刃物で切られたのか、血が滲（にじ）んでいるのだ。傷の長さは五センチから十センチほどだろう。あまり深くはないようだが、それにしても数が多かった。執拗に傷つけられたという印象がある。

そして、もうひとつ目立っているものがあった。喉の傷だ。こちらは相当深いようで、かなり出血があり、床に血溜まりが出来ていた。

被害者は青いジーンズを穿いている。中年太りなのか、腹の辺りに肉がついていた。

肝心の顔はどうかと観察してみて、矢代は違和感を抱いた。

髪に目立った特徴はないが、顎ひげを生やしている。

――誰だろう。どこかで見たことがある。

この顎ひげを見たように思うのだ。どこの誰だったかと記憶をたどってみた。

仕事で聞き込みをした相手か、それとも個人的に利用した店の従業員か、あるいはテレビで見たタレントか。

矢代が考え込んでいる横で、川奈部と夏目が遺体のそばにしゃがみ込んだ。鑑識の磯山も一緒だ。彼らは遺体を細かく検分し始めた。

「後頭部に打撲痕があります」磯山が説明してくれた。「傷口の状態から、ハンマーで殴られたものと推測されます。そしてご覧のとおり、喉には深い刺し傷。さらに、上半身には三十カ所以上の切り傷が見られます」

「致命傷となったのは喉の傷か？」

「そう考えられます。なにせ、この出血量ですからね。ショック症状を起こしたのではないかと」

　血溜まりに目をやってから、川奈部は考え込んだ。

「何か遺留品はありませんでしたか」

　夏目が尋ねると、磯山はうなずいて、

「凶器と思われるものが見つかりました。細かい調査のためうちの課が持っていきましたが、血の付いたハサミとカッターナイフです。ハサミのほうはかなり先端が鋭いものでした」

「じゃあ喉の傷はハサミ、体の傷はカッター……」

「ええ、おそらく」

　磯山の説明を聞いて、川奈部は遺体に自分の顔を近づけた。彼は傷口を細かく観察している。

「カッターの傷はそう深いものではない。しかしこの数はひどいな。被害者によほどの恨みがあったということか……」

「それでいて、凶器は文具なんです」磯山は室内を見回しながら言った。「強引に押し入ったのか、それとも顔見知りだったのかはわかりませんが、とにかく犯人はこの部屋で被害者を襲った。普通、相手を殺害しようとするなら、大ぶりなナイフなり包丁なりを持ってくると思うんですが、使われたのはハサミとカッターです」

「文具を使ったのは犯人のこだわりなんだろう。そしてそのこだわりは、我々にとって手がかりになるはずだ」

「さっき聞きましたが、南千住の事件でも文具が使われたそうですね」

磯山の言葉に、川奈部は深くうなずいた。

「正確には、文具メーカーの作った製品が犯行に使われたんだ。ホクトワンという会社だよ」

「こちらで確認させたところ、ハサミとカッターもホクトワンの製品でした」

それを聞いて、川奈部は夏目と顔を見合わせた。ふたりとも、やはりそうか、という表情になっている。下寺も納得したようだった。

「どうやら同一犯の仕業とみて間違いなさそうだな、倉庫番」川奈部は矢代のほうを向いたが、じきに怪訝(けげん)そうな顔をした。「おまえ、さっきからどうした。マル害をそんなに睨(にら)んで……」

矢代はじっと遺体を見ていたが、やがて川奈部のほうへ視線を移した。

「俺、この人を知っているような気がします」

「そうなのか？　ええと、マル害の名前は……」

「桐原哲生さんです」磯山が言った。「現時点でわかっているのは、コンサルティング会社の社長ということだけですが」

「どうだ矢代、聞き込みにでも行ったのか？」

「いえ、聞き込みの相手ではないですね」

夏目のほうはどうだ、と川奈部が訊いた。

「私も知りません。会ったことのない人だと思います」

「じゃあ、矢代の個人的な知り合いということか。それとも、ずっと昔の捜査で関わりがあったとか？」

「それが、わからないんですよねえ……」矢代はひとり考え込む。

川奈部はしばらく矢代の様子を窺っていたが、やがて磯山に話しかけた。

「マル害の免許証はあったか？」

「ありました。……ああ、写真が必要なんですね。あとで送ります」

「そうしてくれ。捜査会議でも使うし、町で聞き込みをするときにも使う」

その会話を聞いているうち、矢代はようやく思い出した。この桐原という男性をどこで見たのか、わかったのだ。

「そうか、写真だ！」矢代は言った。「カメラのフィルムを現像したんですよ。そうしたら、この男の顔が写っていて……」

「何だって？」

「俺、田端でカメラを買ったんです。そしてフィルムを現像して……」

「いったい何の話をしてるんだ？」

川奈部も夏目も、訳がわからないという顔をしている。それはそうだ。一カ月前、矢代がひとりで調査をしているときに得られた情報なのだ。

田端のフリーマーケットで武井千佳が販売していた古いカメラ。そこに入っていたフィルムを現像したところ、六枚の写真が出来上がった。その六枚目、道で撮影した写真に写っていたのが、顎ひげを生やした男性だった。

矢代は急いで携帯電話を取り出し、過去に撮影した画像を呼び出した。一月十四日に現像して入手した六枚を、念のため自分の携帯で撮影しておいたのだ。

「あった、これだ」

六枚目の写真に三、四十代の男性が写っている。ジーンズと水色の半袖シャツを身に着けていて、体形は少し太めだ。年齢や顔、体形などの特徴が一致する。あとで再確認する必要はあるが、おそらく間違いないと思われる。

「そうだ。あの写真に写っていたのは、この桐原さんだったんだ」

不思議そうな顔をしている川奈部や夏目に、矢代はフリマのM302のことを説明した。古いフィルムに桐原が写っていたと知って、川奈部たちも驚いている。

あらためて写真を表示させていくうち、一枚目を見て「あれ」と矢代はつぶやいた。そこに写っているのは第一の脅迫状だ。新聞紙の切り抜きでこう書かれている。

おまえを処刑スる　しやべれなイヨウ　口をふさギ
見えナいよう　目をふさグ

喋れないように塞がれた口、見えないよう塞がれた目。よく考えてみれば、この脅迫状の内容は、昨日発生した南千住事件と似ていないだろうか。

それだけではない。二枚目の脅迫状はこうだ。

お前を処刑する　体ジゅうに痛ミを与え
喉を裂いテ　息をできなクスル

体中に痛みを与えられ、喉を裂かれて息ができなくなった被害者。それは今、目の前にある遺体そのものではないか。

矢代は混乱した。呼吸を整えながら考えてみる。

今見ているこの光景が夢でも幻でもないとすれば、事実はひとつしかない。かつて撮影された脅迫状の内容が、現実の事件となっているのだ。それも、極めて猟奇的な形で再現されている。

いったい何が起こっているのか。誰がこんなことをしたのか。矢代は携帯電話を手にしたまま、遺体をじっと見つめた。

2

第二の事件の発生で、南千住署の特捜本部はかなり混乱していた。

一旦(いったん)終了した会議を再度開いて、状況を整理しなければならない。特捜本部に残っている者はいいとして、朝の会議のあと捜査に出かけた者は呼び戻すことになった。また、今回の「住吉事件」について、現地の所轄から急いで情報を集めているところだという。

川奈部は、岩下管理官や古賀係長に対して報告を始めていた。岩下は真剣な顔で話を聞いている。途中で携帯が鳴り、岩下は報告を中断させて電話に出た。その間に予備班のメンバーが古賀に駆け寄り、何かのメモを手渡す。目を通した古賀は内線電話の受話器を取った。川奈部のところにも若い刑事が何かを伝えにいった。

一方、矢代と夏目は理沙に報告をしているところだった。住吉の現場で見てきたことを、できるだけ詳しく伝えていく。

理沙は話を聞いたあと、険しい表情を見せた。

「なるほど。ホクトワンの文具が使われていたのなら、同一犯の仕業だと言えますね」

「容赦のないやり口でした。被害者の傷を見ていると、気分が悪くなりそうで……」

現場の様子を思い出したらしく、夏目は眉(まゆ)をひそめている。

「念のためにお訊きしますが、今回、血文字のメッセージなどはなかったんですよね？」

「それはありませんでした」夏目はうなずいた。「南千住のときの被害者、皆川さんが特別だったということでしょうか」

「皆川さんはデザイナーでしたよね。普段から、何かを書いて残すということに意識的だったのかもしれません」

「それにしても、なぜ犯人はあれほど残酷なことをするんでしょう」

「問題はそこです」理沙は矢代のほうを向いた。「矢代さんはどう思います？」

急に質問されて矢代は戸惑った。

夏目が現場の状況を報告する間も、あることをずっと考えていたのだ。自分だけが知っている事実。他人にはなかなか信じてもらえそうにないと思いながらも、矢代は理沙に打ち明けることにした。

「鳴海主任、ちょっと変な話をしてもいいですか」

理沙は、おや、という顔をしたが、矢代の深刻な表情に気づいたようだ。

「ええ、どうぞ」

「七年半前、幼なじみが殺害されたという話を、前にしましたよね。俺は手の空いているとき、その『田端事件』を追っていました。先月の十四日も、実家のある田端でいろいろ調べていたんですが……」

犯人が持っていたと思われるカメラを見つけたこと、中に入っていたフィルムに奇妙な脅迫状が写されていたこと、その脅迫状とよく似た状況で南千住事件、住吉事件の被害者が傷つけられていたことなどを説明する。

　理沙は相づちを打ちながら聞いていたが、やがて驚いたという顔で尋ねてきた。

「その脅迫状というのは、今、あるんですか？」

「現像したものは自宅に置いてきましたが、ここに画像があります」

　矢代は携帯電話を取り出し、撮影しておいた画像を表示させた。理沙はそれをじっと見つめる。横から夏目も画面を覗き込んできた。

「これ、ずいぶんレトロな脅迫状ですね」夏目が感心したような口調で言った。「新聞紙を切り抜いて作ったものでしょう？　映画やドラマでしか見たことありませんけど」

「第一の脅迫状では、口と目を塞ぐと言っています」矢代は画面を指差した。「そして第二の脅迫状では、体中に痛みを与え、喉を裂くと……。まるで南千住事件と住吉事件のことを予言しているみたいに見えませんか」

「いいですね！」

　理沙が目を輝かせていた。彼女はこうした文書の謎、文字の謎に特別な関心を持っている。この脅迫状にはかなり興味を抱いたようだ。

「これが撮影されたのは七年半前でしたっけ？」

「七年半前か、それ以前になると思います」

「事件を予言する脅迫状……。脅迫者は『おまえを処刑する』と言っています。実に安っぽい脅しじゃありませんか。でも、そこがいい。脅迫状たるもの、こうでなくちゃ！」

　理沙は嬉しそうに画面を見つめている。だが、急にはっとした表情になって矢代と夏目を見た。それから、ばつが悪そうに頭を下げた。

「すみません。殺人事件が起きているのに、不謹慎でした……」

　咳払いをしたあと、矢代は言った。

「まあ、実際には予言なんかじゃないですよね。先に脅迫状があって、それを見た誰かが手口を真似したというか、利用したということでしょう」

「それにしても驚くべきことです」理沙は真剣な表情で矢代を見つめた。「私たちが捜査に取り組んでいたふたつの事件が、矢代さんの追っていた事件と繋がっていたなんて」

「引っかかっているのはそこなんです。俺がしつこく聞き込みを続けたせいで、犯人が動きだしてしまったのかもしれない。もしかしたら南千住事件と住吉事件は、俺の行動がきっかけになったんじゃないか、という気がするんです」

「そんなことはないでしょう。だって先輩は……」

　と夏目が言いかけるのを、矢代は遮った。

「田端事件の調査で、俺はいろんな人に聞き込みをした。俺が刺激したせいで、南千住と住吉の事件が起こってしまったんじゃないだろうか」

　夏目は理沙と顔を見合わせている。

　理沙はＡ４サイズの紙を取り出し、何かを書き始めた。まもなく、事件の関係者についてまとめた図が出来上がった。

◆Ｍ３０２の元の所有者（田端事件の犯人？）
◎写真を撮影？
・第一の脅迫状
・第二の脅迫状
・民家（三枚）
・桐原哲生

◆武井多恵子（千住の祖母）
◎Ｍ３０２を拾得？

◆南千住事件の犯人
◎殺人を実行（第一の脅迫状を利用？）

◆住吉事件の犯人
◎殺人を実行（第二の脅迫状を利用？）

→ 同一人物？

この図を指差しながら、理沙は言った。

「敬称略ですみません。……七年半前、M302を持った人物が田端の町をうろついていた。その人物は六枚の写真を撮影した。何らかの事情でM302は武井千佳さんのお祖母さん——多恵子さんの手に渡った、ということでしょうか」

「そうですね」矢代はうなずいた。「多恵子さんはカメラを手に入れたけれども、燃えないごみとして処分しようとしていました。軽い認知症だったというから、判断力が鈍っていたのかもしれません」

「この情報から考えると、カメラが多恵子さんの手に渡ったのは、七年半前の事件のときでしょうね。水原弘子さんが転落したときです」

「ひとつ考えられるのは、元の持ち主と水原が揉み合ったとき、カメラが庭に落ちてしまったんじゃないか、ということですよね。板塀の上を飛び越えたか、あるいは下からだったのかはわかりませんが」

矢代は階段に面した、武井宅の板塀を思い浮かべた。塀の下には十センチほどの隙間があった。もしかしたら、カメラはそこを通って庭に入ってしまったのかもしれない。

「やっぱり、カメラの元の持ち主が疑わしいですね」夏目が腕組みをしながら言った。「脅迫状を作ったのもその人、撮影したのもその人、そして今回事件を起こしたのもその人なのでは」

「写真撮影が七年半前だったと仮定して、推測してみましょう」理沙はボールペンの先で、机をとんとんと叩き始めた。「犯人はある民家に目をつけた。三、四、五枚目の写真がそうですね。そして六枚目、その家に住んでいた桐原哲生さんの行動を見張っていた。田端をうろついていたのは、そういう理由だったのだと思われます。一枚目、二枚目の写真は犯人の決意表明かもしれない」

「決意表明？」

矢代と夏目が同時に聞き返した。理沙は空中に文字を書くような仕草をする。

「犯人は誰かに対して、深い恨みを抱いていた。その誰かを処刑するならこんな方法だというふうに考え、新聞紙の文字を切り抜いて脅迫状を作った。写真を撮ったということは、脅迫状の出来に満足したとか達成感を抱いたとか、そういう心理状態だったんだと思います」

「あるいは、この恨みを忘れないようにという気持ちだったとか？」

矢代が尋ねると、ああ、そうですね、と理沙は言った。

「いずれにせよ、犯人は誰かを処刑したかった。強い恨みがあって、復讐(ふくしゅう)したかったということでしょう」

「復讐の相手は、写真に写っていた桐原さんだった……」矢代は首をかしげた。「皆川さんはどうだったんだろう」

「M302のフィルムには六枚しか写っていなかったんですよね？　でも、その前のフィルムには皆川さんが写っていたのかもしれませんよ」

たしかに、皆川の写真はすでに現像済みだった、という可能性はある。犯人は皆川と桐原のふたりを憎み、住まいの写真を撮ったり、尾行したりしていたのではないか、と想像できる。

ひとつため息をついてから、矢代は言った。

「もし、これまでの推測が正しいとすると、水原の事件は何だったのか、ということになりますよね。犯人が田端に来たのは、桐原さんの身辺を調べるためだった。奴はカメラを持って町をうろついていた。それをたまたま水原が見つけてしまって、あとを追った。階段の途中でふたりは揉み合いになり、水原は突き落とされた。……そういうことなんでしょう?」

言葉の中につい苛立ちが混じってしまう。そんな理由で弘子は死んだのか、と腹立たしくなってきた。

矢代の顔色を窺うようにしながら、理沙は口を開いた。

「たしかに、水原さんがたまたま事件に巻き込まれた、ということは考えられますね。そうだとすると、本当に不幸な出来事だったと思います」

「よけいなことをしなければよかったんですよ」矢代はつぶやいた。「正義感が強すぎるから、事件に巻き込まれたんだ。自分のことだけ考えていればよかったのに」

理沙も夏目も黙り込んでしまった。矢代にかける言葉が見つからないようだ。

ふたりから目を逸らして、矢代はひとり腕組みをした。

刑事たちがある程度集まったところで、臨時の捜査会議が開かれた。

みなの前に立って、古賀係長は指示棒を伸ばす。普段より少し早口で話し始めた。

「緊急で捜査会議を開きます。まず状況の説明から。本日七時十五分ごろ、江東区住吉の民家で男性の遺体が発見されました。男性はこの家の住人で桐原哲生、四十五歳、コンサルティング会社の社長。社長専用車の運転手が迎えに行ったところ応答がなく、鍵がかかっていなかったドアから屋内を覗いたところ、いくつかの靴に血痕が付いているのを発見。台所で倒れていた被害者を見つけて通報したものです。被害者の状態について鑑識、説明を」

鑑識課の権藤が立ち上がり、遺体や現場の状況について説明した。すでに矢代たちが得ている情報とほぼ一致している。

古賀は手元の資料を見ながら、議事を進めた。

「司法解剖の結果待ちではありますが、想像されるのはこうです。犯人は被害者をハンマーで殴り、気絶させた。このとき脳に損傷が生じたかもしれません。犯人は倒れた被害者の喉を、ハサミで執拗に刺した。あるいは逆だったかもしれない。拷問のように体を傷つけたあと、喉を突いたのか……。最終的に犯人は、カッターナイフで三十以上の傷を負わせました。

頸動脈が切断されて、被害者は失血死したのではないかと思われます。……そして遺留品。現場にはカッターナイフとハサミが残されていました。調べたところ、いずれもホクトワンの製品でした。昨日の南千住事件では瞬間接着剤とスキンステープラーが使われたが、それらもホクトワンに関わる製品だとわかっています」

捜査員席にざわめきが広がった。すでに想像していた者も多かったはずだが、実際にそれを聞けば、明らかに第一と第二の事件が繋がることがわかる。

「先ほどあらためて捜査員をホクトワンに向かわせました。凶器として使われた文具について聞き込みを行っています。ただ、流通経路を割り出すのは難しいと思われます」

瞬間接着剤もカッターナイフもハサミも大量生産されているだろうから、どこで誰が買ったかなどわからないだろう。ひとつ可能性があるとすれば、医療用のスキンステープラーだ。それについては昨日から、販売元の丸中メディカルに調べてもらっているという。

「同一人物の犯行だと考えられるため、この住吉事件も我々の特捜本部で扱うことになりました。いずれ増員がありますが、今のところはこのままの人数で動くしかありません。このあと捜査の割り振りをするので、全力で取り組んでほしい」

リストを見ながら、古賀は新しい捜査態勢をみなに伝えていった。

文書解読班の活動については、変更なしということだった。矢代と夏目は今までどおり、聞き込みを続けることになる。

「昨日の被害者・皆川延人と、今日見つかった桐原哲生の間に、何らかの接点があった可能性があります。犯人との関係も気になるところです。捜査の負担が増えることになるが、鑑取り班はそれらに留意して活動を進めてください」

そのほか何点かを確認して、臨時の捜査会議は終了となった。刑事たちは慌ただしく捜査に出かけていく。

矢代たち文書解読班はミーティングを始めた。今後の活動方針を検討するためだ。

三人で話をしていると、廊下から男性が入ってきた。身長百六十センチくらいの小柄な人物だ。歳は二十代半ばで、古い形の黒縁眼鏡をかけている。彼は矢代たちを見つけると、ほっとしたような表情で近づいてきた。

「お疲れさまです、みなさん」

「谷崎(たにざき)じゃないか。どうしたんだ」

矢代が尋ねると、彼は驚いたという顔で、

「どうしたじゃないですよ。僕は文書解読班を応援しに来たんです」

彼は谷崎廉太郎(れんたろう)といって、科学捜査係でＩＴ関係を担当している人物だ。財津係長直属の部下なのだが、過去何度も文書解読班の捜査を手伝ってくれている。あまりにも応援に来る回数が多いので、もしかしたら科学捜査係で厄介者扱いされているのではないか、と矢代は気にしたことがある。

「僕が来るって、財津係長から聞いていませんか？　昨日の夜、指示を受けたんですけど」

矢代たち三人は何も聞いていないのだが、正直に言ったら彼が気を悪くするだろう。

理沙が笑顔を見せて、谷崎に話しかけた。

「応援ありがとうございます。谷崎さんが来てくれると、いろいろな調査がはかどります。もちろんコンピューター関係の知識も豊富だし、頼りになる味方ですよ」

「ふふん、そうでしょう」谷崎は自慢げに笑う。

たしかにコンピューターやネットワーク関係に詳しい人間なのだが、自信過剰なところが玉に瑕(きず)だ。

「谷崎、事件の内容は聞いている？」

夏目が尋ねると、彼は何度かうなずいた。

「財津係長から資料をもらって読んできました。第二の事件についても、電話でだいたいのことは聞いています」

「それとは別に、もうひとつ重要な情報があるんだ」

矢代は田端で見つけたＭ３０２や、現像された六枚の写真について手短に説明した。

さすがの谷崎も、奇怪な脅迫状の存在を知って眉(まゆ)をひそめていた。

「だいぶ情報が集まってきているってことですね。……それにしても、今回はいつも以上に気味の悪い事件ですね」

「谷崎さんもそう感じますか」理沙は真剣な表情で言った。「なんといっても、この脅迫状です。漢字とカタカナ、ひらがなが交じっていて不気味だし、新聞の切り抜きだからサイズもフォントも揃っていません。それがまた、怖さを増幅させるというか……」

たしかに、と谷崎はうなずいた。

「この文字の出どころはわかっているんですか？」

「いえ、調査はこれからです」

「だったら僕が調べましょう」谷崎は鞄の中からノートパソコンを取り出した。「全国紙の場合、紙面に使われる文字って、たしか新聞社ごとに違っていますよね。各社が独自にフォントを作っていると聞いた気がします」

「ああ、そうですよね」と理沙。

「ということは、脅迫状を詳しく調べれば、どこの新聞社の文字かわかるはずです。新聞社がわかれば、この文字がどの記事から切り抜かれたのか特定できるかもしれません」

なるほど、と矢代は言った。

「記事が特定できれば、掲載された日付がわかる。そうすると犯人がいつごろ脅迫状を作ったか、推測できるかもしれないな。それが犯人の手がかりに繫がるかも……」

「古新聞から切り抜いたという可能性もありますが、だとしても七年半前なのか、それよりもっと前なのかは気になります。新聞の発行時期はひとつのヒントになりますね」

そんな話をしているところへ、四係の古賀係長がやってきた。

「鳴海、さっきの話なんだが……」

「あ……はい。矢代巡査部長から聞いた件ですね」

捜査会議が始まる前、理沙はカメラや脅迫状のことを古賀に報告していたのだ。その情報は、もちろん岩下管理官にも伝わっているだろう。

「まだ裏が取れていないから、捜査会議ではみんなに話さなかった」古賀は言った。「だが矢代の話が事実なら、我々は大きな手がかりを得たことになる。君たち文書解読班には従来の捜査のほかに、そのカメラで写された脅迫状を調べてもらいたい。……まあ鳴海のことだから、俺が黙っていても脅迫状の解読には取り組むと思うが」

「今ちょうど谷崎さんと、その話をしていたところです」理沙は口元を緩める。

古賀は谷崎をちらりと見たあと、矢代のほうを向いた。

「矢代と夏目はこの先も現場担当だな。第二の被害者・桐原哲生について調べてほしい」

「了解です」と矢代。

うしろを振り返って、古賀は川奈部を呼んだ。「何でしょう」と言いながら川奈部はこちらにやってくる。

「おまえも手が足りないだろう。今日も矢代たちを連れていけ。何かの役に立つはずだ」

「そうですね。このふたりと一緒にいるといろいろな発見がありますよ。昨日も金庫を見つけてくれたし。……そうだよな？」

「ありがとうございます。今日もしっかり捜査に取り組みます」

矢代は姿勢を正して答えた。うん、とうなずいたあと古賀はメモ帳を開いた。

「ケイアール経営研究所というのが桐原のコンサルティング会社だ。まずはそこへ行って情報を集めてきてくれ。彼がどういう人物だったのか知りたい」

「わかりました」

矢代と夏目は、声を揃えて答えた。

古賀は幹部席のほうへ戻っていく。その背中を目で追いながら、川奈部が矢代に言った。

「ああ見えて、古賀さんはおまえのことを評価してるんだ。今日は俺と一緒に行けと言っただろう。だんだん矢代の捜査能力を認めるようになってきたらしい」

「そうなんですか？」

「中堅の刑事がもうひとりほしい、なんて言ってたからな。いずれ声がかかるかもしれないぞ」

これは意外だった。岩下管理官からは何度か誘いを受けているが、それは文書解読班の戦力を殺ぐための計略だろう。だが古賀係長は違う。岩下の配下ではあるが、文書解読班に対して中立的な立場をとっているようだし、彼は実力を重視する現場のリーダーだ。その古賀が矢代に注目してくれているとしたら、素直に嬉しいことだった。

とはいえ、今は理沙を支えなくてはいけないときだ。情報分析班という競争相手の存在も気になる。

現在の状態で矢代が抜けたら、文書解読班は解体ということにもなりかねない。今このチームが一目置かれているのは、自分と夏目が実働部隊として理沙をサポートしているからだ、という自負があった。

――まあ、鳴海主任が俺を手放すことはないはずだよな。

そこは理沙を信じていいだろう、と矢代は考えている。

古賀は岩下のそばに行って何か話しかけているようだった。矢代たちが川奈部とともに捜査に出かけることを報告しているのだろうか。じきに古賀は彼女から離れ、部下に指示を出し始めた。

どこかから架電があったらしく、岩下は携帯電話を手に取った。左手で携帯を耳に押し当て、右手で少し乱れた髪を掻き上げている。彼女の表情は冴えなかった。どうも昨日今日の岩下は、精彩を欠くように思われる。

「行くぞ、倉庫番。夏目も出られるか？」川奈部の声が聞こえた。

はい、と答えて矢代たちは鞄を手に取る。

「じゃあ鳴海主任、行ってきます」矢代は理沙に声をかけた。

「気をつけて。何かあれば連絡をください」

「了解です」

矢代と夏目は表情を引き締めて、川奈部のあとを追った。

3

事件現場に行くときには車を使ったが、聞き込みは電車で行くことになった。

南千住署の下寺刑事はまだ若い。周りにほかの乗客がいないのを確認してから、川奈部は捜査のテクニックについて彼に話し始めたようだった。下寺は何度もうなずきながら、それを聞いている。

自分にもああいうときがあったな、と矢代は思い出した。かつて川奈部とコンビを組んだことがあり、捜査期間中いろいろと教えてもらったのだ。口は悪いが、川奈部は後輩の面倒見がいい。そんな経緯があって、矢代は今も川奈部に頭が上がらない。

神田駅で降りて、牛丼店で昼食をとった。午後一時ごろ、矢代たちが駅から昭和通りのほうへ歩いていくと、すぐに全面ガラス張りのビルが見えてきた。桐原哲生が経営していたケイアール経営研究所は、このビルの五階と六階に入っているという。

「調べてみたんですが、従業員は四十五人だそうです」夏目がメモ帳を見ながら言った。「会社の規模としては大きくないように見えますが、それでもふたつのフロアに入っているんですよね」

「駅から近いし、便利な場所だな」と矢代。

「相当、儲かっているんだと思うぞ」川奈部が矢代のほうを向いた。「社名からして、かっこいいじゃないか。なんとかコーポレーションなんて名前じゃない。ケイアール経営研究所だからな。研究しているんだ」

「企業を相手にして、いろいろアドバイスするわけですよね。業績を伸ばすにはこうしたらいいですよ、とか」

「問題解決のお手伝いをします、というわけだな」

「言葉ではわかるんですが、具体的にどんなことをしているかというと、ぴんときませんね」

「たぶん、説明を受けてもわからないだろうさ。我々サツカンには縁のない世界だ」

そんなふうに言って、川奈部は首を横に振った。どうやら、最初から理解しようという気はないようだ。彼にとっては会社の業務内容より、被害者個人の事情のほうが大事なのだろう。殺害された桐原哲生はいったいどんな人物だったのか。その一点に興味があるというわけだ。

エレベーターで五階に上がると、受付カウンターに制服姿の若い女性がいた。彼女は矢代たちを笑顔で迎えてくれた。

「警視庁の川奈部といいますが……」彼は警察手帳を呈示した。「社長の桐原さんについて、お話をうかがいたいと思います。どなたか事情のわかる方はいらっしゃいますかね」

「少々お待ちください」

女性は内線電話でどこかに連絡をとったあと、顔を上げた。

「担当の者がまいりますので、そのままお待ちいただけますでしょうか」

「わかりました」

川奈部はうなずいて、カウンターから少し離れた。

壁際にカタログスタンドがあるのを見つけて、矢代は近づいていった。会社案内やら、事業紹介やらが並んでいる。

「これ、いただいてもいいでしょうか」

と断ったあと、一部ずつ資料を抜き取っていった。

「資料収集ですか？」夏目が小声で尋ねてきた。

「鳴海主任に持って帰ったら、喜ぶかと思ってさ」資料を鞄にしまいながら、矢代は答えた。「あの人、こういうものに目がないだろう」

「ああ、たしかに。カタログでもパンフレットでも、文字の書いてあるものは何でも好きですよね、主任は」

「この会社の概要もわかるし、一石二鳥というわけだ」

「さすが矢代先輩。上司思いですね」

「仕事熱心だと言ってくれよ」

五分ほどで、廊下の奥から五十歳前後の男性が現れた。上品な印象の人物だが、表情がかなり硬い。

「経営戦略室の飯島と申します」川奈部に向かって、彼は名刺を差し出した。「こちらへどうぞ」

受付の横を通り、廊下を進んでいく。ある部屋の前で、飯島は首から提げたＩＤカードを機械にかざした。ピッと音がしてドアが解錠される。矢代たちは応接室に通され、ソファを勧められた。

お茶を運んできてくれた女性社員が廊下に出ていくのを待ってから、川奈部は口を開いた。

「お忙しいところ、すみません。電話でもお伝えしましたが、こちらの会社の桐原哲生さんが亡くなりました。自宅で殺害されていたんです」

「お話をうかがって驚きました」飯島は顔を曇らせて言った。「桐原が殺害されるなんて……。現場はどんな状況だったんでしょうか」

「あまり詳しくはお話しできないんですが、遺体がかなり傷つけられていましてね」

「傷つけられた、というと……」

「凶器はハサミとカッターナイフです。喉を裂かれ、体のあちこちに切り傷がありました」

「……ひどいですね」

飯島は眉をひそめている。おそらく、凄惨な現場の様子を想像しているのだろう。

「昨日、桐原さんはこちらのビルにいたんでしょうか」

「ええ、ほかの社員にも確認しましたが、午後六時半ごろ会社を出たということでした」

「そのあとは？」

「途中で食事をして、住吉の自宅に帰ったんじゃないかと思います。……ああ、もしかしたら飲んでいたのかもしれませんが」

「行きつけの店なんかがあったんでしょうか」

「……たしか、会員制のクラブに通っていたと聞いたことがあります」

「何という店です？」

川奈部は真剣な表情で尋ねた。飯島はスーツのポケットから手帳を取り出し、ページをめくる。

「私も一度だけ連れていってもらったことがありまして……。ああ、これだ。銀座にある、クラブ・カデンツァという店です」

矢代たちはその店名をメモ帳に書き付ける。夏目は早速、携帯でネット検索を始めたようだ。

「ありました」夏目は言った。「銀座七丁目ですね。中央通りの西側、ビルの二階」

「そう、そこです」

会社は神田にあるから、すぐ銀座に出られる。そこで酒を飲んで住吉の自宅に帰る場合、電車で三十分程度だろうか。金に余裕のある経営者なら、タクシーを使っていたかもしれない。

少し考えたあと、川奈部は話題を変えた。

「桐原さんが誰かに恨まれていた、ということはないですかね」

「さあ、聞いたことがありませんが……。社内でも社外でも、トラブルは何もなかったと思います」

「こちらの会社はコンサルティング業務をしているんですよね。いろんな会社にアドバイスをして、利益のアップを図っているんだと思います。……仮にですよ、言われたとおりに業務改善をしたのに売上が伸びなかった会社があったとします。その会社は、コンサルティングの効果がなかったじゃないかと、クレームを付けてきたりしませんか」

飯島は眉を大きく上げ、首を横に振った。

「そういう話にはなりませんよ。私どもではクライアント企業の業務を徹底的に分析して、改善点を提案します。クライアントさんが充分に納得した上で、改善を進めていきます」

「なるほど、ともに努力していくと。……でも、うまくいかなかったというのはあり得る話ですよね」

「改善の途中で一時的に業績が下がることはあります。ですが長期的に見れば、やってよかったということになります。顧客満足度の数字も出ていますので、そこは間違いありません」

「本当ですか？」

「もちろんです。私どもの仕事は信用第一ですから」

黙ったまま川奈部は相手の顔をじっと見つめる。飯島は目を逸らさない。

矢代はそのやりとりを見ていたが、おそらく飯島は隠し事をしているだろう、と思った。何にせよ百パーセントということは考えにくい。仮に会社の業績が大きく伸びたとしても、そこに至るまでにさまざまな業務の変更が必要となるはずだ。経営者は満足しても、仕事の手間を増やされた社員たちには不満も残るのではないか。

とはいえ、クライアント企業の社員が、コンサルティング会社の社長を殺害しようなどと思うだろうか。さすがにそれは考えにくい。

「桐原さんの交友関係を教えていただけませんか」川奈部は言った。「飲み友達、趣味の友達、昔の同級生……。そういった人たちです」

「アウトドアが趣味だったというのは知っています。……ですが、プライベートでの交友関係についてはわかりかねます」

「じゃあ、社内で仲のよかった人とか、逆に仲のよくなかった人は？」

「社長という立場がありますので、桐原はあまり社員とは親しくしていませんでした。……ああ、誤解のないようお願いしますが、決して壁を作っていたわけではありません。社内に意見箱なども設置していましたし、業績表彰制度などもありました。ただ、個人的に関係を深めたりはしなかった、ということです」

「会社の幹部とも親しくはなかったんでしょうか」

「経営会議のあとに食事をすることはありましたが、それは幹部全員が参加するもので、少なくとも五、六人は出席していました。桐原が社内の人間とふたりきりで飲みに行くのは、見たことがないですね」

川奈部は口を閉ざした。次の質問を考えているようだ。

　あの、と言って矢代は小さく手を挙げた。

「こちらから質問よろしいですか。……桐原さんは以前、田端に住んでいなかったでしょうか」

「よくご存じですね。桐原がこの会社を作ったのは六年前です。そのころ住吉に引っ越したそうで、それ以前は田端に住んでいたと聞きました」

「あ……。会社が出来たのは六年前なんですか」

「最初は十名ぐらいで始めたんですよ。私も創業時からのメンバーでした。実は桐原と、もうひとり共同経営者がいたんですが、途中で辞めてしまいました。その後は桐原ひとりで会社を引っ張ってきたわけです」

「六年でここまで大きくしたのはすごいですね」

「同業の会社を吸収しましてね。それで規模が大きくなりました」

　経営者として才覚があった、ということだろう。その点は、誰もが認める部分だったに違いない。

「念のためお訊きしますが、皆川延人という男性を知りませんか。この人なんですが」

　矢代は第一の被害者の写真を取り出した。もちろん遺体となったあとのものではなく、免許証からコピーしてきた写真だ。

「……いや、知りませんね」飯島は即座に答える。

「では、こういう文字に心当たりは？」

紙を取り出し、矢代は《二》《累》と書いた。飯島はしばらく見つめていたが、やはりわからないということだった。

ほかにも質問を重ねてみたが、これといった情報は出てこない。

礼を述べて、矢代たち四人はソファから立ち上がった。飯島は廊下に出て、先ほどの受付カウンターまで案内してくれた。途中、何人かの社員とすれ違ったが、みな怪訝そうな顔でこちらを見ていた。

「何か思い出したら、ここへ連絡をいただけますか」

川奈部は電話番号を記したメモを差し出す。ああ、わかりました、と言って飯島はそれを受け取った。

「何か思い出せるといいんですがね」

そう言って、彼は矢代たちに頭を下げた。

受付カウンターの女性に会釈をして、矢代たちはエレベーターホールに向かった。

思ったような成果がなく、夏目は少し気落ちしているようだった。彼女は矢代の耳元に顔を近づけ、ささやいてきた。

「あの飯島という人はタヌキですね。何か隠していそうです」

「俺もそう思った」矢代はうなずいた。「正攻法では駄目かもしれない。やっぱり友人や知人を見つけて聞き込みをしないと」

エレベーターのかごが到着したが、気がつくと川奈部がいなかった。あれ、と思いながら辺りを見回す。

「主任なら、あそこです」下寺が教えてくれた。

川奈部はホールの隅で携帯電話を耳に当てていた。今の聞き込みのことを、古賀係長に報告しているのかもしれない。やってきたかごを見送って、矢代たち三人は川奈部を待った。

ところが川奈部の電話はなかなか終わらない。不思議に思って矢代は彼に近づいていった。どうしました、と目で訊いてみる。すると川奈部は電話を耳に当てたまま、小声で言った。

「倉庫番、あそこに休憩室が見えるだろう」

矢代はそっと振り返る。受付の向こう、今通ってきた廊下の端に小部屋があった。コーヒーサーバーやテーブルなどが見えるから、川奈部の言うとおり休憩室だと思われる。扉はなく自由に出入りできるようだ。

「中にひとり、若い男がいる。さっきから俺たちを見ていないか？」

「……え？」

あらためて矢代は休憩室に目を向けた。

川奈部の言うとおりだ。若い男性が壁際に立ち、コーヒーか何かを飲みながらこちらの様子を窺っている。

「ああ、たしかにいますね」

「ちょっと話を聞いてみたい。しかし、俺たちはもう用事が済んでしまったからな。自由に出入りできる休憩室ではあるが、今から戻ったら受付嬢に注意されるかもしれない。そこでだ、おまえ、こっそりあの男のところに行って声をかけてこい。一階のロビーで話をしようって」

「……なかなか難しい注文ですね」

「難しいことはないだろう。俺が受付の気を引いておく」

川奈部は電話をポケットにしまうと、受付カウンターに向かった。咳払いをしてから、先ほどの女性に話しかける。

「実はもうひとり面会したい人がいましてね。こちらの会社に佐藤さんという人がいると思うんです。営業部だったかな。お願いできますか」

「営業部の佐藤ですか……。少々お待ちください」

「すみません。お手数かけます」

川奈部の姿をちらりと見てから、矢代は腰を屈めて受付の脇を通り抜けた。素早く休憩室に入る。

壁際にいた男性は二十代半ばだと思われた。痩せ形で髪は長め、やや内向的な印象がある。胸に《石丸》というネームバッジを付けていた。

矢代がやってきたのを見て、石丸は戸惑っているようだった。

「警視庁の者です。社長さんが亡くなったことはご存じですか」

「ええ、噂を聞きました」石丸はうなずく。

「我々を見ていましたよね。もしかして、何か話したいことがあるんじゃないですか？」

「いえ、僕は……」

そこで彼は口ごもってしまった。

石丸は正義感の強いタイプなのではないか、と矢代は思った。たとえば何か会社の不正などがあって、それが許せないのかもしれない。あるいは、仕事の内容などで会社に不満があるのではないか。いずれにせよ、背中を押してやれば何か出てきそうだった。

「一階のロビーで待っています。あとで来てください」

「いや、でも……」

「あなたから聞いたということは、誰にも言いませんので」

矢代は先に休憩室を出た。再び、背中を丸めて受付カウンターの横を通る。

川奈部はまだ話を続けていた。

「いませんか？　おっかしいなあ。……あ、斉藤さんだったかもしれない」

「斉藤という者もおりませんが……」

「じゃあ佐伯という人は？」

「お客様、申し訳ございませんが、一度名前をたしかめていただけませんか」

受付の女性が少し苛立っているのがわかる。

「ああ、そうですね。確認してみようかな。すみませんでした」

先にエレベーターホールに戻っていた矢代は、川奈部がやってくるのを待った。目で合図をして、到着したかごに乗り込む。

矢代たち四人は一階に下りた。

石丸という社員は来てくれるだろうか。それとも、面倒なことには巻き込まれたくない、と無視されてしまうのか。気を揉みながら待っていると、やがて彼がエレベーターから降りてくるのが見えた。

「石丸さん、こっちです」

矢代は彼を促してビルの外に出た。少し離れて川奈部たちもついてくる。

五十メートルほど進んだところ、ビルとビルの間に自販機の並ぶスペースがあった。幸い、今は誰もいない。そのスペースに入って、矢代たちは石丸と向かい合うことができた。

「警視庁の矢代です。さっき飯島さんから話を聞いたんですが、桐原さんの周辺で特に問題はなかったということでした。それは本当でしょうか。……もし石丸さんが何か知っているのなら、教えていただけませんか」

「何も問題はないって言ってたんですか？」

「ええ、社内でも社外でもトラブルはないと言っていました」

矢代の言葉を聞いて、石丸は舌打ちをした。それから彼は小声で「ふざけるな」と吐き捨てるように言った。

「たしかに、社長は何とも思っていなかったかもしれません。でも、僕らにとっては大変な問題でしたよ。あの人はやり手でしたけど、パワハラがひどかったんです」

「従業員に対するパワハラ、ということですね？」

「そう。無茶な予算を組んで、社員に押しつけるんですよ。社員にはそれを拒絶することなんてできません。契約を取るため、僕らは毎日毎日、無理をすることになる。それでも、できないものはできないわけです。するとあの人は、みんなの前で社員を大声で叱りつけて……。あれは恫喝(どうかつ)ですよ。何時間も会議で責められて、泣きだしてしまう社員が大勢いました。鬱病(うつびょう)になって休職した人もいます。こんなブラック企業が、よその会社にいろいろアドバイスしているわけですよ。ふざけるなと言いたくなる。こういう会社こそ、コンサルティングの対象だと僕は思いますね」

「石丸さんもパワハラを受けたんですか？」

「ええ。一時期、僕は社長直属の新規事業開発チームにいたんです。メンバーは三人いたんですが、僕だけ社長に目をつけられました。態度が反抗的だとか言われて、嫌がらせを受けたんです。そのうち、新規事業開発とはまったく関係ない雑用をやらされるようになりました。コピーをとったり、床の掃除をしたり、中学生でもできるようなデータ入力を命じられたり……。ひどいものでしたよ」

石丸はひとり興奮しながら喋(しゃべ)り続ける。今まで強い不満を持っていながら、誰にも言えずにいたのだろう。だから、まったく無関係な刑事を相手にここまで激昂してみせているのではないか。

「大変だったんですね」同情する調子で矢代は言った。「ほかの社員さんも、みんな石丸さんと同じように不満を持っているんじゃないですか？」

矢代の顔を見て、石丸は深くうなずいた。何度か深呼吸していたが、やがて少し興奮がおさまってきたようだ。

「……すみません。僕が言ったというのは、黙っていてもらえるんですよね？」

「もちろんです」

「いつ辞めようかと思っているんですけど、なかなか踏ん切りがつかなくて。だって、次の就職先も決まっていませんから」

「そうですよね。先のことが決まってからでないと」

矢代が親身になってくれていると感じたのだろう。石丸はこちらに向かって、小さく頭を下げた。

「なんだか愚痴ばかりになってすみません」

「いえ、我々も参考になりますから」矢代は言った。「……石丸さん、桐原社長の言動や態度について、何か印象的なことがあれば聞かせてもらえますか」

「あの人、わがままな上にすごく暴力的だったんですよ。この会社を興す前は不動産会社に勤めていたって話です。強引なやり方は、そのとき身に付けたんじゃないかな」

「コンサルティングを受けた会社では、成果は出ていたんですよね？」

「それは一部でしたね。大部分は、クライアント企業を言いくるめるような形で仕事を進めていましたから。結局、改善の効果なんて考え方次第じゃないですか。売上がすべてではありません、ここの数字を見てください、なんて苦しい言い訳をしながら、コンサルティング料を受け取っているんです。桐原さんに命令されて、僕らはそういう仕事をさせられてきたんです」

「だとすると、社外に敵は多かったんじゃないですか？」

そのとおりです、と石丸は言った。

「社内にだって大勢、敵がいたと思いますよ。……あの人ね、子供みたいに未熟な性格だったんですよ。やりたいことは必ずやる、ほしいものはなんとしても手に入れるという感じでね。そして、かっとなると手がつけられないんです。もう最悪ですよ」

「ひょっとして、暴力沙汰になったことも？」

矢代が訊くと、石丸は記憶をたどる表情になった。しばらく考えてから彼は、うん、うん、と二度うなずいた。

「噂ですけど、殴られて会社を辞めてしまった人がいたそうです。でもその問題は、表面に出てこなかったんですよね。金を握らせたのか、それとも脅したのか。いずれにしても、口を封じたわけですよ」

「パワハラのほか、セクハラなんかもありましたか？」

「それも噂ですけど、あったと聞いています。特定の女性社員がお気に入りだったようです。そう、気に入ったものはどんな方法を使っても手に入れるって性格でしたから。……最初のうちはその女性社員も、自分が優遇されるのを喜んでいたんです。ところが、だんだん彼氏ヅラされるのが嫌になったみたいで、あるとき酒の誘いを断った。すると急に社長の態度が変わってね。それ以来、セクハラがパワハラに変わったそうです。じきに彼女も辞めてしまいました。どうしようもないんですよ、このクソ会社は」

すべてを信用していいかどうかという問題はある。だが石丸の話を聞いていると、桐原は反社会的な性格だったのではないか、とまで思えてきた。

「銀座の会員制クラブに通っていたそうなんですが、知っていますか?」

「もしかして、カデンツァのことですか」

「そうです。そのクラブです。何かご存じのことがあれば、教えてほしいんですが」

ちょっとお待ちください、と言って石丸はポケットからメモ帳を取り出した。しばらくページをめくっていたが、やがて彼は言った。

「僕は社長に命令されて、いろんなことを調べていたんです。ネットでわからないことは電話で問い合わせたりしてね。アルバイトの学生でもできるようなことですよ。……あるとき社長が、この店の会員紹介の規約を調べろと言ってメモを持ってきました。クラブ・カデンツァと書いてありました。何の店かと思って検索したら、銀座の会員制クラブだったんです。そういえば、社長はよく銀座のクラブで飲んでいる、という話を聞いていました。僕らにパワハラをしておいて、夜はこんな高いところで遊んでいるのかと、苦々しく思いました。渡された紙にはクラブ・カデンツァのほか、人の名前がふたつ書かれていたんです。金持ちの仲間かと思うと、腹が立って仕方ありませんでした。それで、その名前を控えておいたんですよ」

「いったい何という人たちですか」

石丸はメモ帳に目を落とす。内容を確認してから、彼は顔を上げた。

「ひとりは三橋（みつはし）、もうひとりは細井（ほそい）です。名字以外はわかりません。でもたぶん、社長はその人たちをクラブに呼んだんだと思います。会員制ということは、誰かの紹介がないと入れないでしょうから」

それらの名前を、矢代たちは自分のメモ帳に書き込んだ。

「まったく、いい気なもんですよ。そんなクラブに通って、あの社長はいったい何をしていたんですかね。考えるとムカムカしてきます」

眉（まゆ）をひそめて石丸は言う。とにかく彼は、桐原のことを憎んでいたようだ。

一通り話し終えてから、石丸は急に慌てた様子を見せた。

「でも刑事さん、僕が殺したわけじゃありませんよ。本当です」

「ええ、もちろん信じます。大丈夫ですよ」

安心したという表情を見せてから、石丸はまた口を開いた。

「そうだ、もうひとつ思い出しました。去年、会社で忘年会があったんですが、そのときあの社長がね……」

桐原に関する悪口なら、いくらでも出てきそうだ。

大変な会社だな、と思いながら矢代はその話を聞いていた。

4

地下鉄で銀座駅まで移動した。

階段を上って地上に出ると、風が吹きつけてきた。電車の中が暖かかったから、風にさらされるとよけい寒く感じられる。道を行く人たちもコートの襟を搔き合わせ、心なしか足早になっているようだ。

中央通りから交詢社通りに入ると、その風も少し弱まった。ほっとして矢代たちは銀座七丁目の目的地に向かう。

まだ明るいこの時間、バーやクラブはやっていないかと思ったが、そうでもないらしい。昨今、バブル期のような景気のよさは窺えず、夜の商売も厳しくなっているのかもしれない。以前のように豪遊する客が少なくなったとすれば、より多くの客を招き入れるしかないだろう。その手段として、営業時間を長くするというのは誰でも思いつくことだ。

すでに、いくつかの店が今日の営業を始めているようだった。

「ここのバーもそうですね。もうお店を開けています。時間帯によって少し価格を変えているんでしょうか。いや、そうでもないのかな。……あ、こっちの店もやっていますよ。ここはカフェバーだから、お昼からやっていてもおかしくはないんですけど」

　夏目は携帯を見ながら、ひとつひとつ報告してくれる。みなを率いて歩く姿は、貸し切りバスの添乗員のようだ。

「そして、いよいよ到着です。クラブ・カデンツァ。ウェブサイトによると、ここも今の時間から営業しています」

　矢代たちは足を止めた。目の前にあるのは五階建てのビルだ。赤みがかった茶色い壁に特徴があり、ひと目でかなり古い建物だとわかる。銀座というとブランドショップが並ぶ中央通りを想像しがちだが、一本裏に入ればこういうビルが数多く残っているのだろう。

　夏目はさらにネット検索をしていたが、やがてこちらを向いた。声を低めて彼女は言った。

「銀座のクラブにもランクがあるようです。超高級クラブは一流企業の重役なんかが通うらしいですね。一回飲みに行くと十万円以上かかるとか」

「十万円だって？」矢代は天を仰いだ。「俺の宅飲みはワンコインだぞ……」

「でもカデンツァは、それほど高いお店じゃないみたいです。もう少し料金を抑えてあるようでして」

「とはいっても、俺たちには無理だろうな。ねえ、川奈部さん」

矢代が尋ねると、川奈部は顔をしかめた。

「そりゃそうだ。仕事でなければ、一生入ることもないだろうさ」

気を取り直して、矢代たちは茶色いビルに入った。

エレベーターで二階に上がる。かごを降りると、そこは暗めのエントランスになっていた。豪華な装飾の施された通路が延びていて、その先にクロークだろうか、間接照明の灯った場所が見える。係の女性がひとりいたので、矢代たちはそちらに歩いていった。

川奈部がカウンターの向こうにいる彼女に声をかけた。

「警視庁の者ですがね」彼は警察手帳をさっと相手に見せた。「こちらに通っていたお客さんについて、うかがいたいことがあります。責任者を呼んでもらえますか」

「失礼ですが、警視庁のどちらさまでしょう」

相手が警察官だと知っても、臆するところはないようだった。これは店の教育の成果なのか、それとも彼女の個人的な性格によるものなのか。

咳払いをしてから川奈部はもう一度、今度は数秒かけて警察手帳を呈示した。

「捜査一課の川奈部といいます。現在、殺人事件の捜査をしています。重要な話ですので、ぜひご協力いただきたい」

「承知しました。少々お待ちください」

女性は内線で誰かを呼んだようだ。そのまま一分ほど待っていると、奥から黒いスーツ姿の男性が現れた。歳は四十代と思えるが、すらりとして引き締まった体つきだった。髪をきれいに整えているし、着ているスーツは仕立てがよさそうだ。会員制クラブにふさわしい、落ち着いた感じの人物だった。

「お待たせしました。永田と申します」

彼が差し出した名刺には、永田与志彦と印刷されていた。肩書きは店長となっている。

「桐原哲生さんをご存じですよね。コンサルティング会社・ケイアール経営研究所の社長です。このお店の会員だったはずです」

川奈部が訊くと、永田は少し考えてから答えた。

「……申し訳ありません。お客様の個人情報をお話しするわけにはいかないものですから」

「店に来ていたことは間違いありませんよね？」

「それも含めて、お話しすることはできないんです」

「永田さん、我々は殺人事件の捜査をしているんですよ。今朝、桐原さんが遺体で見つかったんです。何者かに殺害されていました」

この言葉には、永田もさすがに動揺したものとみえる。だがほんの三秒ほどで、彼は感情のコントロールを取り戻したようだった。静かな口調で永田は尋ねてきた。

「それはたしかですか？」

「写真を見てください。殺害されたのは、この人です」川奈部は資料ファイルから写真を取り出した。「この店の会員、桐原哲生さんですよね?」

永田は写真に目をやったが、特に反応を見せなかった。

川奈部はさらに質問する。

「桐原さんと親しかった会員に、三橋さんと細井さんという人がいませんでしたか? 我々はその人たちから事情を聞かなければなりません。連絡先を教えてもらえませんか。どうかお願いします」

これ以上ないぐらいの真剣さで、川奈部は相手に頼み込む。

だが、永田の態度はまったく変わらなかった。

「申し訳ありませんが、会員様の個人情報はお教えできないことになっています」

「捜査に必要なんですよ」

「そうおっしゃられても困ります。私どもはお客様のことを第一に考えています。お客様の不利になるようなことはできません。たとえ警察の方が相手でも、です」

かちんときたらしく、川奈部は永田を睨みつけた。

「お客様お客様といいますがね、もしかしたらそのふたりの中に殺人犯がいるかもしれないんですよ。そうだったとき、あなたは責任がとれるんですか?」

永田は川奈部の視線を受け止めていたが、やがて小さくため息をついた。

「恫喝されても、私どもの対応は変わりません。どうしても情報が必要だとおっしゃるのなら、しかるべき手続きを踏んでいらしてください」

情報の開示を求めるのなら、令状なり何なりを持ってこいということだろう。たしかに永田の言うことは筋が通っている。正しいことを言われているから、川奈部はよけい苛立ちを感じているようだ。

わざとらしく舌打ちをすると、川奈部は踵を返した。そのままエレベーターのほうへ歩いていってしまう。夏目は下寺と顔を見合わせ、困ったような表情を浮かべていた。とりあえず礼を述べて、矢代たち三人は川奈部のあとを追った。

ビルの外に出たところで、携帯にメールが届いた。

矢代は携帯電話を取り出し、液晶画面を確認する。理沙からの連絡だとわかった。話したいことがあるので一段落したら電話をかけてほしい、と書かれている。

矢代は川奈部に断ってから電話をかけた。

「はい、鳴海です」

「お疲れさまです、矢代です。何か、わかりましたか？」

「谷崎さんに調べてもらった結果、脅迫状に使われたのは大都新聞の見出し文字だとわかりました。決め手になったのは画数の多い漢字です。《痛ミ》の痛いという字や、《裂いテ》の裂くという字に、大都新聞の特徴が出ていました」

「大都新聞といえば三大紙のひとつですね」矢代は言った。「まずは第一段階クリアですか。次は、いつの記事なのか突き止めることですよね」

「そうなんですが、かなり難しくて……。ばらばらの文字ですから、元の記事がどんな内容だったのかわからないんです」

　数秒考えたあと、矢代は気づいた。

「ああ、そうか……。たとえば脅迫状が二十文字あったとすると、別々の二十個の記事から一文字ずつ切り抜かれた可能性もあるわけですね？」

「正確に言うと第一の脅迫状が三十二文字、第二の脅迫状が三十文字です」

「じゃあ、最大で六十二の記事が使われたってことですか」

「いえ、よく調べてみると、第一と第二の脅迫状で同じデザインのカタカナが六つ見つかりました。もしかしたら、その六つは同じ記事の見出しに使われていたのかもしれません」

「大きなヒントじゃないですか。どの文字なんです？」

　矢代は資料ファイルからＡ４サイズの紙を取り出した。そこにはふたつの脅迫文がコピーされている。理沙が教えてくれた文字にマークを付けていった。

おまえを処刑スる　しゃべれなイヨウ　口をふさギ
見えナいよう　目をふさグ

お前を処刑する　体ジゅうに痛ミを与え

「ええと……《イ》《ナ》《グ》《ジ》《ク》《ル》ですか」

　矢代は尋ねる。そうです、と理沙は答えた。

「カタカナばかり、六文字なんですよね」

「その六文字が、何かの言葉だったかもしれないってことですか」

「ああ……でも可能性はいろいろあるんです。別の記事に同じフォントが使われていたのかもしれないし、同じ記事内でも、複数の単語で使われていたのかもしれません。たとえばひとつは《イ》《ナ》《グ》を含む単語、もうひとつは《ジ》《ク》《ル》を含む単語とか……」

「しかし、この六文字がひとつの単語だったという可能性も捨てられませんよね」

「そのとおりです。今はその方向で調査を進めています。この六文字を組み合わせて何かの言葉にならないかと。……でも、六文字以上の単語だったかもしれませんから、難しいんですよ」

　せめて、元の単語が何文字だったかわかれば、もう少し考えようがあるということだろう。

「とりあえず今は六文字を並べ替えて、何かの単語になるかどうか、ということですね」

「ええ。単語が見つかったら、それを大都新聞の電子版でキーワード検索してみるつもりです。ただ、電子版は遡れる年数に限りがありますから、それ以前の記事であれば縮刷版を見るしかないのかも」

縮刷版は、新聞を日付順にまとめて一冊の本にしたものだ。もしそれを調べるとすれば、人海戦術になるだろう。手分けをして、その単語を含む見出しを探さなければならないわけだ。

「実際、該当の記事を見つけたからといって、手がかりになるとは限りません」理沙は言った。「でも、何かありそうな気がするんですよね。脅迫状を作るだけならパソコンを使えば簡単でしょう。それなのに犯人は新聞の見出しを切り抜いた。……もしかしたら、その新聞をずっと見ていて、脅迫状を作ろうと思いついたんじゃないでしょうか。だからその記事なり日付なりに、特別な思い入れがあったのではないかと」

理沙の推測でしかないことだろう。だが、なぜ犯人が時代錯誤ともいえる方法で脅迫状を作ったかを考えると、その新聞の存在は大きいように思われる。そうであれば、記事の特定は犯人の手がかりになる可能性がある。

「もし縮刷版を調べるとなると、人手が必要ですね」矢代は言った。「わかりました。俺と夏目も手伝いますよ。そのほかにも、できることがあると思うし」

「そちらの捜査はいいんですか？」

「今は脅迫状の調査を先にしましょう。俺も夏目も、文書解読班のメンバーですから」

「ああ……そうですよね。助かります」

「じゃあ、これから特捜本部に戻りますので」

電話を切って、矢代は今の話を川奈部に伝えた。

そうか、わかった、と川奈部はうなずく。

「文書解読班の本来の仕事だもんな。しっかりやってこい。俺は俺の仕事を進めておく」

「ありがとうございます。またあとで」

川奈部と下寺に挨拶（あいさつ）したあと、矢代は夏目のほうを向いた。

行きましょう、と言って夏目は力強くうなずいた。

5

午後三時過ぎ、矢代たちは南千住署に戻った。

この時間、ほとんどの捜査員は地取りや聞き込みに出かけている。特捜本部にいるのは捜査をサポートする者たちだ。予備班のメンバーは、被害者ふたりの家から借用してきたノートやメモを調べていた。これは地味に見えるが、かなり重要な仕事だ。

幹部席にいた岩下管理官と目が合ったので、矢代は会釈をした。岩下は何か言いたそうな顔をしていたが、軽くため息をついたようだ。そのため息の意味は何だったのだろう。はっきりとはわからなかったが、岩下の表情が晴れないのは気になった。

机の間を通って本部の後方に行くと、情報分析班の早峰と唐沢の姿が見えた。ふたりは今、金庫の解錠に取り組んでいるところだ。早峰がメモ類とパソコンを見ながら指示を出し、唐沢が電子式の金庫に暗証番号を入力しているらしい。

矢代をちらりと見た早峰は、不機嫌そうな表情を浮かべていた。隣にいる唐沢も難しい顔をしている。作業がうまくいっていないのだろう。

機嫌が悪そうだから黙っていたのだが、早峰のほうから声をかけてきた。

「矢代さん、ずいぶん早いお戻りですね」

嫌みのつもりだろうか。それとも、単に疑問に思っただけなのか。おそらく前者だろうなと想像がついた。岩下の部下である早峰は、文書解読班を敵視している。理沙への対抗心があるようだし、矢代に対してもそうだろう。

「うちのチームも忙しくなってきたんだ」矢代は言った。「任務達成のため、お互いに頑張ろう」

「お互いに、ときましたか」早峰は眉をひそめた。「矢代さん、余裕の態度じゃないですか。文書解読班のほうは順調なんですか？」

「ここからが勝負という感じだよ。うちも頑張るから、早峰たちにも頑張ってもらわないとな」

「言われなくても頑張っています」

「うん、わかっている。夜の会議では、いい報告を頼むよ」

「なんで幹部みたいなことを言ってるんですか」

　ふん、と鼻を鳴らして早峰はパソコンの画面に目を戻した。相変わらずだな、と思いながら矢代は彼女から離れる。夏目が苦笑いをしているのがわかった。

　理沙と谷崎はふたり並んで、コピー用紙を睨んでいるところだった。近づいていって、矢代は声をかけた。

「戻りました。状況はいかがです？」

「ああ、お帰りなさい」

　理沙はこちらを向いた。眉間に皺を寄せ、口をへの字にしてひどい顔になっている。隣にいる谷崎も少し疲れたという表情だ。

「谷崎さんがツールを用意してくれました」理沙は言った。

「ツール？」

「あの六文字を並べ替えてくれるソフトです。それで、意味のある言葉になるかどうか調べているんですよ」

「ああ、いいアイデアじゃないですか。何か見つかりました？」

「それがなかなか難しくて、苦戦しています」

　理沙は手元にある紙を見せてくれた。プリンターから出力されたものらしい。

《イクグジナル》
《イクグジルナ》

《イクグナジル》
《イクグナルジ》
《イクグルジナ》
《イクグルナジ》

六文字を組み合わせた呪文のような単語が、延々と印刷されている。

それが、理沙と谷崎の分を合わせて十数枚あるようだった。

「なるほど、こういうふうになるわけですか」紙を見つめて矢代はうなずく。

「六の階乗ですから、ええと……」

理沙が考え込むそばで、谷崎が口を開いた。

「七百二十通りですね」

「それを目視確認しているわけです」理沙は指先で紙を弾いた。「意味のある単語が見つかれば、マークを付けていきます。……でもこのカタカナをずっと見ていると、だんだん訳がわからなくなってきますよね？」

理沙は谷崎に問いかける。まったくです、と彼は答えた。

「僕なんか文字が躍って見えますよ。この文字ってこんな形だったっけ、と……」

「ゲシュタルト崩壊ですね。私もです」

あの文字好きな理沙でさえ、かなり疲れてしまっているようだった。

理沙の手元の紙を覗き込みながら、矢代は言った。

「さっきの電話でも話しましたけど、これ、六文字以上の可能性もありますよね。脅迫状に使われていなかっただけで、元の見出しは『イクグジナルケイアールクラブカデンツァ』だった、なんていうことも……」

「なんですかそれは」理沙は顔をしかめた。「新聞の見出しなんですから、そう極端に長い言葉ではないはずですよ」

それはそうか、と矢代は思った。新聞紙面のスペースの関係もあるから、見出しはできるだけ簡潔に、短めになっているはずだ。

電子版を検索するならキーワードが必須となる。意味のある単語を推測しなければならない。出力した紙を分けてもらい、矢代と夏目も加わって四人で単語を探すことになった。

ところが十五分も経つと、理沙の言ったゲシュタルト崩壊が起こった。はて、この「ル」という字はこれでよかっただろうか。「ク」という字はこれで正しいのか。疑問が生じるというより、自信がなくなってくる。普段は問題なく読めている字に、何か大きな違和感がある。

さらに五分続けてみて、その違和感がますます強まってきた。

「これは、やられますね」矢代はため息をついた。「自分が何を見ているのか、わからなくなってくる」

「私も目が回ってきました」と夏目。

「そうでしょう。大変なんですよ、これ」

谷崎も渋い顔をしていた。単純作業である上に、意味が読み取れないからストレスが溜まってくる。見落としがあるのではないかと不安にもなる。

少し休憩をしたあと、矢代は発想を変えることにした。

どうも、これら六つの文字がすべてだとは思えない。ほかにもいくつか文字を足してみたら、意味のある単語にならないだろうか。自分に都合のいいように文字を補うことになるが、それもまたひとつの方法ではあるはずだ。

《イ》《ナ》《グ》《ジ》《ク》《ル》という六文字を自分の好きなように並べ、さらに文字を足してみる。思いつくままにやってみた。

たとえば《ジナル》と並べたところに《オリ》を足して《オリジナル》という言葉はありそうだ。その場合、残りは《イ》《グ》《ク》だから、《バ》を足して《バイク》とする。あとは《グ》が残るから、たとえば《ビッ》を足して《ビッグ》にしてみる。これらを並べると《オリジナルビッグバイク》となる。

そんなふうに文字を足して、意味のある単語を作れないかというわけだ。

しばらく六文字を見つめて考えてみた。《ジグソーパズル》、《クイズ》とすると《ナ》が残ってしまう。これはうまくいかないようだ。

最後に《ナ》が残ると難しくなるような気がした。《ナ》を先に決めてしまうなら

《ルナ》、いや、それは発展性がないか。《ナル》のほうが有力だろうか。

そうだ、《シグナル》というのはどうだろう。しかし、残りの《イ》《ジ》《ク》はどうすればいいのか——。

矢代が紙の余白にあれこれメモしているのを見て、夏目が尋ねてきた。

「先輩、さっきから何をやってるんですか?」

「ああ、実はさ……」

自分の考えを、矢代は簡単に説明した。夏目は感心したようだった。

「クイズみたいになりますけど、可能性はありますよね。私たちが探している単語は、六文字とは限らないわけですから」

「そうなんだよ。漫然と見ているより、勘で探したほうがいいんじゃないかと思って」

「何です? どうかしたんですか」

理沙が怪訝そうな顔で、矢代の紙を覗き込んできた。

「矢代先輩が面白いことをやっているんですよ」

夏目の説明を聞いて、理沙や谷崎も興味を持ったようだ。少し休憩だという感じで、四人はそれぞれ知恵を絞り始めた。

そのうち、谷崎がこんなことを言った。

「この《ナ》と《イ》を繋げて《ナイト》とするのはどうですかね」

「夜ですか、それとも騎士のナイト?」理沙が尋ねる。

「まあ、夜でしょうかね」

「残りは《グ》《ジ》《ク》《ル》ですか。《グ》と《ク》が隣接することはないでしょうから少し離して……」

理沙は自分の紙に残りの四文字を書いた。指先で文字を差しながらつぶやく。

「たとえば《ク》《ジ》《ル》《グ》として……《クレジット》？　いや、《ル》と《グ》が思いつかない。じゃあ《ク》《ジ》《グ》《ル》で《クレジット》《グループ》とかでしょうか」

「もう少し変えて《ク》《ル》《ジ》《グ》だったら？」夏目が言った。「《クール》《ジャングル》として……《ナイトクールジャングル》なんていかがです？」

それを聞いて、谷崎が自分の紙に文字を書いた。

「ええと、そういうのがありなら、《ナイトクルージャングル》なんてのもいけそうですよね」

矢代は谷崎が書いた文字に視線を注いだ。その数秒後、突然ひらめいた。もっとしっくりくる単語があることに気づいたのだ。頭に浮かんだその言葉を、矢代は紙に書いた。

「主任！《ナイトクルージング》っていうのはどうですか」

理沙は眉をひそめて、矢代の書いた文字を見つめる。次の瞬間、彼女は「ああ！」と大きな声を出した。

「それ、正解のような気がします！」

「思いつきでしかないんですが、うまく嵌まる感じですよね」と矢代。

「たとえばナイトクルージングの船で何か事件・事故が起こったとか、ナイトクルージングの新しい航路が出来たとか……。そういう記事はあり得ますよね」

そばで聞いていた夏目や谷崎も顔を輝かせている。みな、思いがけずいい答えを見つけたという興奮状態にあるようだ。

早速、谷崎がパソコンで大都新聞電子版にアクセスした。

「さっき有料会員に登録しておきましたから、過去十年間の記事は検索できるはずです」

こういう作業は谷崎に任せておくに限る。少し神経質で自信過剰なところがあるものの、ＰＣやネットの技術に関していえば信頼できる人物だ。

谷崎は「ナイトクルージング」というキーワードで新聞記事の検索を行った。だが、結果は一件しかなかった。

画面に、実際の新聞記事のイメージが表示されている。該当の記事は中ほどにあった。見出しには「ナイトクルージング中　衝突事故」とあり、それに続いて少し小さい文字で「レジャーボート転覆　三名負傷　東京湾」と書かれている。

「ナイトクルーズの船が個人のレジャーボートと衝突した事故ですね」谷崎は言った。

「ボート側に負傷者が三名。死者はありません」

「日付は？」矢代は尋ねた。

「去年の十月七日ですから、今から四カ月前です。ええと……このナイトクルージングは、客船で豪華な食事を楽しむというプランだったようです。うわ、一番高いプランだとひとり二万二千円ですよ！　フレンチらしいですけど、わざわざ船の上で食べたいものですかね？」

顔をしかめて谷崎は言う。それを聞いて、夏目が口を挟んだ。

「あのね谷崎、みんな、ロマンをお金で買っているんだよ」

「船の上で食事をしたって、落ち着かないと思うんですけど」

「君はわかってないねえ」夏目はゆっくりと首を左右に振った。「窓際の席に座って、ふたりで夜景を楽しむのが目的なんだからね。『ほら見て、町の明かりがあんなに』『うん、みんな残業しているね。でも僕らはここで食事を楽しんでいるのさ』『ああ、レインボーブリッジがすごくきれい』『はは、君のほうが百倍きれいだよ』……ってね。胸がときめくでしょう？」

夏目のひとり芝居を、谷崎はぽかんとした顔で見ている。

咳払いをしてから、谷崎は理沙のほうを向いた。

「主任、残念ですけどこの記事は外れですね。……ここ、見出しの文字を見てください。脅迫状に使われていたものとはフォントが違います」

谷崎がタッチパッドを操作して、見出しの文字を拡大してくれた。理沙と矢代はその部分に注目する。谷崎の言うとおり、脅迫状に貼り付けてあった《イ》《ナ》《グ》《ジ》《ク》《ル》の六文字とはデザインが異なっていた。見出しにも使えるフォントが数多くあるのだろう。同じ「ナイトクルージング」という言葉を使うときでも、記事によって文字のサイズやフォントを変えることができるわけだ。

「駄目でしたか」理沙は谷崎に尋ねた。「これ、記事は十年前までということでしたよね」

「ええ。それ以前の記事は公開されていないってことです。古い記事が見たいのなら、縮刷版に頼るしかないと思います」

最終的にはそこへ行き着くわけだ。矢代は腕組みをして理沙に言った。

「脅迫状が作られたのは七年前か、それ以前です。今、谷崎が調べてくれて、十年前までの記事にはなかったわけですが、もっと古い記事には、あのフォントを使った『ナイトクルージング』の見出しがあるかもしれません」

「やはり縮刷版ですかね」と理沙。

「まあ、俺の推測が間違っていて、元の単語は『ナイトクルージング』ではなかった、という可能性もあります。『ナイトクルージング』に賭けて縮刷版をみんなで調べるか、それとも別の単語の組み合わせを考えるか……。時間がかかりますから、ここでどちらかを選んだほうがいいんじゃないでしょうか」

「判断に迷うところですね。これは難しい」

「縮刷版の元データが検索できれば、あっという間に結果が出ますけど、この新聞社の場合はどうなっているのか……」

空気が重くなったところへ、誰かが近づいてくる気配があった。矢代は顔を上げ、そちらに視線を向ける。

そばにやってきたのは岩下管理官だった。

「鳴海さん、何か問題があるのかしら」

厄介な人が来たな、と矢代は思った。ただでさえ新聞記事の件で頭が痛いのだから、ここであれこれ嫌みを言われたら、かなりのストレスになりそうだ。

「あ……いえ、大丈夫です」理沙は会釈をしながら言った。「いつもの文書解読班のミーティングですので、どうかお気になさらないでください」

「でも私には、あなたたちがかなり困っているように見えたのだけれど」

「いえ、その……おっしゃるとおり、今回の事件はかなり難しいものだと感じています。ですが管理官、手がかりは徐々に集まりつつあります。ひとつずつ分析して調査を進めていけば、いずれ真実が明らかになるものと思います。全力を尽くしていく所存です」

早口になりながら理沙は言った。緊張しているのがよくわかる。

理沙はものをはっきり言う女性や、弁が立つ女性の前に出ると慌ててしまうのだ。自分がおっとりした性格だから、岩下のようなタイプには苦手意識を持っているのだろう。今まで矢代はそういう場面を何度も見てきた。

そして岩下のほうは、それがわかっていて理沙に話しかけてくるのだ。昨日、矢代は岩下から聞かされた。彼女は、自分とはタイプの違う理沙を疎んじている。もしかしたらそこには、警察官としてあまり苦労したことのない理沙への憤りがあるのかもしれない。人一倍努力して管理官になった岩下だからこそ、理沙に対して特別な感情を抱いてしまうのではないだろうか。

「あなたたちが何に悩んでいるのか、私にはわかっています」岩下は理沙をじっと見つめた。「声が聞こえてきましたからね。あなたたちはそれぐらい熱心に話をしていたということ」

「ああ……それは申し訳ありません。議論が白熱してしまいまして」

「鳴海さん、私は不思議で仕方がないのよ」

「はい？」

「あなたたち、なぜそんなに時間を無駄にするの？　効率が悪すぎるわ。新聞記事がどうとか、見出しのフォントがどうとか、何なのいったい。そんなことに時間を使っている余裕があると思う？」

「いえ……それは……」

理沙は口ごもった。その表情には焦りの色がある。

まずいな、と矢代は思った。ほとんどの捜査員が聞き込みなどで忙しく働いているというのに、文書解読班は何をやっているのか。もっと真剣に、効率よく時間を使うべきではないか。岩下はそう言いたいのだろう。

矢代たちも決して無為に時間を過ごしているわけではなかった。だがほかの刑事たちからすると、理沙の仕事は真剣味が足りないように見えてしまうのかもしれない。

「待ってください、管理官」矢代はふたりの会話に割り込んだ。「のんびりしているように見えてしまったかもしれませんが、鳴海主任には鳴海主任のペースというか、独特のスタイルというか、本人に適したやり方がありまして、決して気を抜いたり手を抜いたりすることはなく……」

「あなたは黙っていて」

厳しい目で睨まれ、矢代は口を閉ざすしかなかった。

岩下は矢代から夏目、谷崎へと視線を移していく。そして最後に、理沙の顔を見た。

理沙のほうは息を詰めて岩下を見つめ返している。

首をかしげながら岩下は言った。

「なぜ新聞社に行かないの」

「……え？」

「大都新聞に行って話をすればいいでしょう。これは捜査なのだと説明して、データの検索でも何でも依頼すればいい。あなたたちがここであれこれ考えている間に、結果が出てしまうかもしれないわ」

矢代は理沙と顔を見合わせた。夏目や谷崎も驚いたという表情だ。

もしかして、岩下はアドバイスをしてくれているのだろうか。まったく予想外のことだった。てっきり、いつものように嫌みを言われるのだと思っていた。

「ああ……でも岩下管理官」理沙は戸惑う様子を見せた。「新聞社がそう簡単に協力してくれるでしょうか。事件の捜査だといっても、彼らにはそこまで協力する義務はありませんし」

「鳴海さん、あなた本当に警部補なの？」

「あ……はい、そうです」

理沙は居住まいを正して答える。岩下は続けた。

「中間管理職として、もっとうまく立ち回る方法を考えなさい。自分で処理できない問題があったら、上に相談して指示を得る。基本でしょう？」

「それはそうですが、まず自分でしっかり考えなくてはいけないんじゃないかと思いまして。それでも解決できそうになければ、ご相談すべきだと判断しますが……」

「その判断が遅いと言っているの。困ったときは上司を頼りなさい」

「ええと……岩下管理官を、ですか？」

「そう言っているでしょう」

落ち着かない様子で、理沙は辺りをきょときょと見ている。まるで教師に叱られている学生のようだ。

「今問題になっている件も、岩下管理官にご相談すれば解決するということでしょうか」

「そのとおり。私はあなたとは別の警察官人生を歩んできた。あなたができないと思うようなことでも、私にはできる。……大都新聞の社会部に青井（あおい）というデスクがいるわ。

私の名前を出せば協力してくれるはず。彼にはいくつか貸しがあるのよ」

矢代は驚いていた。そんな関係があるとは知らなかった。

いや、しかしよく考えてみれば、そう不思議なことではないのかもしれない。新聞社は報道のネタとして、捜査に関する情報がほしい。一方警察は、新聞社が勝手な報道をするのを防ぎたいし、おかしなキャンペーンをしないよう釘（くぎ）を刺しておきたい。両者の間で、半ば取引のように情報交換が行われることは、さほど不自然ではないというわけだ。

「わかったら、すぐ大都新聞に行きなさい。時間を無駄にしないように」

「ありがとうございます」椅子から立ち上がって、理沙は言った。「すみません、私は今まで管理官のことを誤解していたかもしれません。なぜか管理官は私に対して、いつも当たりがきついように感じていまして……」

「そうよ、きつく当たっていた。別にあなたの勘違いじゃないわ」

岩下の言葉を聞いて、理沙は不思議そうな顔をした。

「じゃあ、どうして今日はアドバイスをくださったんですか」

「あなたたちだけじゃ埒（らち）が明かないでしょう。捜査が進まないと私も困るのよ」

「でも、今までこんなこと、一度もありませんでしたが……」

「私にもいろいろと事情があるの。あなたはあれこれ考えなくていい」

理沙は委細承知したというふうにうなずいたあと、嬉（うれ）しそうに言った。

「管理官、人って変わるものなんですねえ」

「いいから、早く行きなさい」

岩下に急かされて、矢代と夏目も立ち上がる。理沙はバッグを手元に引き寄せた。

手早く外出の準備を済ませ、矢代たち三人は特捜本部を出た。

6

午後八時、南千住署の講堂に捜査員たちが集まった。

捜査二日目、これから夜の会議が始まるところだ。しかし席に着いた刑事たちはみな冴えない表情を浮かべていた。

今回の事件では、すでにふたりの被害者が出てしまっている。どちらもひどく傷つけられていて、その手口から犯人の残酷さ、凶悪さが感じ取れた。このような犯罪者を野放しにしておいてはいけない、というのは誰もが思っていることだろう。だが現時点で、犯人の特定に役立つような情報を持つ者はいないようだった。

実際、捜査員たちは順番に活動報告をしていったが、めぼしい情報は出てこなかった。普段無表情でいることの多い古賀係長も、ときどき眉をひそめている。成果の挙がらない報告に、焦りと苛立ちを感じているのだろう。

「次、情報分析班、報告を」

古賀に促され、はい、と言って早峰が立ち上がった。

「現在、データ分析や情報の精査などは一旦おいておき、緊急性の高い金庫の解錠に取り組んでいます。皆川延人さんのノートやメモなどを見て、その内容から暗証番号を推測しているところですが、今のところ作業は難航しています。ノートに暗証番号らしい数字はなく、そのヒントらしきものもありません。ときどき《みながわ》とか《MINAGAWA》とか、自分の名前が書かれていますが、これは暗証番号ではありません。

ひとつ大きな問題として、暗証番号の桁数が不明だということがあります。桁数が判明すればある程度の推測は可能かと思うのですが、全部で何桁になるかわからないため、いわば思いつきで入力することが繰り返されていまして、効率的な作業とはいえない状況が続いており……」

早峰の報告は、徐々に釈明の色合いを帯びてきた。それを察したのだろう、古賀係長がストップをかけた。

「結論を述べてもらえないだろうか。そのあと、今後どうするかを話してほしい」

古賀にそう言われて、早峰は少し考える表情になった。咳払いをしてから彼女は言った。

「……まだ解錠はできていません。これから先も暗証番号を解明するため、入力作業を続けます」

「何か必要なものがあるか？　手助けがいるようなら人間をそちらに回すが……」

「いえ、それには及びません。情報分析班の力で解明してみせます」

わかった、とうなずいて古賀は早峰を座らせた。

続いて彼は、理沙や矢代のほうを向いた。

「最後に文書解読班。今日の成果を報告してください」

矢代は理沙の様子を窺った。どうしようかと彼女はためらっているようだ。

ここは自分が報告すべきだろうと思って、矢代は椅子から立った。

「文書解読班の矢代です。被害者・桐原哲生さんのケイアール経営研究所に行ったこと、会員制のクラブ・カデンツァに行ったことは、先ほど川奈部主任から報告があったとおりです。そのあと我々は二通の脅迫状について調べ始めました。この脅迫状というのは、新聞の文字を切り抜いて作ったと思われるものです。南千住事件、住吉事件とは関係ないんですが、実は私が休みの日などに調べていた田端事件というのがありまして……」

少し事情が複雑なのだが、矢代は水原弘子が死亡した事件についてみなに説明した。

捜査員たちは怪訝そうな顔をしている。それはそうだろう。いち捜査員が個人的に調べていた事件が、今回のふたつの殺人事件に関わっているように見えるのだ。話が飛躍しすぎだと思う者もいるはずだった。

そうした空気を感じ取ったらしく、川奈部が質問を挟んでくれた。

「でも結局、不思議なことは何もないんだよな？　写真の脅迫状が今の事件を予言したわけじゃない。実際には、脅迫状を作った人間が事件を起こしたってことだろう」

「ええ。そこで問題になるのは、なぜその人物はレトロな脅迫状を作ったのか、ということです。我々は文書解読班ですから、その脅迫状について調べ始めました。……使われていたフォントは大都新聞のものだと判明したので、岩下管理官のアドバイスもあり、大都の本社に行きました」

矢代は幹部席をちらりと見た。岩下は資料に目を落としていて、こちらを見ようとはしない。

「我々は《ナイトクルージング》という単語から切り出された六つの文字が、脅迫状に使われたのではないかと考えました。その単語をキーワードにして、大都新聞の過去の記事を検索してもらいました。縮刷版に含まれるような古い新聞についても、大都ではデジタル化を進めていて、遡って調べることができたんです。ところが《ナイトクルージング》という見出しを持つ記事をピックアップしても、脅迫状の六つの文字とはフォントが違っていました。実はそこまで調べてみて、我々はひとつ勘違いをしていたことに気づいたんです。これは大都新聞の社員から指摘されたことなんですが……」

捜査員たちがこちらに注目しているのがわかる。矢代は自分のメモ帳を見ながら、話を続けた。

「我々がその脅迫状を大都新聞からの切り抜きだと断定したのは、『痛い』という字と『裂く』という字の特徴からでした。ほかの字を、すべて大都新聞の記事で確認したわけではありません。そうすると《ナイトクルージング》から持ってきたと思われる六文字も、実は大都新聞のフォントではない可能性がある、と大都の社員が言ったんです」

　ちょっと待った、と川奈部が言った。

「それじゃ、大前提が崩れてしまうじゃないか」

「はい。でも、複数の新聞から切り抜いた文字を交ぜて使うというのは考えにくいだろう、ということになりました。そんな話をしているうち、大都の別の社員が首をかしげたんです。そもそも、ナイトクルージングという単語を記事で使うこと自体が少ないだろうと。もし使われるとしたら新聞広告ではないか、というんです」

「新聞広告？」

「ナイトクルージングでお食事ができますよ、ロマンチックな東京湾クルーズをぜひお楽しみください、といった感じです。新聞広告のデータは、広告を載せたい会社が作ってきますから、そこで使われている文字フォントは、大都新聞のフォントとは違っているわけです。そうだとしたら、大都新聞の記事の見出しをいくら探しても意味はないですよね」

　矢代は川奈部に問いかけた。彼はよくわからないという顔をしている。ほかの捜査員たちも、ぴんとこないようだ。

「ええと……とにかくそういうわけで、記事ではなく広告を調べようという話になりました。出稿の記録を調べて、クルージングをやっている会社の広告が載った日を拾い出しました。そうやってピンポイントで調べていったところ、ついに見つけたんです。

六つの文字はやはり《ナイトクルージング》という単語から切り取られたものでした。七年半前の七月三日、大都新聞の朝刊に掲載された、クルーズ船の広告です。その日の朝刊のデータを大都から提供してもらって、我々は全三十ページを確認しました。ふたつの脅迫状に使われた六十二文字は、すべて七月三日の朝刊に載っていたものだとわかりました。広告から切り抜かれたのは《ナイトクルージング》に含まれる六文字だけで、あとは新聞記事の見出しが使われていました。

調べてみたんですが、クルージングの広告に不審な点は見られませんでした。念のためほかの広告や記事も注意深く読みましたが、手がかりになるような情報はありません。今回の被害者・皆川さんや桐原さんと繋がる情報も載っていませんでした。そういうわけで結局、脅迫状の文字の出どころを見つけはしましたが、これといった情報を得ることはできませんでした」

それを聞いて、川奈部の顔に落胆の表情が浮かんだ。ひとつ息をついてから矢代は続けた。

「ただ、脅迫状を作るとき、その人物の手元に七年半前、七月三日の大都新聞朝刊があったことは間違いありません。なぜ大都新聞だったのか。あるいは、なぜ七月三日だったのかということは、手がかりになる可能性があると思います」

捜査員たちは黙ったまま矢代を見ている。四方八方から視線を浴びて、どうにも落ち着かない気分だった。結局のところ、脅迫状の分析だと矢代たちが意気込んでいたことは空振りだった。いや、今後何かしらの進展があるかもしれないが、今の時点で成果と呼べるようなものはひとつもなかった。

「矢代くん」

幹部席から岩下の声が聞こえた。矢代は姿勢を正して彼女のほうを向く。またいろいろ言われるのだろう、と覚悟を決めた。

だが、どうしたことか、岩下の言葉はきついものではなかった。

「成果がなかったのは残念だった。でも、何も見つからないということが早い段階でわかったのだから、意味はあったでしょう。この方向に進んでも行き止まりだとわかれば、別の道に変えることができる。……だからぐずぐずせず、早く大都新聞を訪ねなさいと言ったの。わかるわね？」

「あ……はい。アドバイスをいただき、ありがとうございました」

「他人をうまく使うことも実力のうちよ。あなたの上司にそう教えてあげなさい」

矢代は理沙の顔をちらりと見たあと、岩下のほうへ視線を戻した。

「わかりました」

岩下と古賀に頭を下げてから、矢代は自分の椅子に腰掛けた。

今のやりとりでは冷や汗をかいた。だが岩下の言うことはもっともだ、と思った。これは警察に限ったことではなく、どんな組織であっても、誰かを頼るのをためらってはいけない、という教訓なのだろう。

捜査員たちからの報告が済むと、古賀係長はみなを見回して言った。

「まだ捜査二日目ということもあって、情報が揃っていないものと思います。しかし、この事件の犯人はどこかに潜んでいる。もしかしたら次の犯行を計画しているかもしれない。明日(あした)も全力で捜査に当たってください」

起立、礼の号令がかかって、夜の会議は終了した。


コンビニのレジ袋を提げて住宅街を歩いていく。

冷たい風が吹きつけて、理沙のコートの裾(すそ)がはためいた。彼女は身を縮め、吐く息でてのひらを温めようとする。だが白い息も折からの風で吹き流されてしまう。

「寒いですね。早く温かいものがほしい……」

「もう少しですから頑張ってください」矢代はレジ袋を掲げてみせる。「もうじき弁当にありつけますよ」

「昔、子供向けの本でこういうお話を読んだ気がします。吹雪の中、ふたりの男が歩いている。主人公は弁当を持っているんですが、もうひとりは持っていません。金を出すから売ってくれと言われ、主人公は大事な弁当を売ってしまうんです」

「それで、主人公はどうなるんですか」

「……どうなったのかな。すみません、忘れてしまいました」

理沙でもストーリーを忘れることがあるんだな、と矢代は意外に感じた。一度読んだものは全部覚えているのだと、勝手に思い込んでいた。

「鳴海主任、ほら、明かりが見えてきましたよ」夏目が言った。「あと少しです。頑張って」

　街灯の明かりの中、目指す建物が浮かび上がって見えた。民家の一階に店舗の出入り口がある。昼間はそこから入れるのだが、この時間は勝手口に行くしかない。矢代たちは建物の横に回った。

　インターホンのボタンを押すと、五秒と経たずに勝手口のドアが開いた。出てきたのは七十歳前後の女性だ。茶色のカーディガンを着ている。

「鳴海さん、いらっしゃい。待っていましたよ」

「夜分、申し訳ありません。ちょっと気分転換……あ、いえ、先生のお顔を拝見したかったものですから」

「どうぞ上がってください。あの人、居間にいるから」

　お邪魔します、と言って鳴海は建物に入っていく。矢代と夏目もあとに続いた。

　営業中なら看板もはっきり見えたことだろう。ここは阿佐谷にある書道用品販売店の「芳華堂」だ。売り場には文具、紙製品、硯や筆などがある。しかしこの店に客が入っているところを、今まで矢代は見たことがなかった。他人事ながら、商売は大丈夫だろうかと心配になってくる。

　畳敷きの和室に入っていく。壁際には箪笥やテレビが置かれ、部屋の真ん中には使い込まれた卓袱台がある。奥のほう、文机に向かって男性があぐらをかいていた。作務衣の上にどてらを着ているようだ。

「先生こんばんは。ご機嫌いかがですか」

「ご機嫌いいわけないだろう」そう言って男性はこちらを振り返った。「なんでおまえは夜中に人の家に押しかけてくるんだ。それも一度や二度じゃない。高齢者夫婦への嫌がらせか」

「とんでもない」理沙は首を横に振った。「ここは心の拠り所です。私は遠山先生の顔を見ないと、調子が出ないんですよ」

「くだらないことを」

遠山健吾は卓袱台の上を見つめた。矢代からレジ袋を受け取った理沙が、ちょうど中華弁当を三つ取り出したところだった。

「またここで飯を食うのか！　おまえは、わしのうちをドライブインか何かと勘違いしてるんじゃないのか」

「先生、ご存じないんですか？　ご飯は大勢で食べたほうが美味しいんですよ」

「わしらはとうに飯を食ったんだ。おまえの言う『大勢』には含まれないだろうが」

「まあ、そう怒らないでくださいよ。デザートを差し上げますから」

理沙はもうひとつのレジ袋から、プリンの容器を五つ取り出す。

「時枝さんもいかがですか」

「私、歯磨きしちゃったから」そう言いながら時枝は近づいてきたが、卓袱台を見て顔を輝かせた。「あら、プリンなの。じゃあいただこうかしら」

「おい時枝、そんな安いもので釣られるんじゃない」

遠山は不機嫌そうな顔をする。

彼と目が合ったので、矢代は会釈をした。夏目も頭を下げた。

「大勢でお邪魔してしまってすみません」矢代は言った。「ご迷惑じゃないかって鳴海主任には言ったんですが、どうしても先生にお会いしたいと……」

「今の仕事が行き詰まっているんです」夏目が補足した。「それで、恩師である遠山先生からぜひアドバイスをいただきたい、ということらしくて」

「ふん。心にもないことを……」

「いえいえ。いざというとき頼れるのは恩師です」と夏目。

「鳴海が大学を卒業してからもう十年以上だぞ」

「時間が経ったからこそ、先生のありがたみがわかったんじゃないでしょうか」

遠山は夏目の顔をじっと見つめる。それから、彼は口元を緩めた。

「君たちふたりは実にしっかりしている。鳴海は全然駄目だがな。まったく、あれでよく中間管理職が務まるものだ」

「ひどい言われようですね」理沙は顔をしかめる。

食事が済むと、理沙はひとつ咳払い（せきばらい）をした。バッグの中から資料ファイルを取り出す。

時枝が拭（ふ）いてくれた卓袱台の上に、理沙は資料を置いた。

「遠山先生、ちょっとご相談したいことがあります」

「また事件か。……仕方ない。話を聞こうか」

大学教授だったころ、遠山は警察の捜査に協力してくれたそうだ。だから守秘義務はもちろん理解している。それに、かつての教え子に頼られて悪い気はしないだろう。

「実は、矢代さんが長年追いかけてきた転落死事件がありまして」

「ん？　なんだ、今回は殺人事件じゃないのか？」

「いえ、最終的には殺人事件に繋（つな）がるんですが、若干その関係がアクロバティックというか……」

理沙はこれまでの経緯をかいつまんで説明した。ところどころで矢代がフォローする。それで話は通じたようだった。

理沙は紙を取り出して、タスク管理図を書いていった。

□南千住事件
- ■被害者の身元　★皆川延人（フリーランスのデザイナー）
- ■唇の傷　★瞬間接着剤（ホクトワン製）
- ■まぶたの傷　★スキンステープラー（ホクトワン製パーツ使用）
- □血文字の《二》《累》

- □アサクラ印刷（六年前に皆川は退職、フリーに）
  - □皆川が退職した経緯
  - □元総務部長・宮里　★皆川が退職した経緯を知る？
  - □金庫
    - □解錠　【情報分析班】
    - □収納物

- □住吉事件
  - ■被害者の身元　★桐原哲生（ケイアール経営研究所・社長）
  - ■喉（のど）の傷　★ハサミ（ホクトワン製）
  - ■体の傷　★カッターナイフ（ホクトワン製）
  - □クラブ・カデンツァ
    - □三橋　★桐原の知人？
    - □細井　★桐原の知人？

- □田端事件（七年半前）
  - □水原弘子の転落死
    - □トラブルの原因　★カメラを持った不審者を追跡？

□不審者の正体　★Ｍ３０２の持ち主？
■Ｍ３０２で撮影された写真
■第一の脅迫状　★南千住事件を示唆
■大都新聞　★七年半前・七月三日朝刊から切り抜き
■第二の脅迫状　★住吉事件を示唆
■大都新聞　★七年半前・七月三日朝刊から切り抜き
■民家　★桐原の自宅（六年前、住吉に転居）
■桐原哲生
□七年半前・桐原宅の隣地、駐車場のバイク火災
□七年半前・桐原宅付近のガス漏れ騒ぎ（爆破予告による）

タスク管理図を指差しながら、遠山は言った。

「文具を使った犯行か。犯人はそれにこだわっているわけだな」

「そうなんです」理沙は深くうなずいた。「もしかして、犯人は文具のコレクターだったりして……。いや、文具メーカーに勤務する人間という線もありますね」

「それ、逆じゃないだろうか。実は文具に恨みがある人物だった、とかな。だから、わざわざ文具で被害者を傷つけたんじゃないか？」

「これらの事件について、何かアドバイスをいただけませんか」

理沙の言葉を聞いて、遠山は腕組みをした。白髪頭を掻きながら、しばらく考え込む。それから彼は重々しい口調で言った。

「二通の脅迫状だが、文章の特徴や癖を分析してみるべきだろうな」

「はい、それはやってみました。ただ、新聞の文字を切り抜いているから、筆記者本人の特徴は出にくいのかなと考えています。目の前にある文字しか使えないわけですから、ペンで書くような自由度はありませんよね」

「カメラに付いていた指紋は当然、もう調べてあるな？」

「鑑識に調べてもらって、前歴者の指紋は付着していないことがわかりました。もちろん皆川さん、桐原さんの指紋も付いていません」

そうか、と遠山はつぶやいた。表情から、彼もこの事件について真剣に考えてくれているのがわかる。

「先生、そのほか何かありますか」と理沙。

「……第一の事件で書き残されたメッセージは、《二》と《累》だったな。鳴海はこれを二文字だと言うが、三文字以上の可能性もあるんじゃないか？」

「ああ、たしかに……」理沙はうなずいた。「私も少し考えてみたんですが、《二》《累》と来たら、次はどうなりますかね」

「それはわからん。しかし、今回書かれた《累》が、野球の《塁》の書き間違いではない可能性もある。もう少し疑ってみたほうがいいんじゃないか？」

「どう疑えばいいんです？」

「そこは自分で考えるべきだろう。おまえは警察官であり、文書解読班のリーダーなんだ。わしみたいな隠居した高齢者に頼っていてはまずい」

「ぐうの音も出ませんね」理沙は軽くため息をついた。

仕事の話が一段落したあと、少し雑談になった。

矢代は書道について遠山に質問を始めた。遠山はこの店を経営しながら、自分ならではの文字を書きたいということで、毎日文机に向かっている。だが墨を磨るばかりで一向に字を書こうとしない、と聞いている。気が乗らないといい字は書けない、というのが遠山の考えらしかった。

一方、夏目は時枝とともに旅行の話をしている。温泉やら城巡りやらで、女子トークのように盛り上がっていた。このふたりが、これほど馬が合うとは意外だ。

そんな中、理沙はひとり考え事をしているようだった。置いてあったサンダルを履いて、彼女は売り場に出ていった。彼女が商品を見て回っているのを、矢代は和室から眺めていた。

「先生、ノートとかペンとか、文具が増えましたね」理沙が言った。

「それは撒き餌なんだよ」と遠山。

「撒き餌？」

「文具を置いておくと、子供が買い物にやってくる。今のうちからいろいろ刷り込んでおいて、書道の道に誘い込もうというわけだ。そしてゆくゆくは筆やら硯やら、高いものを買ってもらう。長期戦略だよ」

「あ……。一応、商売を頑張ろうという気持ちはあるんですね」

「当たり前だ。この店を造るのだって、かなり金がかかったんだからな」

その会話を聞いて、矢代も驚いていた。てっきりこの店は道楽でやっているものと思っていたからだ。

なるほどねえ、などとつぶやきながら、理沙はさらに売り場を見ていく。やがて彼女は、何かを見つけたようだ。

「あれ？　ホクトワンの商品カタログじゃないですか。先生、こんなものまで用意したんですか」

「ホクトワンの営業が何冊か置いていったんだ。各種文具から、机や椅子といったオフィス用品、ちょっとした家電も載っている。見ているとけっこう面白いぞ。変わったところではソリューションサービスというのかな、店舗や事務所の設計なんかもやってくれるそうだ。ちと欲張りすぎだとは思うが」

ただ見ていても面白いというし、もちろん文字や文章も印刷されている。ほしがるだろうなと矢代が思っていたら案の定、理沙は目を輝かせた。

「先生、これ一冊いただいてもいいですか？　いいですよね」

「ああ、持っていきなさい。事件の捜査も大事だが、あまり根を詰めすぎるのもよくない。適度に息抜きをしないとな」

ありがとうございます、と言って理沙は頭を下げた。

夏目と時枝はそのやりとりを聞いて、顔をほころばせている。

「あの、俺も一冊もらっていいでしょうか」矢代は遠山に尋ねた。「商品カタログって好きなんです」

「たくさんあるから持っていくといい。ほしい商品があれば、芳華堂が注文してあげよう。うちも商売なんでな」

「買いたいものがあれば連絡しますよ」

理沙が矢代の分もカタログを持ってきてくれた。会釈をして矢代は受け取る。

さて、そろそろ、と理沙が言った。そうですね、と矢代は応じた。

遠山夫妻と話をすることで、少し気分転換ができた。次は仕事に全力を尽くさなければならない。やるべきことは山ほどある。

自分たちはまだ犯人に関する情報を何もつかんでいないのだ。早く証拠や証言を集め、卑劣な犯人を暗闇から引きずり出さなければならない。

殺人犯の素顔を想像しながら、矢代はこれからの捜査について考えを巡らせた。

第四章　見えない接点

1

空は厚い雲に覆われている。風はあまり強くないようだが、気温はかなり低い。

廊下を歩きながら、矢代は腕時計を確認した。二月十五日、午前六時四十分。捜査開始から三日目の朝を迎えている。

特捜本部に入っていくと、もう二十名ほどの捜査員が集まっていた。それぞれ自分の仕事に取り組んでいるようだ。パソコンを使う者、相棒と打ち合わせをする者、資料を見比べて筋読みしようとする者など、さまざまだった。

どの捜査員にも共通するのは、表情にあまり余裕がないことだ。すでにふたりの被害者を出してしまっているし、現場の状況が普通ではない。自分たちが相手にしているのは、凶悪な猟奇殺人犯なのではないか。そんなふうに思って、みな厳しい表情になっているのだろう。緊張感というより、自分たちの仕事についてプレッシャーを強く感じているのだ。

　捜査員席のうしろのほうへ矢代は進んでいく。向かって右側に文書解読班の席がある。理沙は今朝も背中を丸めて資料を睨んでいた。

「主任、大丈夫ですか」

　そう質問したくなるような雰囲気があった。仕事に集中していて、周りのことはまったく目に入っていないのではないか。机の上には空になった紙コップや、コーヒーの空き缶がいくつも並んでいる。

　理沙は顔を上げた。今日も髪が乱れ、目が充血している。

「あ……矢代さん。おはようございます」

「また徹夜したんですか？」

「徹夜しようと意気込んでいたわけじゃないんですが、気がついたら朝になっていたという感じです。弱りました」

「遠山先生と会ったことで、何か見えてきませんでしたかね」

「そうですね……。昨日の収穫といったら、これぐらいでしょうか」

　理沙は資料の下から、ホクトワンの商品カタログを取り出した。ホクトワンといえば、犯人が被害者を傷つけるのに使った文具のメーカーだ。医療機器のパーツも作っている。犯人はこの会社にこだわっているのではないか、というのが矢代たちの考えだ。

「見ている分には楽しいんですが、これらの製品が事件と関わっていると思うと、複雑な気分になります」

「鳴海主任は本や文書が好きだから、文具にも興味があるでしょう。その文具が凶器として使われたわけですから、悔しいですよね」

「そう、そこなんです」理沙は声を強めて言った。「喉を突くのにハサミを使ったり、体を傷つけるのにカッターを使ったり……。普通ならナイフや包丁を用意しませんか」

「まあ、そうですよね」

「しかし犯人はハサミやカッターを使った。無理があるとわかっていながら、そうした。ひどい使い方です」

「遠山先生の言うように、文具に恨みを持っている人物だったりするんですかね」

「なんだか、そんな気がしてきました」

理沙はひとり腕組みをして、じっと考え込む。

犯人が計画的であり、かなり慎重な人物であることは明らかだった。奴は、凶器の種類を急に決めたわけではないだろう。事前によく検討した上で被害者を傷つけたに違いない。そこには何かの主張があるのではないか。

矢代たちがそんな話をしていると、突然女性の声が聞こえた。

「ああ、やった！　成功だ！」

何事かと、矢代たちは声のしたほうに目を向けた。

情報分析班の早峰が、椅子から立ち上がってガッツポーズを決めていた。そばにいる唐沢も、両手を上げて万歳のポーズをとっている。普段ふたりとも感情をあらわにするタイプではないから、周りの捜査員たちはみな驚いていた。

「どうした早峰」

声をかけながら、矢代は彼女に近づいていく。その途中、彼女の机にある金庫が開いているのに気がついた。

「開いたのか！」

早峰に駆け寄って、矢代は尋ねた。

「やりましたよ、ついに！」

彼女は拳（こぶし）を握り締めている。喜びが全身から溢（あふ）れているのがわかる。

「すごいじゃないですか」夏目もそばにやってきた。

「どうやって開けたんですか。暗証番号は何だったんです？」

理沙が尋ねると、早峰は顔を輝かせてこちらを向いた。

「答えは実に簡単だったんです。でもそれを割り出すには大変な苦労が……」

そこまで言って、早峰は急に黙り込んだ。頬に赤みが差している。

矢代たちだけでなく、ほかの捜査員にも見られていることに気づいたのだろう。柄にもなく大声を出してしまったことを恥じているようだった。

咳払い（せきばら）のあと、声のトーンを落として早峰は話しだした。

「この金庫の暗証番号は最大十六桁（けた）です。他人にとっては推測しづらく、自分では覚えていられる番号。何か皆川さんの個人情報に関わる数字を組み合わせたものじゃないかと考えました。生年月日とか電話番号とか住所とか。……でも、そういうものじゃなかったんです」

「いったい何だったんだ？」

「ずっと気がつかなかったんですが、今日の朝、唐沢とふたりで話をしていて、一番忘れないものは何かといったら、それは自分の名前だろうということになりました。そういえば、皆川さんのノートにときどき《み》《な》《が》《わ》とひらがなでメモが書かれていたな、と思い出したんです。《みながわ》の四文字をＪＩＳの区点コードにしたら十六桁になると気がついて、調べてみました。《みながわ》の《み》は《０４６３》、《な》は《０４４２》、同じように調べていくとこうなりました。《０４６３　０４４２　０４１２　０４７９》です。これじゃないかと入力してみたら、まさに正解でした」

「その十六桁を、皆川さんは覚えていたということか？」

矢代が尋ねると、唐沢が答えてくれた。

「必ずしも覚えておく必要はありません。ネットで探せばＪＩＳコード表が見つかりますから、そこで《みながわ》を調べればいいんです。金庫はそう頻繁に開けるわけではないから、ネットで調べるのもたいして負担ではなかったでしょう。どこかにメモしておくよりは、よほど安全だといえますよね」

矢代にはよくわからなかったが、理沙は理解したようだ。

「見事です！」理沙は興奮した声で言った。「早峰さん、唐沢さん、すばらしい推理です。汎用性もあるし、実にわかりやすい解答じゃありませんか」

「あ……ありがとうございます」早峰はぎこちなく頭を下げる。

「それはそうと、中身を確認しないと」

矢代は金庫に視線を移した。早峰は隣にいる部下のほうを向いた。

「どうなの、唐沢」

白手袋を嵌めてから、唐沢は収納されていたものを取り出していった。

「まずは現金ですね。帯封の付いた百万円の束が三つ。それからＵＳＢメモリが……五、六……七つ。あとは、いろいろなメモです」

「その封筒は？」

早峰に問われて、唐沢は洋型封筒を手に取った。封はされていない。中から出てきたのは写真と便箋だった。

写真には二十代半ばぐらいの女性が写っている。帽子をかぶり、動きやすそうな服装でカメラに笑顔を向けていた。背後にモニュメントのようなものが見えるので、どこかへ出かけたときの写真だと思われる。

一方、便箋には《内田舞》という名前と、世田谷区の住所が書かれていた。

「この女性が内田舞さんでしょうか」

唐沢が言った。矢代もその意見に賛成だ。

「きれいなお嬢さんですね」

写真を見ながら理沙がつぶやいた。

知的でしっかりしたところがありそうだし、上品で優しそうな雰囲気もある。肩先まで伸ばした黒髪から、清楚な印象も感じられる。

「この女性が内田舞さんだとして……」矢代は言った。「なぜ皆川さんが、彼女の写真や名前のメモを持っていたのか気になりますね」

皆川はひどい方法で殺害されているのだ。過去に何か、大きなトラブルがあったのではないか、という気がする。

ＵＳＢメモリをひとつつまみ上げて、唐沢は早峰に尋ねた。

「中を見てもいいでしょうか」

「ええ、確認して」

唐沢はＵＳＢメモリをノートパソコンに接続し、キーボードを操作し始めた。タッチのスピードはかなり速い。しばらくして、彼は早峰のほうを向いた。

「これは念入りですね。パスワードでロックされていますよ」

「解除できる？」

「全力を尽くしますが、時間はかかると思います」

ほかの六つも確認してみたが、すべてパスワードで保護されていることがわかった。

皆川はＵＳＢメモリにパスワードを設定した上で、金庫にしまっていたのだ。唐沢の言うとおり、データを守るためかなり念入りな処置が施されていたことになる。

——それだけ重要なデータが入っているというわけか。

矢代は腕組みをして考え込んだ。

「古賀係長と岩下管理官には、私から報告しておきます」矢代たちにそう言ったあと、早峰は唐沢に指示を出した。「パスワード解除の方法を探して。くれぐれも、中のデータを壊さないように」

「もちろんです」

唐沢はうなずいた。それから彼は講堂の出入り口をちらりと見て、何かに気づいたようだ。

思い出したように、唐沢はこう付け加えた。

「早峰主任、私だけでは作業に時間がかかります。ひとり協力者を付けてほしいんですが」

「いいわよ。予備班から誰か引っ張ってくる？」

「いえ、あの人を指名したいと思います」

唐沢は出入り口のほうを指差した。みなそちらに目を向ける。

そこにいたのは、理沙たちの応援に来てくれている谷崎だった。彼は科学捜査係でIT関係を担当している人物だ。

「え……。僕、何かしましたか？」

自分が注目されていると気づいて、谷崎は戸惑っているようだった。

「わかりました」理沙は早峰にうなずきかけた。「谷崎さんには、唐沢さんの仕事を手伝ってもらうようにします。ふたりで大丈夫ですか？」

「谷崎さんがいてくれれば充分です」と唐沢。

「あのう、僕が何か……」

そばにやってきて、谷崎は理沙に尋ねた。彼女は手短に事情を説明した。谷崎は金庫と理沙、唐沢を見比べながら、話を聞いていた。

「なるほど、ふたりでUSBメモリの中身を調べればいいんですね。了解しました。……唐沢さん、よろしくお願いします」

「いえ、こちらこそ。谷崎さんに加わってもらえて助かります」

「僕としてもちょうどよかったですよ。いろいろお訊きしたいことがあったので」

ふたりともパソコンマニアで馬が合うようだから、谷崎としても異存はないのだろう。もしかしたら、と矢代は思った。唐沢は、こうして谷崎とコンビを組むチャンスを窺っていたのかもしれない。そして唐沢のその行動は、上司である早峰への配慮なのではないか、という気がする。

早峰は、岩下管理官の命令で情報分析班のリーダーになった。岩下は財津を嫌い、文書解読班を目の敵にしている。当然、部署のリーダーである早峰も、理沙や矢代に反感を抱いている。だが警察官である以上、みな目標とするのは事件の解決だ。同じ目標に向かっているのなら、情報分析班と文書解読班が敵対するのはまったく無意味だと言える。

実際、担当者レベルではこのように協力できるのだ、ということを、唐沢は早峰に伝えたいのではないだろうか。

USBメモリは唐沢たちに任せるとして、矢代たちには至急確認しなければならないことがあった。

「この世田谷区の住所を訪ねてみましょう」矢代は理沙に向かって言った。「川奈部さんは今日、遠方の関係者に聞き込みをするというので、朝から出かけているはずです。世田谷には俺と夏目で行ってきますよ。鳴海主任、いいですか？」

「ええ、お願いします」理沙はうなずいた。「何かあったら連絡を」

了解です、と答えて、矢代と夏目は外出の準備を始めた。

世田谷区にある目的の駅に着いたのは、午前八時半ごろのことだった。

少し早いが、捜査の関係でこちらも急いでいる。このまま訪ねていくことにした。

携帯の地図を見ながら、矢代たちは住宅街を歩いていった。この辺りは朝にごみの収集があるらしく、数十メートル先に清掃車がいるのが見えた。

やがて、夏目が前方を指差した。

「先輩、あそこですよ」

二階建ての民家があった。壁は薄い水色で、日本の家屋としては少し珍しく感じられる。庭はこぢんまりしていたが、よく手入れされているようだ。車庫には国産の大衆車が停まっていた。

表札を見ると《内田靖史（やすし）》と書かれている。矢代は胸を撫（な）で下ろした。メモにあった内田舞の家は実在したのだ。

インターホンのボタンを押すと、しばらくして返事があった。

「はい……」

男性の声が聞こえた。それほど若い人物ではなさそうだ。

「おはようございます。私、警視庁の矢代と申しますが……」

「警察の方？　何でしょうか」

「内田舞さんという方は、こちらにいらっしゃるでしょうか」

驚かせるつもりはないが、ここに来た理由はあとで説明しようと思った。今はとにかく、舞に会わせてもらうのが先だ。

「それが……」男性の声に戸惑いが感じられた。「娘はちょっと……」

「いらっしゃらないですかね。すみませんが、連絡をとっていただけないでしょうか。今、ある事件を捜査していて、内田舞さんのお名前が出てきたものですから」

「……舞の名前が？」

さすがに娘のことは心配だろう。申し訳ないとは思いつつ、矢代は相手の気持ちを少し利用させてもらうことにした。

「はっきりしたことは言えませんが、舞さんは何かの事件に巻き込まれるかもしれません。そうならないためにも、お話を聞かせてほしいんです」

こう言えば、娘の身を案じてこちらに協力してくれるだろうと思ったのだ。

相手は沈黙した。五秒ほど経ってから、ようやく声が聞こえてきた。

「舞はここにはいません。行方不明なんです」

「え……」

予想外の言葉だった。矢代は夏目と顔を見合わせる。それから、インターホンに向かって呼びかけた。

「詳しく聞かせていただけないでしょうか」

矢代がそう言ったとき、うしろから大きな音が聞こえてきた。近くで清掃車が唸りを上げているのだ。少し会話に支障が出そうだった。

「ああ、すみません。家の中を片づけますので、少しだけお待ちいただけませんか」

清掃車の音を聞いて、部屋の散らかり具合を思い出したのかもしれない。わかりました、と答えて矢代は通話を終わらせた。

玄関のドアが開いたのはおよそ五分後のことだった。外に出てきたのは眼鏡をかけた、五十代半ばという感じの男性だ。身長は百七十五センチぐらいで、年齢のわりにはスマートな体形だった。物腰も柔らかく、人柄もよさそうだ。

彼は厚手のカーディガンを着ていたが、戸外の冷気にぶるっと身を震わせた。今日も時折、北風が吹きつけている。

「どうぞ、お上がりください」そう言って彼は踵を返した。

案内されて廊下を進んでいくと、芳香剤の香りが感じられた。ラベンダーかなと思ってにおいを嗅いでいると、それに気づいたのだろう、男性は苦笑いをした。

「お恥ずかしい限りです。男のひとり住まいなので……」

「ああ、いえ、すみません」

応接間に通され、ソファに腰掛けた。お茶を用意するというのを断って、矢代たちは男性と向かい合った。警察手帳を呈示する。

「捜査一課の矢代と申します」

「同じく、夏目です」

ふたり揃って軽く頭を下げる。男性は二、三度うなずきながら言った。

「内田靖史です。舞の父です」

「ええと、内田さん、奥さんは……」

「俊子は——妻は四年前に病気で亡くなりました」

「それは失礼しました。……ほかにご家族はいらっしゃいますか？」

「以前、私の父の晋介が同居していたんですが、六年前、老人ホームに入りました。その後、体調を崩して今は病院に入院しています。もう八十三歳なので、仕方ないといえば仕方ないんですけど」

「ああ、ご高齢なんですね」

内田は建設会社に勤めているが、現在リフレッシュ休暇をとっているという。年次有給休暇のほかに、そういう制度があるのだそうだ。

「本題に入らせていただきますが……」

資料ファイルを取り出し、テーブルの上に写真のコピーを置く。皆川の金庫から出てきたもののコピーだ。内田は眼鏡の位置を直して、その紙に視線を落とした。

「これは舞さんでしょうか」と矢代。

「そうです。たぶん、あの子が北海道旅行をしたときだから……たしか九年前の写真です」しばらく写真を見つめてから、彼は顔を上げた。「これ、どこにあったんですか」

「ある人物の家にありました」少し考えたあと、矢代は言った。「皆川延人という人をご存じですか」

「皆川さん……いえ、知りませんが、その人がこの写真を?」

「金庫に保管してありました。舞さんの名前と、この家の住所をメモした紙もありました」

内田は不安そうに首をかしげる。

「いったいどういうことでしょう。なんで知らない男性のところに……」

「舞さんの知り合いだったという可能性はないでしょうか」

「……娘の部屋を調べてみないとわかりませんが」

内田はじっと考え込んでいる。矢代はメモ帳を開きながら尋ねた。

「舞さんが行方不明になった件をお訊きしてもいいですか？」

「ああ……そうですね」内田は記憶をたどり始めた。「今から七年半前、七月三日の夜なんですが、舞が家に帰ってこなかったんです。当時舞は二十四歳で、食品会社に勤めていました。会社に問い合わせてみたんですが、午後七時半ごろ事務所を出て、そのあとどこに行ったかわからないということでした」

「警察に相談はなさったんですか」

「ばたばたしていて私が動けなかったもので、妻が相談に行きました。でも、警察の人たちはきちんと捜査してくれたのかどうか……」

そう言って、内田は矢代の顔をちらりと見た。彼の表情にはいくらかの不信感が窺える。

「当時の捜査員は、何と言っていたんでしょうか」

「刑事さんの前でこんなことは話したくないんですが……あまりね、熱心に調べてくれなかったようなんです。もう二十四歳なんだから、自分の意志で家を出たんじゃないか、と妻は言われたらしくて。そういう可能性がゼロだとは言いませんが、それにしても警察の話には真剣味が感じられなかった。正直なところ、私たちは失望しました」

「……そうだったんですか」

警察官にもいろいろなタイプがいる。はっきり言えば、一般市民への接遇の態度がよくない者もいる。もしかしたら、内田の妻の対応をしたのはそんな警察官だったのかもしれない。申し訳ないと言うべきか、それとも気の毒だったと言うべきか。矢代には、内田にかける言葉がなかった。

「妻はずいぶん気に病んでいましてね」内田は言った。「自分が舞をもっとしっかり見ていればよかったとか、悩みがないか確認すべきだったとか、相当自分を責めていました。そのせいもあったんだと思います。体を壊して寝込むようになって……。その挙句、四年前に病死しました。最後のほうは意識が混濁してしまいましてね。宅配やら何やらが訪ねてくるじゃないですか。そのチャイムの音を聞いては、ああ、舞ちゃん帰ってきた、お父さん早く迎えに出てあげて、と……。私も、どうしていいかわかりませんでした」

矢代は黙ったまま目を伏せる。両親にとって舞の失踪は身を切られるように辛かったのではないだろうか。

すすり泣く声が聞こえてきた。はっとして矢代は隣に目を向けた。

夏目がハンカチを出して涙を拭っていた。そうだった。彼女はこういう話に弱いのだ。共感し、同情して所かまわず泣きだす癖がある。

「娘さん……どこかで元気に暮らしていると……思いたいです」

涙声で夏目は言う。それを聞いて当時のことを思い出したのだろう、内田も少し涙ぐんでいた。

「今回、私たちは殺人事件を捜査しています」姿勢を正して矢代は言った。「その関係者があの写真を持っていました。舞さんのことを、もう少し詳しくうかがってもいいでしょうか」

「それは、舞がその……殺されてしまった可能性がある、ということなんでしょうか」

「いえ、まだわかりません。とにかく我々はこの事件の犯人を捕らえ、舞さんの行方も突き止めたいと思っています。そのための捜査です。どうかご協力ください」

内田は何か言おうとして、その言葉を呑み込んだようだ。そのまましばらく黙っていたが、やがて意を決したという様子で言った。

「わかりました。……あの子がどこでどうしているか、それを知るまでは諦められません。ぜひ協力させてください」

舞の失踪と、今回のふたつの殺人事件。両者の間に関係があるのかどうか、見極めなくてはならない。

矢代は言葉を選びながら、内田に質問を始めた。

2

矢代たちは駅に向かって住宅街の道を歩いた。

雲が出ているせいで空は暗く、気持ちまで落ち込んできそうだ。

「七年で一区切りということなんでしょうか」夏目が話しかけてきた。「失踪宣告の申し立てを考えている、と内田さんは言っていましたね。宣告が出れば、舞さんは亡くなったと見なされるわけですよね」

そうだな、と矢代はうなずく。

「話していて思ったんだが、内田さんは舞さんのことをもう諦めているようだった。七年というのは長いよ。期待する気持ちがくじかれるのに、充分な年月だと思う」

「さっきはすみませんでした。内田さんの気持ちを考えると、涙をこらえることができなくて……」

夏目は小さく頭を下げた。本来、聞き込みの場であんなふうに泣かれては困るのだが、それが仕事の役に立つこともある。今日もそうで、夏目が涙を見せたことにより、内田が捜査に協力してくれたのではないかと矢代は思っている。

――しかし鳴海さんといい夏目といい、このチームは変わり者ばかりだよな。

そんなふうに思った。だが、それで成果が出ているのだから、無理に変えていく必要はないという気もする。

ポケットの中で携帯電話が振動した。矢代は液晶画面を確認して、通話ボタンを押した。

「お疲れさまです、矢代です」

「俺だ。今、話せるか」

川奈部からの電話だ。矢代は歩道の端に寄って足を止めた。

「どうぞ。お願いします」

「一昨日(おととい)、アサクラ印刷に行っただろう」

「第一の被害者・皆川さんが勤めていた会社ですよね。六年前、何か事情があって辞めたそうですけど」

「当時、総務部長だった宮里という人が事情を知っている、という話だったよな。その宮里さんは、どうやらまだ同じ業界にいるらしい」

「あ……。どこか別の印刷会社にいるってことですか」

「そう。うちの若い刑事がそんな話を聞いてきたんだ。しかし、あいにく鑑取り班は聞き込みの予定が詰まっている。おまえはどうだ。動けるか？　もしその気があるんなら、印刷会社を回ってほしいんだが」

今、鑑取り班は関係者への聞き込みで忙しいときだ。行方のわからない宮里を探すのは、後回しになるということだろう。その仕事を矢代に打診してくれたわけだ。

「わかりました」矢代は答えた。「こういうことこそ俺の仕事ですからね。都内の印刷会社を回ってみます」

「情報によると、宮里さんは新宿(しんじゅく)区内の印刷会社にいるんじゃないか、ということだった。ヒントが少なくて申し訳ないんだが……」

「わずかでも手がかりがあるのは嬉(うれ)しいですよ。じゃあ、またのちほど」

そう言って矢代は電話を切った。そばで聞き耳を立てていた夏目に、今の話を伝える。

「新宿区ですか。ちょっとお待ちください」彼女は携帯でネット検索をしてくれた。「江戸川橋(えどがわばし)駅の近くに印刷会社がたくさん集まっていますね」

「江戸川橋駅というと……有楽町(ゆうらくちょう)線か」

「そうです。行ってみましょう」

最寄りの駅から電車に乗り、都心部を目指した。

移動の途中、矢代は事件に関する情報を頭に思い浮かべていた。六年前に皆川がアサクラ印刷を辞め、その翌年に宮里が辞めている。時期的に近いといえば近いように思えるが、ふたりの退職に何か繋(つな)がりはあるのだろうか。七年半前に起こった田端事件、数日前に起こった南千住事件と住吉事件に関係はあるのか。

地下鉄の江戸川橋駅で電車を降りる。携帯を手にして進んでいく夏目のあとに、矢代は続いた。

駅の真上にある目白(めじろ)通りはかなり広いが、住宅街に入ると急に道が細くなった。一方通行路も多く、敷地から少しはみ出すようにして停まっている車もある。

民家やアパートが多いのだが、その中に会社の事務所らしい建物が交じっていて、スーツ姿の男性たちが道端で談笑していたりする。ワゴン車や軽トラックが狭い道を走っていく。この辺りで働いている人たちにとっては、この入り組んだ道路も特に問題ではないようだ。

「ありましたよ、矢代先輩」夏目がこちらを振り返った。

一見、工場と思えるような建物があった。事務所の隣に車庫に似た場所があり、フォークリフトが停めてある。奥は作業場になっているらしく、機械の動く音が聞こえてきた。出入り口横には《松井印刷》というプレートが掛かっている。

事務所に入ってみたが誰もいなかった。一旦外に出て、作業場のほうに回ってみる。若い男性社員がいたので、会釈しながら声をかけた。

「すみません。警視庁の者ですが、責任者の方はいらっしゃいますか」

「ええと……社長のことでしょうか？」

社員は怪訝そうな顔をしている。矢代は少し考えてから、

「総務部の方は？」

「私、総務部の者ですけど」

「そうでしたか。ちょっとお尋ねしますが、こちらに宮里さんという方はいらっしゃいませんか。アサクラ印刷さんから転職してきた方です」

「あ……はい、うちの資材部長です。呼んできましょうか」

「お願いします」

社員は奥に引っ込み、すぐに中年の男性を連れてきた。ひとつ頭を下げて、社員は作業場に戻っていく。

矢代は中年男性を観察した。歳は五十ぐらいだろうか。角張った顔をしていて、少しとっつきにくい印象がある。だが裏を返せば、真面目な人物ではないかという気もする。

「お待たせしました。宮里義彦ですが……」

彼の顔には緊張の色があった。急に訪ねてきた刑事ふたりを前に、警戒しているのがよくわかる。

「警視庁の矢代といいます」警察手帳を呈示した。「今、ある事件を捜査していまして、その中で宮里さんのお名前が出てきました。少しお話を聞かせてください」

「どういったことですか」

いきなり宮里はそう尋ねてきた。どうやらこのまま立ち話で済ませるつもりらしい。まあいい、と矢代は思った。仕事中に時間を取ってもらえるだけでもありがたい。

「宮里さんは五年前まで、アサクラ印刷にいらっしゃいましたよね」

「ええ、そうです」

「あなたが辞める前年に皆川延人さんが退職しましたね。あなたならその理由を知っていると聞いて、ここへやってきたんです。いったい何があったんでしょうか」

「あ……いや、私は……」

宮里は口ごもった。落ち着きなく、辺りに視線を走らせている。

彼の挙動から、かつて皆川の周辺で何かが起こったのは明らかだと思われた。

「それを知っているのは亡くなった前の社長さんと、当時総務部長だった宮里さんだけだと聞きました。捜査に必要な情報になると思います。教えていただけないでしょうか」

「私の一存ではなんとも……。前の社長との約束もありますし」

なるほど、と矢代はうなずく。それから、少し声を低めて言った。

「もう報道されているはずなんですが、一昨日、皆川さんの遺体が発見されました」

「え……」

宮里は身じろぎをした。どうやらそのニュースは知らなかったらしい。

彼の表情を観察しながら、矢代は続けた。

「南千住にある自宅マンションで殺害されていました。ひどい状態でしたよ」

「……殺されたんですか？」宮里は明らかに動揺していた。「いったい誰に？」

「まだわかっていません。ですが、現場の状況はかなり特殊でした」

どうしようか、と矢代は少し迷った。あの遺体の傷のことは、犯人しか知り得ない情報だといえる。それを聞き込みの相手に明かしてしまったら、今後の捜査に支障が出ないだろうか。

だが、もしかしたら、と思った。その遺体の状況こそが、皆川の過去と関わっているのではないか。今ここで遺体のことを伝えれば、宮里から何かの情報を引き出せるのではないだろうか。直感ではあったが、そういう気がする。

「皆川さんの遺体なんですが、瞬間接着剤で口を塞(ふさ)がれ、医療用のホチキス――スキンステープラーでまぶたを縫い合わされていました」

宮里はまばたきもせずに矢代を凝視した。彼の顔には不快感が滲み出ている。

「それは……どういうことなんです？」

「犯人は文具にこだわっているのだと思われます。そして、文具のメーカーはホクトワンでした」

えっ、と宮里は声を上げた。静止画像のように体の動きが止まっている。呼吸さえも停止してしまったように見える。

相手の様子を見ながら、矢代はさらに現場の状況を説明した。

「皆川さんの次には、桐原哲生という男性が殺害されました。彼は喉をハサミで突かれ、体中をカッターナイフで傷つけられていました。このときもホクトワンの製品が使われました」

「そんなことが……」宮里は苦しそうに呼吸を続けている。

「過去に何かの事件があって、それにホクトワンが関わっていた。あなたはそのことを知っていたんですよね？」

矢代は正面から相手をじっと見つめる。

宮里は矢代から目を逸らし、近くにあるフォークリフトを見た。続いて作業場を振り返り、最後に事務所に目を向けた。誰かが見ているのではないか、と気にしているのだろう。

「大丈夫ですよ、宮里さん」矢代は穏やかな調子で話しかけた。「誰も聞いていませんから、話してもらえませんか」

　宮里は眉根(まゆね)を寄せ、ひどく困惑した表情を浮かべた。口を開こうとしたが、言葉を呑(の)み込んでしまったようだ。話してしまいたいと思いながらも、心の中で強いブレーキがかかっているというふうに見える。

　やがて、彼はあらためて口を開いた。

「……私には妻と、ふたりの子供がいます。あの子たちに不自由な生活をさせたくはありません。仕事を失うわけにはいかないんです」

　なるほど、そういうことか、と矢代は思った。宮里はアサクラ印刷を辞めてこの会社にやってきた。元は総務部長だったとはいえ、転職するにはいろいろと苦労もあったはずだ。だからこの会社をクビになるわけにはいかない。そういう思いで、彼は作業場や事務所を見ていたのではないか。

「自分で言うのも何ですが、私は真面目だけが取り柄の人間なんです」宮里は続けた。「その上、小心者です。悪いことをする度胸なんてありません。それなのに、なんでこんな目に遭わされるのか……」

　首を左右に振って、彼は嘆いた。

　矢代の勘では、宮里はおそらく事件とは無関係だ。何かを盗んだり、誰かを傷つけたりできるタイプではない。では、何をそれほど悩んでいるのか。

「ご家族が心配だというのはよくわかります」矢代は言った。「だったらそのご家族のためにも、面倒なことは早く済ませてしまいましょう。あなたが知っていることを話してくだされぱいいんです」

「……私は関係ないんですよ」宮里は熱に浮かされたような声を出した。「何もかも社長が悪い。私は、従わざるを得なかったんだ」

「前の社長ですよね。病気で亡くなったという方」

「責任を負わされるのが嫌で、私は会社を辞めたんです。家族を説得して家を引っ越し、携帯の番号も変えました。そうやって、あのことからどうにか逃れようとしたのに……」

　このままでは埒（らち）が明かない、と矢代は感じた。今の宮里に対して、もっとも有効な言葉は何だろう。しばらく考えてから、相手に問いかけた。

「宮里さん。この事件の犯人はすでにふたり殺害しています。次はいったい誰でしょうね」

「……え？」

「奴は関係者の口を塞ごうとするかもしれない。あなたは皆川さんの過去を知っています。だったら次に狙われるのは、あなたなのでは？」

　それを聞いて、宮里はかなり驚いたようだ。表情に焦りの色が滲んでいた。

「ちょっと待ってください。私は関係ありません。何もしていない」

「でも、隠された事実を知っていますよね。犯人にとっては、あなたが邪魔なんです」

　宮里は身じろぎをした。激しい動揺を感じているのがよくわかる。

「ですからね」矢代は穏やかな口調で言った。「事情を聞かせていただきたいんです。その結果、我々は犯人に迫れるかもしれません。いえ、必ず奴を追い詰めてみせます。そうなればもう、あなたは怯(おび)えながら暮らす必要がなくなるんです」

「そう……でしょうか」

「あなたのお子さんたちを守るためにも、ぜひ我々に協力してください」

この言葉が決め手になったようだ。宮里は舌の先で唇を湿らせた。それから、腹をくくったという顔になった。

彼は話し始めた。

「当時、総務部長として、私は社員の作業記録を定期的にチェックしていました。その中で皆川のしたことに気づいたんです。当時の社長と私は皆川を追及して、ある事件について聞き出しました。皆川は桐原という男性と飲み友達だったそうです。ふたりは結託して、とんでもない事件を起こしました……」

顔を強張(こわば)らせながら、宮里は過去の事件を語っていった。矢代と夏目は眉(まゆ)をひそめてその話を聞いた。

説明が進むにつれて、今まで断片的としか思えなかった情報が繋(つな)がり始めた。

芳華堂で入手した文具メーカーのカタログ。皆川の金庫に入っていた内田舞の写真、住所のメモ、そして七つのUSBメモリ。これらはどれも重要な手がかりだったのだ。

このタイミングで宮里に会えたのは幸運だった。矢代たちは事件の真相に一歩近づくことができた。

「勇気をもって話してくださったことに感謝します。ありがとうございました」

　そう言って、矢代は宮里の前で深く頭を下げた。


　電話で理沙に報告したあと、矢代と夏目は駅に向かった。

　だが、じきに理沙から電話がかかってきた。すぐ特捜本部へ戻るように、ということだ。彼女の話を聞いた幹部たちが、直接矢代から説明を受けたいと言っているらしい。

　矢代はもちろん了承した。自分たちが手に入れた情報は、それくらい貴重なものだとわかっていたからだ。

　南千住署に戻り、講堂に入っていく。理沙は幹部席のそばで、古賀や岩下と何か相談しているところだった。矢代たちの姿を見ると、理沙は手招きをした。

「ふたりとも、お疲れさま」彼女は言った。「よくやってくれました。これで捜査は大きく進展します」

「川奈部主任のおかげですよ。宮里さんが新宿区の印刷会社にいる、と教えてくれたのはあの人ですから」

「矢代、詳しいことを聞かせてもらいたい」

　古賀が質問を始めた。矢代がそれに答え、ときどき夏目が補足の説明をした。理沙と岩下は真剣な顔をして聞いている。

いつの間にか情報分析班の早峰と唐沢も、近くにやってきていた。幹部たちの表情を見て、何か重要な話だと感じたのだろう。

話を聞き終えて、古賀はうなずいた。

「ＯＫ、今の話でだいぶ状況がわかってきた。あとは犯人のことだが……」

「問題はそこです」矢代は言った。「宮里さんの話を聞いても南千住事件、住吉事件の犯人まではわかりません。それは当然なんですよね。宮里さんが知っているのは、皆川さんと桐原さん、被害者ふたりの事情だけなので……」

「だが、動機は想像できる。皆川延人と桐原哲生に恨みを持っている者は誰か、ということだな」

古賀は腕組みをして考え込む。隣にいた岩下が、メモ帳から顔を上げた。

「動機がわかるのなら、犯人の候補が絞り込めるはずよ。アリバイ面から調べていくのは有効でしょうね。あとは地道に聞き込みを重ねて、重要な証言が出てくるのを待つか。……いずれにせよ、裏を取らないうちは動けない」

「岩下管理官のおっしゃるとおりです」早峰が口を挟んできた。「思い込みで捜査をしては足を掬（すく）われます」

前回、文書解読班と情報分析班が同じ事件を捜査したとき、早峰には勇み足があった。彼女はそのことを思い出したのだろう。つまり自戒の言葉ということだ。

「犯人はかなり計画的に犯行を進めてきた」古賀は言った。「事前の調査も念入りに進めてきたに違いない。その準備段階の様子が目撃されていれば、ひとつの決め手になりそうだ」

「準備段階の様子、とおっしゃいますと？」夏目が尋ねる。

「犯人が被害者を尾行しているところとか、もっと大胆なら、被害者に接触しているところとか……。そういう場面が目撃されていれば、かなり有力な手がかりだと言えるだろう」

「被害者に接触、ですか」

理沙は手元の資料に目を向けた。それからメモ類を一枚ずつチェックし始める。これまで集めてきた情報の中に、何かヒントがないかと探しているのだろう。

思案の表情を浮かべながら、理沙は言った。

「皆川さんは犯人と酒を飲んでいたと思われます。襲われたあと、どうにかして犯人のことを警察に伝えようとした可能性が高い……」

理沙の手には、血文字のメッセージをコピーした紙があった。だいぶ乱れているが、そこには《二》《累》と読める文字が記されている。

「《二塁》の書き間違えだとすると」矢代は首をかしげた。「犯人は野球でセカンドを守っていた人じゃないかとか、そういう話ですよね。……でも鳴海主任、そのへんはずいぶん検討したんじゃありませんか？」

「ええ、自分なりに考えてみたつもりですが、決め手に欠けるんですよ。苦しい息の下だったわけだし、そんなにわかりにくいことは書かないと思うんですが」

　死を覚悟した状態で、皆川はその二文字を書いたのだ。どうにかして解読したいというのは理沙だけでなく、今ここにいる全員が思っていることだろう。

　理沙は机の上の紙に右手の人差し指を乗せ、血文字を書くような動作をした。

「こう書いて、こう書いて、こうですよね……」

　と理沙がやっているところへ、急に強い風が吹いてきた。飛ばされそうになった紙を、理沙は左手で押さえた。ほかのメモ類が十数枚、風に煽（あお）られて床に落ちる。

「あっ、すみません！」

　窓のほうから声が聞こえた。若手刑事の下寺だ。彼は慌てて窓を閉めた。

「ちょっと空気の入れ換えをしようと思って……。タイミングが悪かったですね。本当に申し訳ありません」

　やれやれ、という顔をして夏目がメモ類を拾い始めた。矢代も腰を屈（かが）めて手伝おうとする。

　そのときだった。理沙の声が辺りに響いた。

「ああ！　まさか、そういうことだったなんて……。文字の神様、ありがとうございます！」

　驚いて矢代たちは彼女を見つめた。古賀や岩下、早峰や唐沢も何事かという顔で、彼女のほうに視線を向けている。

風がなくなった今も、理沙はメッセージがコピーされた紙を左手で押さえていた。空いている右手で、彼女はその紙を指差した。

「皆川さんのマンションは事件のとき、空気を入れ換えるためだったのか、窓が開いていました。犯人が立ち去ったあと、皆川さんは近くにあった紙に文字を書こうとした。でも風に煽られて紙が動いてしまった。一瞬の風で飛ばされかけたものを、数十センチ動いたところでなんとか左手で押さえた、という状況だったのかもしれません。だから紙の縁の部分には血の汚れが付いていたんでしょう。……そこで問題になるのは、紙がどんなふうに動いてしまったかです」

理沙はメッセージの紙を手に持って、みなのほうに向けた。

「おそらく、大変な偶然が起こったんです。皆川さんが書こうとしたのは《二塁》という言葉ではなかった。書く順番も違っていたし、そもそもこれは未完成の二文字だったんだと思います」

「未完成？」

古賀が怪訝そうな顔をする。理沙は文字を構成する線を、右手の指でゆっくりとなぞっていった。

「二文字目は《累》だと思ったんですが、よく見てみれば文字のバランスが変だし、歪な形になっています。皆川さんは瀕死の状態でこれを書いたのだから仕方がない、と私たちは思った。それで、この線のひとかたまりを自分たちの記憶と照合し、《累》であると認識したんです。でも、そうではなかった」

矢代は紙に書かれた《累》を――いや、自分が今まで《累》だと思っていた文字を見つめた。これが《累》でなければ、その正体は何なのか。

「これはパーツだと思うんです。《田》と《糸》です。風のせいで紙が少し飛ばされ、慌てて押さえたけれども、紙の向きが変わってしまったんじゃないでしょうか。その結果《田》と《糸》がこのように接近して《累》に近い形になった。でも皆川さんが書こうとしたのは《田》と《糸》の別の組み合わせだった可能性があります」

「別の組み合わせ？」

岩下が首をかしげる。理沙は彼女に向かってうなずいてみせた。

「縦に並べると《累》ですが、横に並べると《細》という字になります。細胞分裂の《細》です」

えっ、という声がいくつか上がった。矢代も驚いていた。突拍子もない考えだが、たしかに《田》と《糸》を横に並べると《細》になる。

「そして皆川さんはそのあと《二》と書いた。これも、漢数字の《二》と読んでしまったのは私たちの勘違いです。おそらく皆川さんは横棒を二本書いたあと、さらに縦棒を二本書こうとした。その途中で力尽きてしまった。おそらく完成形は《井》です。井戸の《井》ですね。……つまり皆川さんが書こうとしたのは《細井》という名前だったんだと思います」

その名前には聞き覚えがある。どこで聞いたのかと記憶をたどっているうち、思い出した。

「銀座のクラブ・カデンツァだ！」矢代は言った。「細井とそれから、たしか三橋。そのふたりが桐原さんと親しかったと思われます」

「そう。矢代さんからの報告で、私もその名前を知っていました。……おそらく細井という人物は、会員制クラブで桐原さんとよく飲んでいた。一方の皆川さんも桐原さんと飲み友達でしたから、やはり細井と面識があったんじゃないでしょうか。いや、面識があったどころではなく、かなり親しい間柄だったのかもしれない。細井が犯行の事前調査のために接近していたとしたら、そうなりますよね。親しかったから皆川さんは細井をマンションの部屋に上がらせ、一緒に酒を飲み、油断して襲われてしまった。犯人が立ち去ったあと皆川さんは細井という名を紙に書こうとした。しかし冬の風に邪魔されてしまった、というわけです」

そこまで一気に話してから、理沙は辺りを見回した。岩下管理官と古賀係長は顔を寄せ合い、言葉を交わしている。早峰と唐沢は血文字のメッセージが書かれた紙を凝視している。矢代と夏目は顔を見合わせ、何度かうなずき合った。

「なるほど。確証はないけれど、一定の説得力はある」岩下は言った。「細井という人物について調べることにします。矢代くん、クラブ・カデンツァに行きなさい」

「いや、でも管理官、カデンツァの店長には協力を断られたんですよ。客の個人情報は教えられないって」

「そういうときは上司を頼りなさい。前にも言ったでしょう」

「ああ、たしかにそうです」矢代は岩下に向かって頭を下げた。「管理官、令状の準備をお願いしたいんですが……」

「いいでしょう。このあと手配します。矢代くんたちは出発の準備をして。鳴海さんも夏目さんも、このチャンスを無駄にしないように」

「わかりました」

矢代たちは声を揃えて答えた。

3

銀座七丁目のクラブ・カデンツァを出たのは、午後四時過ぎのことだった。

二月中旬の今、これぐらいの時間でもすでに夕方の気配が感じられる。今日は雲が多いから、よけいにそう思えるのだろう。

雑居ビルの前に立ち、理沙は携帯電話で特捜本部に連絡を入れているところだった。

先ほど矢代たち三人は、クラブ・カデンツァで重要な情報を手に入れることができた。前回、店長の永田は客の個人情報を明かすことはできないと主張した。だが今日、矢代たちは令状を持参していた。それを見ては、さすがの永田も突っ張れないと悟ったようだ。渋々という様子だったが、彼は矢代たちの質問に答えたのだった。

電話を終えて、理沙がこちらを向いた。

「古賀係長と話ができました。……というか、途中からは岩下管理官と話していたんですが」

「え……。岩下さんと直接話したんですか？」

矢代はまばたきをして聞き返す。

普段、岩下自身はあれこれ指示を出さず、細かいことは古賀に任せている。だから本来なら、岩下が理沙と電話で話す必要はないはずなのだ。

「岩下管理官は焦っているようですね」理沙は言った。「犯人がわかっているのなら、すぐに身柄を確保せよ、ということでした。私が思うに、上からプレッシャーをかけられているんじゃないでしょうか。だから一刻も早く被疑者を捕らえろと言ってきたんでしょう」

「上からというと……小野塚(おのづか)理事官？」

矢代は小野塚吾郎(ごろう)の姿を思い浮かべた。

角張った顔にぎょろりとした目。小野塚はかなり押しの強い人物だ。岩下はその小野塚の命で動いていて、情報分析班を作ったのも彼らふたりだと言われている。

「小野塚理事官からプレッシャーがかかっているってことですか？　もしそうだとしたら、岩下さんは自分の配下の情報分析班に発破をかけるのでは……」

「もはや、そういう段階ではないんでしょう。今回の南千住事件、住吉事件は猟奇的な事件だと報道されています。世間の注目も大きいので、警察としては早急に成果を発表する必要がある。一刻も早く犯人の身柄を確保しなければ、ということなんだと思います。情報分析班では現場経験が少ないので、ライバルである文書解読班に頼らざるを得なかった、というところでしょう」

そういえばこの数日、岩下の行動がいつもとは違っていた。これまで彼女は何かにつけて理沙に嫌みを言っていたのだが、今回の特捜本部ではそれがない。もしかしたら小野塚理事官との関係がうまくいっていないのかもしれない。

「財津係長には、岩下管理官が連絡してくださるそうです。とにかく被疑者に当たってくれ、と岩下管理官はおっしゃっています。川奈部主任がいればよかったんですが、あいにく今は栃木県で聞き込みをしているそうです」

「俺たちが動いて、何かあったとき責任を問われたりしませんかね」

「岩下管理官いわく、責任は自分がとると」

「……わかりました。ここで岩下さんに貸しを作っておきますか。今後のこともありますからね」

そう言って矢代はひとつうなずく。その横で、夏目がバッグから携帯電話を取り出した。地図アプリを起動したようだ。

「そうと決まれば、早速移動ですね」

「ええ。行きましょう、我々が突き止めた被疑者のところへ」

表情を引き締めて、理沙は言った。


日が暮れてすっかり暗くなった道を、矢代たちは歩いていく。

住宅街には街灯が並び、矢代たちの行く手を照らしている。通り沿いに建つ民家から、料理のにおいが流れてきた。子供たちは学校や塾から家に帰り、夕食の時間を待っているのだろう。そこにあるのはごく普通、ごく当たり前の日常だ。

だがこれから向かう場所で、矢代たちは被疑者から日常を奪うことになるだろう。周囲に住む人たちが気づかないうちに、非日常の出来事が起こるのだ。

矢代たちはある建物を訪ねた。日が暮れてからの来訪になったことを詫びたあと、少し話がしたいと申し出る。

相手は特別不審に思う様子もなく、矢代たち三人を屋内に入れてくれた。

テーブルを挟んで、矢代たちはその人物と向かい合った。

これから始まるのは追加の聞き込みだろう、と相手は思っていたようだ。だから理沙がこう話しだしたとき、ひどく驚いた表情を浮かべた。

「私たちは三つの事件を捜査していました」理沙は言った。「まず、南千住で皆川延人さんが殺害された事件。次に住吉で桐原哲生さんが殺害された事件。そして最後に——いいえ、発生年で考えるとこれが最初なのですが、七年半前に内田舞さんが行方不明になった事件です。捜査の結果、皆川さんと桐原さんは舞さんについて調べていたことがわかりました。私は、ふたりが舞さんの失踪に深く関わっていたのではないかと推測しました。

警察とは別ですが、同じように、皆川さんと桐原さんが舞さんの失踪に関係している、と考えた男性がいました。細井というその人物は今年になって桐原さんに近づき、紹介されてクラブ・カデンツァの会員になった。桐原さんとさらに懇意になり、のちに皆川さんも交えて三人で酒を飲むようになりました」

理沙はここで相手の様子を窺った。だが、目立った反応はないようだ。そのまま彼女は説明を続けた。

「細井という人物は、舞さんに関する話を少しずつ聞き出していきました。そのうち油断したふたりは、自分たちが舞さんを拉致したことをほのめかしたんだと思います。その犯罪を暴くことこそが細井の目的でした。ふたりのせいで舞さんが死亡したのだと確信した細井は、彼らを殺害しようと考えた。つまり南千住事件と住吉事件は、七年半前のもうひとつの事件――『世田谷事件』の復讐として実行されたことだったんです。

私たちは先ほどクラブ・カデンツァに行って、細井の正体を探りました。会員データの中に顔写真があったので見せてもらい、そこで私たちはすべてを悟りました。細井の正体はあなたですね、内田靖史さん」

理沙たちの前に座っている男性、それは失踪した内田舞の父親だった。ここは世田谷区にある内田の家の応接間だ。

内田は黙ったまま何も答えなかった。彼は白いテーブルクロスをじっと見つめている。そこに何か気になる汚れでも付いているかのように、一点を凝視していた。

「ここからは私たちの推測です」理沙は続けた。「話は今から七年半前に遡ります。その年、舞さんが行方不明になった。あなたの奥さんは警察に相談したが、行方はわからなかった。警察は当てにならないと感じたあなたは、のちに独自の調査を始めたんでしょう。もしかしたら探偵社などを使ったのかもしれません。

運がよかったのか執念の賜か、調査の結果、桐原哲生さんの名前が浮上しました。どうやら桐原さんは舞さんにつきまとっていたらしい。舞さんは桐原さんに拉致され、彼の家に監禁されているのではないか、とあなたは考えた。田端にある桐原さん――いえ、桐原の家を見張り、証拠写真を撮ろうと思った」

理沙は桐原哲生を呼び捨てにした。もしこの推測が正しければ、桐原と皆川が過去に行ったことは、この上なく卑劣な犯罪だ。内田に共感していることを示すためにも、ふたりを犯罪者として呼び捨てにすべきだと考えたのだろう。

「桐原の家が見える場所に空き家か何か、身を隠す場所があったのかもしれません。あなたはM302というフィルムカメラを持って桐原の家を監視した。何本かフィルムを使っただろうと思います。張り込みをするうち、桐原と親しくする男も見かけた。あとをつけるなどして、それは皆川延人という人物だとわかりました。共犯者ではないか、とあなたは考えた。

何週間かあなたは張り込みを続けた。しかし舞さんが監禁されているという証拠はつかめなかった。あなたは強硬手段も実行しましたよね。八月二十日に、桐原宅の隣にある駐車場でバイクに放火をした。また、二十四日には爆発物を仕掛けたと電話し、警察や消防を出動させました。しかしそんな騒ぎがあっても、舞さんが家から出てくることはなかった。……家を監視する途中で、あなたは近所を歩いたりしたでしょう。桐原の家を覗（のぞ）き込もうとしたかもしれません。その姿が不審者として、近隣住民たちに目撃されていたわけです」

以前、桐原宅があった辺りは道が細く、坂も多い。目撃はされても呼び止められることはほとんどなかったのだと考えられる。

「そして七年半前の八月二十七日——。新たに装塡（そうてん）したフィルムで、あなたは二枚の脅迫状を撮影しました。試し撮りという意味合いだったんでしょう。そのあといつものように監視を行い、桐原の家を三枚、出かけていく桐原の姿を一枚撮影した。

事件が起こったのはその日の夜です。不審者としてあなたは水原弘子さんに声をかけられた。逃走したあなたを、水原さんは追跡した。ふたりは階段で揉（も）み合いになり、突き飛ばされた水原さんは転落した。そのときあなたは持っていたカメラをなくしてしまったんでしょう。暗かったためカメラの回収を諦めて、あなたはその場から逃げた。……

……そういう経緯だったんじゃありませんか？」

言葉を切って、理沙は再び相手の表情を窺った。内田は今もテーブルクロスを見つめたままだ。返事は期待できそうにない。

「内田さん……」理沙は声のトーンを落として、ゆっくりと話しかけた。「舞さんはあなたの大事な娘さんでした。その舞さんがどうして桐原に目をつけられたのか、ご存じですよね。それはまさに、不運としか言いようのない偶然から起こったことでした」

理沙の言葉を聞いて、内田の頬がぴくりと動いた。

彼は黙ったままゆっくりと顔を上げた。ようやく理沙と内田の視線が合った。

「探り当てたのは矢代巡査部長です。矢代さん、お願いします」

理沙に促され、矢代はうなずいたあと説明を始めた。

「当時、桐原は北区田端在住、舞さんはここ世田谷区在住でしたから住所は離れています。仕事上の接点もありません。ではネットなどを介して知り合ったんでしょうか？調べた結果、予想外の事実が判明しました。我々は以前皆川の上司だった人物に会って、詳しい話を聞くことができました」

矢代は資料ファイルから一枚の写真を取り出し、テーブルの上に置いた。

前回も内田に見せた舞の写真だ。旅行をしたときに撮ったものだ、と内田は話していた。

「これは、ただ記念写真として飾っていたものではありませんよね？」

「年賀状に……」内田は口を開いた。「舞はそれを年賀状の裏に使ったんです」

「そうですよね。八年前の正月の年賀状でしょう。つまり、年賀状を作ったのは前年の十一月か十二月ですね。そのときのデータが流出してしまったんです。舞さんはホクトワンという文具メーカーの年賀状印刷サービスを利用していました。裏面用として自分の写真を、表面用として送り先の住所データを、ホクトワンの専用窓口に送信した。表、裏を印刷して、出来上がった年賀状をこちらに納品してくれるというサービスです。これはホクトワンの製品カタログにも載っているものでした。

舞さんが送ったデータは、ホクトワンの下請けであるアサクラ印刷に渡りました。ホクトワンは文具メーカーなので、印刷技術はありません。アサクラ印刷を下請けとすることで、自分たちは窓口だけ作って、広くお客さんから注文を受けていたわけです。アサクラ印刷でデザイナー職をしていた皆川は、毎年秋からは年賀状印刷サービスの仕事をしていました。彼の仕事場を調べたとき動物のイラストが見つかったんですが、それは年賀状の担当として干支のイラストを描いていたからだと思われます」

スケッチブックに兎や羊、牧羊犬は描かれていたが、猫はいなかった。今思えば、そういうことも手がかりだったと言えるだろう。

「しかし皆川はひそかに犯罪を行っていました。普段から大量の顧客データをコピーし、名簿業者に売って金を得ていたんです。また、皆川は個人に対してもデータを流していました。八年前の春、皆川は桐原にその年賀状の個人情報データを売りました。名簿業者の場合、入手したデータをあちこちへ転売して利益を得るわけですが、桐原の目的は違っていました。彼は写真データの中から好みの女性を選んで、ストーカー行為をするつもりだったんです。そのとき選ばれたのが舞さんでした」

内田は目を閉じてうなだれた。痛みをこらえるような表情を浮かべ、じっとしている。

だが、やがて彼は再び口を開いた。

「会ったこともないのに、ただ写真を見ただけでね。まったく信じられない話ですよ」

親の立場であれば、その事実を知ったときには相当ショックを受けたはずだ。

舞は自分の写真を年賀状の裏に印刷するよう、ホクトワンに依頼した。同時に住所、名前の情報まで業者に渡してしまったのだ。若い女性としては不注意だったと言うべきだろうか。

——いや、そこまで気をつけろというのは無理な話か。

矢代はそう思った。

もともと舞は桐原とはまったく接点がなかった。一生出会わない可能性が高かった。それなのに流出したデータから選ばれ、目をつけられてしまったのだ。

「春ごろから、桐原はあなたの家の周りをうろついていたはずです」と矢代。

「住所も名前も顔も知られていたんですからね。それじゃストーカーを避けることなんてできるわけがない……」

「そして夏になり、事件が起こってしまった。七月三日の夜、舞さんは拉致されました」

「そうです。その経緯は桐原から詳しく聞きました。奴をぶち殺す前にね」

矢代の顔を見ながら内田は言った。呼吸が荒くなっているのがわかる。肩で息をしながら、内田はこう続けた。

「奴は白状しましたよ。……七月三日に監禁したあと、舞があまりにも泣き喚くのでタオルを切って口に詰め、猿ぐつわを嵌めたと。そのあとしばらくして見てみたら、窒息死していたと……」

えっ、と言って夏目が眉をひそめた。その話は矢代たちも知らなかった。

「そんなに早く？」夏目は尋ねる。「あなたがいろいろ調べて、田端にやってきたのは八月ですよね。それよりずっと前に、舞さんは亡くなっていたわけですか」

「そうですよ。馬鹿みたいじゃないですか、私は！」

握りこぶしで、内田は自分のふとももを激しく叩いた。やり場のない怒りが、彼の内側で沸騰している。かろうじて叫び出すのをこらえている、というふうに見えた。

彼が落ち着くまで待ってから、理沙が言った。

「その翌年、今から六年前に皆川はアサクラ印刷を退職しました。当時総務部長だった人が、データの流出に気づいたせいでした。本来なら元請けのホクトワンに不祥事を報告すべきでしたが、仕事が来なくなるのを恐れて、アサクラはデータ流出の件を隠していたそうです。皆川は不正の証拠であるＵＳＢメモリやメモ、写真などを自分の金庫にしまいました。もしかしたらほとぼりが冷めたあと、それらのデータをまた別の名簿業者に売ろうとしたのかもしれません」

ＵＳＢのパスワードロックは唐沢と谷崎がすべて解除してくれた。中に入っていたのは、ホクトワンが受け付けた年賀状のデータだと確認できたのだ。

「皆川のクソ野郎……」

内田は悔しそうにつぶやく。そのあと長いため息をついた。怒りはまだある。だがそれ以上に、娘を失ったという悲しみが深いようだった。

「話を戻して、七年半前のあなたの行動を教えていただけますか？」

そっと理沙が尋ねた。内田はしばらく黙っていたが、やがて気を取り直した様子で話し始めた。

「さっきおっしゃったとおり、私は探偵社を使って桐原のことを調べました。奴が拉致監禁の犯人だと考え、私は激しく憎みました。激情に駆られ、架空の復讐計画を立てた。大都新聞の文字を切り抜いて脅迫状を作ったりしました。舞が行方不明になった七月三日の新聞を使ったのは、個人的なこだわりからです。……実際にあの文面で桐原を脅すのは無理でしょうが、出来た脅迫状を戯れにカメラで撮影したりして自分を慰めていました」

矢代が入手したＭ３０２には二枚の脅迫状が撮影されていた。もしかしたら、それ以前のフィルムにも脅迫状が撮影されていたのかもしれない。

「証拠をつかみたいと思って、私はバイクを燃やしたり、爆発物の危険があると通報して警察を動かしたりしました。でも、そんな騒ぎになっても桐原宅から舞が連れ出されることはなかった。舞はとうに殺されていたんだから当然ですよね。

張り込みを始めてから三週間後、八月二十七日の二十二時過ぎ。奴の家の近くにいたとき、私はある女性に——水原さんに見咎められて逃げました。ずいぶんしつこい人で、こちらが恐怖を感じるぐらいでした。田端は坂の多い町です。やがて階段に差し掛かりました。追いつかれて揉み合いになってしまった。このとき彼女の洋服の襟が少し破れたようです。そして気がついたとき、彼女はもう転落していました」

「内田さん、カメラはその階段でなくしたんですね？」と理沙。

「そうです。興奮していたので、揉み合いになったあと、いつなくしたのか覚えていませんでした。じきに人がやってくる声が聞こえたので、カメラを捜している余裕はありませんでした。私はそのまま逃げました。翌日の夜、あらためてカメラを捜しに行ったんですが、やはり見つかりませんでした」

矢代はひとつ咳払いをした。

「あなたと揉み合った水原は、頸椎骨折で死亡しました。罪もない女性をひとり殺害したことに関して、あなたはどう思っているんですか」

少し強い調子で矢代は尋ねた。そこだけはなんとしても確認しておきたかった。

「……彼女には悪いことをしたと思っています」内田は言った。

それを聞いて、はたして本当だろうかと矢代は疑った。内田の言葉が少し軽いように感じたのだ。自分は今まで七年半もの間、水原の事件を追いかけてきた。悪いことをしたと思っている、などという言葉だけでは納得がいかない。

矢代が不満そうな顔をしているのに気づいたのだろう、理沙が話題を変えた。

「その事件のあと、あなたの計画はどうなったんです？」

「見知らぬ女性を死なせたことで、私は萎縮してしまいました」記憶をたどる様子で、内田は言った。「復讐しようという気持ちはくじかれ、証拠を集めようという気持ちもすっかり失せてしまいました。舞のことはもう諦めるしかないと思いました」

「そして、七年半が経過したと……」

「ええ、そうです。ところが驚いたことに、今年になってあのカメラ、M302が現れました。……復讐心はしぼんでいましたが、私はずっと中古カメラの情報を集めていたんです。ネット上の掲示板がそれです。そこへ、田端のフリーマーケットに同型のカメラが出ているという書き込みがあって……」

はっとして矢代は内田を見つめた。彼もまた、あの掲示板をチェックしていたのだ。

「なんというハンドルネームだったんですか」

「『H—0501』です。『HOSOI』の一部を数字に変えたんですよ」

その人物なら、掲示板で何度も話したことがある。それと知らずに、矢代は数年前から細井こと内田靖史と交流していたのだ。

カメラの情報交換ができる掲示板はいくつもある。だが経験が増えると、どこが信頼できるところなのかわかってくる。矢代と内田が同じ掲示板にたどり着いたのは、必然と言えるのかもしれない。

「フリーマーケットにM302が出ていると知って、急いで駆けつけました。万一あれが警察の手に渡ったら、昔の事件を蒸し返されるかもしれません。だから買い戻したかったんですが、私が到着したときには、すでに品物はなくなっていました」

「そのカメラは私が買ったんですよ」

「そうでしたか」内田は軽く息をついた。「あと一歩でカメラが手に入らなかったことが悔しくて仕方ありませんでした。それと同時に、私の中で復讐心が再燃したんです。七年半前、水原さんを死なせてしまったことから、捕まるのが怖くなって、私は桐原の監視を諦めました。今年、舞の失踪宣告の申し立てをしようと思っていたんです。しかしあのカメラが世の中に出てきた。何かに導かれているような気がしました。今、やらなければという焦りを感じました。

私は調査を再開し、桐原に接触しました。桐原は調子のいい男で、プライドが高く、ちやほやされるのを好みます。深いつきあいをして、突っ込んだ話を聞こうと思いました。会員制クラブに紹介してもらって、たっぷり酒を奢り、私自身も悪ぶって話を合わせ、過去のことを喋らせました。『家で女を飼っていたことがあるよ』と奴は言いました。『外で拉致ってきてさ、へへ』などと笑っていました。それは舞のことです。私は怒りで卒倒しそうでした。その感情を抑えながらさらに訊くと、拉致した日のうちに舞は死亡していたというんです。二日後の夜には、舞の遺体を千葉県のどこかに埋めたとのことでした。性的な暴行は未遂だったというので、それがせめてもの救いでしたが、だからといって罪が軽くなるわけではない。許せませんでした。真相を知った私は、ついに人を殺す計画を進めることにしたんです」

　いつの間にか、内田の表情はどこか誇らしげになっていた。本人の中ではふたりを殺害して、達成感のようなものが生まれているのかもしれない。そんな内田の顔を、矢代は苦々しい思いを抱きながらじっと見つめる。

「桐原はひとり殺しただけなので死刑にはなりません。だから法の裁きを受けさせるのでは足りないと思い、警察には何も伝えませんでした。娘を自宅に拉致していた桐原はもちろん殺しますが、仲間である皆川も同罪だろうと思いました。皆川がデータを不正に売ったせいで事件が起こったわけですから、奴も死ぬべきです。そうでしょう？」

　口元に笑みさえ浮かべながら内田は言う。その感覚は矢代には理解できないものだった。

「そしてあなたは復讐を開始した……」理沙は言った。「七年半前に作った脅迫状を思い出し、それに沿った形で被害者を傷つけることにした。文具メーカー・ホクトワンからのデータ流出によって舞さんはストーカー行為を受けた。それで、ホクトワンに関わる四つの凶器を選んだわけですね」

「ええ、それが舞への供養になりますから」

「舞さんは……」矢代は声のトーンを落として尋ねた。「舞さんのご遺体は見つかったんですか？」

その質問は内田を戸惑わせたようだ。彼の口元に浮かんでいた笑みが、急に消えた。不機嫌そうな顔をして内田は答えた。

「娘は見つかっていません。千葉県のどこか、というヒントだけで捜すのは不可能でした。桐原を殺す前、私は尋問をしましたが、あいつははっきり答えませんでした。時間の無駄だと思って、私はとどめを刺しました。地獄に落ちろ、と奴を罵りながら」

自分の右手をじっと見ながら、内田はそう言った。

彼の告白を聞き終えて、事件に関する謎はおおむね解けたと言える。だが矢代の気分はすっきりしなかった。何かもやもやした感じがある。

娘を失った内田には同情する。だが彼のせいで水原弘子は死亡したのだ。内田が桐原宅を監視などしなければ、弘子は死なずに済んでいただろう。

桐原と皆川、ふたりの殺害についてはもちろん有罪となるはずだ。だが事件に巻き込まれた弘子のことはどうなるのか。裁判で、場合によっては、あれは事故だったなどと結論づけられる可能性もあるのだろうか。

――そんなことは許せない。許されるはずがない。

矢代はそう思う。そう思いながらも確たる自信はない。どうにかして弘子の死を殺人と認めさせることはできないのか。弘子の友人としては、内田に対して強い処罰感情を抱いてしまう。

警察官として、そんなふうに思ってはいけないのだろうか。矢代は何か釈然としないものを感じていた。

4

昨日は少し日が当たったが、今日はまた寒くなった。

見上げた空は一面、暗い雲で覆われている。午後になってもなかなか気温が上がらず、道を行く人たちはみな体を縮めて歩いている。時折風が吹いて、顔や指先から体温が奪われていくようだ。

矢代と理沙は並んで歩道を進んでいく。うしろから夏目がついてくる。前方の交差点が赤信号になったので、三人は足を止めた。エンジン音が高くなって、バスやタクシーや営業車が徐々に動きだす。

コートの袖をまくって、矢代は腕時計を見た。

二月十七日、午後一時三十五分。今日は文書解読班の三人で、ある人物に会うことになっている。目的地までは駅から徒歩七分ぐらいだというから、あと信号三つ分ぐらいだろうか。

「内田靖史の取調べは順調らしいですね」

矢代は隣に立つ理沙に話しかけた。彼女のほうもちょうど話題を探していたようで、すぐにこちらを向いた。

「ええ、古賀係長からそう聞いています。逮捕のとき、内田は抵抗する様子を見せませんでしたからね。取調べにも素直に応じているんでしょう」

一昨日（おととい）の出来事が頭に浮かんできた。

世田谷区の自宅を訪ねて、矢代たちは内田靖史を問い詰めた。最初は黙り込んでいた内田だったが、途中で覚悟を決めたようで、彼はこちらからの質問に答え始めた。そうして最後には、自分から犯行の経緯を詳しく説明したのだ。

「俺はよく思うんですが、犯罪者というのは、自分がやったことを他人に喋りたくなるものなんですかね」

「ああ……たしかに、思い当たることがありますね。綿密に計画を立てた犯罪者や、世間を騒がせて喜んだ犯罪者には、そういう面があるようです」

「主張したいことがあるのなら、犯罪以外の方法で訴えればいいと思うんですけど」

矢代が言うと、うしろから夏目の声が聞こえた。

「でも先輩、なかなかそうもいかないんじゃないでしょうか」

「どうしてだ？」

「今回は特にそうですよね。親である内田靖史の気持ちを考えると、どうも私は……」

夏目はまた感傷的な気分になっているようだ。

たしかに、娘の舞のことは気の毒だと矢代も思う。七年半前、桐原や皆川のしたことは絶対に許されない。

しかし、だからといって内田の復讐を許してしまったら、社会は成り立たなくなるだろう。どれほど恨みが深くても、内田はふたりを殺害すべきではなかった。誰であっても法を守るのが当然だ。秩序は保たれなくてはならない。

そう主張したいのだが、矢代は喉まで出かかった言葉を呑み込んだ。

ここで夏目と言い争っても仕方がないだろう。いや、そもそも夏目は意見を押し通そうとしているわけではないのだから、言い争いになるはずもない。もし矢代が、そんなことを言うべきではない、とたしなめれば、夏目は素直に詫びるだろう。それで事は足りる。

だが、そうなればなったで、また矢代の中にはもやもやした何かが残るに違いない。上下関係ゆえに夏目は謝罪する。矢代が先輩だから言うことを聞く。しかし根本的なところで彼女の価値観は変わらないだろう。それが悔しい。

自分の考えを押しつけたいわけではない。だが、すぐ近くにいる人間が、自分とは別の意見を持っているということに、失望のようなものを感じてしまうのだ。

言葉はすれ違っていく。人の内面はどうすることもできない。

——結局、俺も自分の価値観にこだわりすぎているのか。

そんなふうに思った。

信号が青になり、矢代たちは歩きだした。

横断歩道を渡って、雑居ビルの並ぶ通りを進んでいく。そのうち、理沙が空を見上げた。

「あ……」

何だろう、と矢代は彼女の視線を追う。雲に覆われた空を見上げて、気がついた。ちらちらと白いものが落ちてくるのが見えた。

「そういえば、今日は雪が降るかもしれないという予報でした」理沙が言った。「頭ではわかっていても、実際に雪が降るのを見ると心動かされますよね」

「……どういうことです？」と矢代。

「やっぱり雪って特別なんですよ。都心では特にそうでしょう。ちょっと現実を忘れさせてくれるというか、日常から離れることができるというか」

「わかります、鳴海主任」夏目がうなずいた。「私は無性に走りだしたくなりますよ」

「まるで犬だな」

矢代が言うと、夏目と理沙は顔を見合わせて笑いだした。

ふたりを見ながら矢代も苦笑いを浮かべる。なるほど、と思った。意見や考えに隔たりがあったとしても、多くの人が同じように感じる出来事もある。たとえばこの雪がそうだ。口論が続いていたとしても、雪を見ればそれに気をとられる。いつもとは違って少し感傷的な気分になる。そこから話が通じるようになるかもしれない。

犯罪者と対峙するときも同様なのではないか、と矢代は思った。相手が人の心を持ってさえいれば、きっと通じるものはあるだろう。それを信じていくしかないのだ。

エレベーターのかごから降りて、辺りを見回す。

廊下に沿って数多くのドアが並んでいる。トイレや給湯室、浴室などの入り口もある。長い廊下の途中に、白いナース服がいくつか見えた。看護師たちは医療機器を載せたワゴンを押している。

ナースステーションで手続きをして、矢代たちは廊下を歩きだした。消毒液のにおいが感じられる。どこかで人の話す声が聞こえた。

「ここですね」

夏目がある病室の前で立ち止まった。部屋の番号を確認してから、矢代たちはドアをノックする。

返事はなかったが、在室だと聞いている。理沙がスライド式のドアを開けた。

中は個室になっていた。手前に洗面台とベンチ、冷蔵庫などが置かれている。目隠しになるカーテンがあったが、今は開かれていた。テレビ台のそばにベッドがひとつだけあり、患者衣を着た男性が横になっていた。

「内田さん……」

理沙がそっと声をかけた。病人に対して、かなり気をつかっているのがわかる。

男性はうとうとしていたようだが、理沙の声を聞いて目を開いた。首をこちらに向けて矢代たち三人を見る。歳はたしか八十三。痩せた頬に無精ひげが生えている。髪は真っ白だ。表情が冴えないのは、眠気のせいばかりではないだろう。

「内田晋介さんですね」

ベッドに近づきながら、理沙は問いかけた。男性は肯定も否定もせず、ただ三人の来訪者を眺めている。

「警視庁の鳴海と申します」理沙は警察手帳を呈示した。「それから、部下の矢代と夏目です」

矢代たちは揃って会釈をした。

男性は口を開いたが、少し咳き込んだ。どうやら痰が絡むらしい。矢代はベッドの枕元にあるティッシュペーパーを二、三枚取り出して、男性に手渡した。

ティッシュに口の中の痰を吐き出して、ようやく男性は落ち着いたようだった。彼は上半身を起こそうとした。

「ああ、どうかそのままで」理沙が相手を押し留める。

「すみませんね。調子が悪いもので」意外に言葉はしっかりしていた。「内田晋介です。警察の方というと……何か事件があったんですか」

「少しお話ししたいことがあってお邪魔しました。お時間よろしいでしょうか」

「ええと……」晋介は枕元の時計を手に取り、時刻を確認する。「食事まで、まだだいぶ時間がありますね。まあ、ほとんど食べられないんだけど」

力なく晋介は笑った。

椅子を使うよう、彼は勧めてくれた。夏目が壁際にあったパイプ椅子をふたつ持ってきて、どうぞ、というジェスチャーをした。「悪いな」と矢代は礼を言って、理沙とともに腰掛ける。夏目はうしろに立って話を聞くようだ。

「晋介さん、以前は老人ホームにいらっしゃったそうですね」理沙が尋ねた。

「そうです。家内が亡くなっていましたのでね、私はひとりで老人ホームに入りました。今から……ええと、六年前ですか。でも今年になってから調子を崩して、ここへ入院となりました」

「ご家族がお見舞いに来ることは？」

「いや、ほとんどないですよ。だって……」

そこで晋介は言葉を切った。誰にでも話せる家庭事情ではないからだろう。

「そのことは存じています」理沙は少し声を低めた。「七年半前に孫の舞さんが行方不明になって、そのあと靖史さんの奥さんが病気で亡くなって……」

「ああ、知っていたんですか。じゃあ隠す必要はないですね」

納得したという表情で、晋介は何度かうなずいた。

少し間を置いてから、理沙は本題に入った。

「私たちはふたつの殺人事件を捜査していました。皆川延人、桐原哲生の二名が殺害された事件です。そして一昨日（おととい）、その犯人が捕まりました。テレビでも報道されているんですが、ご存じですか？」

　すぐには返事がなかった。矢代は、ベッドに横たわった晋介をそっと観察する。

　しばらく天井を見つめてから、晋介は答えた。

「……いえ、知りません」

「逮捕されたのは、あなたの息子・内田靖史さんです。……七年半前、内田舞さんが行方不明になりましたが、彼女は桐原、皆川の企(たくら)みによって監禁され、死亡していました。それを知った靖史さんが、ふたりに復讐をしたんです」

「復讐……ですか」

　晋介は眉(まゆ)をひそめていた。彼は右手を毛布から出して、自分の胸の上に乗せた。心臓の鼓動をたしかめているかのようだった。

「少し具体的な話になりますが……」理沙は続けた。「七年半前、行方不明になった舞さんを捜して、ある人物が桐原の自宅を監視していました。家の写真や桐原の写真を撮っていたようです。また、桐原たちへの脅迫状を作って、それも撮影していました。八月二十七日の夜、その不審者は水原弘子さんに行動を見咎(みとが)められ、結果的に彼女を死なせてしまった。それは自分がやったのだと靖史さんは自供していますが、本当でしょうか。私は、別の人間がやったのだと思っています」

「……なぜですか？」

「二点、気になったことがあったんです。まず、不審者がフィルムカメラを持っていたこと。わざわざそれを使うのはデジタル機器が苦手な人か、そうでなければフィルムにこだわる人か、どちらかだと思いました。晋介さん、あなたはおそらくデジタルカメラが苦手だった。そしてフィルムを現像することができたんじゃありませんか？　矢代から聞いたんですが、聞き込みに行ったとき、靖史さんが家に芳香剤を撒いていたというんです。ちょうど清掃車が来ていたそうなので、屋内のにおいのことを思い出したんじゃないでしょうか。いったい何がそんなに気になったのか。写真の現像に使う酢酸のにおいかもしれない、と私は思いました。調べたところ、あれはけっこう家に染みつくらしいので……。もちろん推測でしかありませんが、可能性はあると考えました。

さらにもうひとつ。七年半前に舞さんが行方不明になったとき、警察に相談に行ったのは舞さんのお母さんだったということでした。何か事情があって靖史さんは行けなかったようなんです。調べてみたところ、その年の八月、靖史さんは病気で入院していたことがわかりました。そんな状態では、何日も桐原の家を監視することはできません。では田端で張り込みをしていたのは誰なのか。目撃情報から、その不審者はおそらく男性です。当時、舞さんに交際相手がいたという話は聞いていないし、家族以上に可愛がってくれていた親戚もいないでしょう。となると、もっとも可能性の高いのは、祖父であるあなたです。事件の夜になくしたと思われるＭ３０２は、現在私たちが保管しています。あなたの指紋を採らせていただければ、あなたの持ち物だったかどうかはっきりしますよね。いかがですか、晋介さん」

理沙は晋介をじっと見つめた。矢代も夏目も、ベッド上の老人に目を向けた。

晋介は目をつぶり、右手で心臓の辺りを撫でている。考えに沈んでいるのか、それとも時間稼ぎをしているのか。あるいは理沙の指摘を受けて、体調に変化が生じたのか。

何かを諦めたような深いため息をついてから、晋介は目を開いてこちらを見た。

「すべてお話しします。……舞が行方不明になったのは、私が七十五歳のときでした。おっしゃるとおり靖史は病気で入院していたため、舞の母親と私、ふたりで警察に相談をしたんです。でも結局、舞の行方はわからないままでした。私も舞の母親も納得できなかった。もちろん病床にいた靖史も、大きなショックを受けていました。

いろいろ考えましたが、やはり警察の対応には疑問が残りました。もう彼らを当てにすることはできない。そう思って、独自に真相を調べることにしました。靖史の代わりに私が動いたんです。信頼できる探偵社を人から紹介してもらって、調査を依頼しました。私自身も注意しながら調査を行いました。

やがて探偵社から報告がありました。桐原と皆川、このふたりがどうも怪しいと。私は、もしかしたら舞は桐原の家に監禁されているのではないか、と思いました。そこから先は探偵社を外して、私ひとりで調べることにしました。当時、桐原の家の斜め向かいに空き家があって、その庭の物置小屋から桐原の家が見えたんです。私はそこをベースキャンプのように使いました」

矢代はかつて桐原の家があった場所を思い浮かべた。その向かい側に空き家があったという記憶はない。だが七年半前には、監視に使えるような物置小屋があったということだろう。

「私はデジタルカメラを持っていませんでした」晋介は話を続けた。「それで、昔、趣味で買ったフィルムカメラを使いました。おっしゃるとおり、私は現像の設備を持っています。自分ではあまり気づいていませんでしたが、靖史は酢酸のにおいを気にしていたんですね。

七年半前の八月二十七日の夜、カメラを持って歩いているとき女性から声をかけられました。私がそのへんをうろついているのを知っていたようで、尋問するような口調であれこれ尋ねてきました。たぶん正義感の強い人だったんでしょう。そのうち彼女は人を呼ぼうとしたので、私は走って逃げました。でも追いつかれてしまって……。揉み合っているうち、その女性は階段から転落してしまいました。そして気がつくと、私はカメラをなくしていました。彼女と揉み合っているとき、どこかへやってしまったようでした。近くの家の庭に入ってしまったのかもしれない。でも人が集まってきそうだったので、捜すのは無理でした。次の日、暗くなってから捜しにいったんですが、やはり見つからなかったんです」

カメラに関することなど、靖史の話と一致している。おそらく靖史は父親をかばうため、田端の不審者も自分だったと供述したのだろう。

「その女性を死なせてしまって、私は自分の罪深さを知りました」ため息をつきながら、晋介は言った。「それまで私は、何かに取り憑かれたように桐原の家を監視していましたが、すっかり気持ちが萎えてしまいました。年齢のせいもあります。六年前、靖史と相談して老人ホームに入ったし、そんな状態では調査を続けることなどできるはずがありませんでした」

「ところが最近になって、話が変わったわけですね?」

　理沙が尋ねると、晋介は小さくうなずいた。

「私は末期のがんで、もう長くないんです。それで今年になってから、思い切って七年半前の出来事を靖史に打ち明けました。舞の失踪当時、靖史は入院していましたが、ここ一、二年は調子がよくなっていたから、話してもいいだろうと思ったんです。事情を聞いて、靖史は相当驚いたようでした。私は犯人ふたりのことまで調べていましたからね」

「それまで、靖史さんにはまったく話していなかったんですか?」

「ええ。退院後もしばらくは体調が悪かったし、会社に復帰してからは仕事で疲れているようでした。よけいな心配をかけたくなかったんです」

　一時期、晋介自身も調査を諦めていたのだ。もう思い出したくない、という気持ちもあったのではないだろうか。

「今年、過去の事件の話を聞いて、靖史さんは何と?」

「もし本当に桐原が舞を監禁したのなら絶対に許せない、と憤りました。靖史があれほど怒るのを見たのは初めてでしたから、私のほうも戸惑ってしまって……。靖史は言いました。なぜ今まで話してくれなかったんだ、と。それから涙を流しました。そのときは舞が殺されているのを私も知りませんでしたが、七年以上経っていますし、たぶんもう駄目だろう、という気持ちはありました」

女性が監禁され、殺害されたなど、誰が聞いても衝撃を受ける話だ。まして親であれば、怒りも悲しみも並大抵のものではなかっただろう。それは矢代にも想像できる。

だがそこから先、靖史は凶行に走ることになるのだ。

「靖史は土日や平日の夜、あらためて桐原と皆川のことを調べてくれました。細井と名乗ってふたりにそれぞれ近づき、親しくなって情報を聞き出したそうです。調査の結果、桐原が舞を殺害したのは間違いないとわかりました。皆川が個人情報を流したことも明らかになった。靖史はふたりを殺害する、と私に言いました。これは舞への手向けだから、必ず為し遂げなくてはいけないのだ、と思い詰めたような顔で……」

「そこで脅迫状が出てくるわけですね」と理沙。

ええ、そうです、と晋介はうなずいた。

「かつて私が作った脅迫状を、靖史に見せました。なかなか面白い、これに似せた形で奴らを傷つけてやろう、と靖史は言いました。年賀状のデータを流出させたのは、皆川のいたアサクラ印刷ですが、そこへ仕事を依頼したホクトワンにも大きな責任がありま す。だから靖史は、文具などを凶器として使うことで、ホクトワンにも意趣返しをしようとしたんです」

「でも、アサクラ印刷は情報を流出させた事実を、ホクトワンに報告しなかったようですが……」

「そうなんですか？　まあ、知ったことではありませんよ。ホクトワンがアサクラ印刷なんかを使わなければ、舞が殺されることもなかったんですから」

　今までとは違って、このときだけ晋介は悪意のこもった言い方をした。だが、それもまた筋違いではないか、と矢代は感じてしまう。

「なくしたカメラのことはずっと気になっていました。それで、靖史に頼んでネットの掲示板をチェックしてもらっていたんです。今年の一月十四日、田端のフリーマーケットでM３０２の出品があったことを知りました。靖史がフリマに行ってくれたんですが、カメラは売れてしまったあとでした。店の女性によると、そのカメラは警察の人が買っていった、ということでした。これは寝耳に水の出来事でした。

　まずい、と靖史は思ったそうです。あのカメラのフィルムに脅迫状が写っていることは、私から靖史に伝えてありました。万一警察が、フィルムから内田晋介という元の持ち主を割り出したら大変です。靖史の復讐計画に支障が出ます。それで、やるなら急いだほうがいいということになりました。私と靖史は相談し、できるだけ早く計画を開始することにしました」

　それを聞いて、矢代は眉をひそめた。

「ああ、やっぱりそうだったのか。俺がカメラを買ったことが、事件に繋がってしまったんだ……」

カメラが買い取られてから一ヵ月の間に、靖史は準備を整えたのだ。そして、迅速に計画を実行した。いずれ復讐するはずだったとはいえ、今回の事件の引き金を引いてしまったのは自分だったのだ。矢代の心に後悔の念が広がった。

「私は靖史から、犯行の首尾を聞かされました」晋介は言った。「皆川を殺した経緯はこうです。皆川がほしがっていた海外のデザイン画集があると言って気を引き、彼の家を訪ねたそうです。画集をプレゼントすると言うと皆川は大喜びで、勧められるままに酒を飲みました。酔った皆川の隙を見て、靖史は持ってきたハンマーで頭を殴り、腹を刺した。まだ生きているうちに接着剤で口を塞ぎ、スキンステープラーで目を塞いだんです」

もう長くないと思ったのか、それとも皆川が仮死状態になったのか、靖史はとどめを刺さないまま立ち去った。その結果、皆川は血文字のメッセージを書き残すことができたのだ。

「桐原のときはこうです。飲み仲間になり、クラブ・カデンツァでも遊ぶようになってから、頃合いを見計らって靖史は仕事の話を切り出しました。自分の知り合いが小さな会社の社長で、そこのコンサルティングを桐原にお願いしたい、という架空の話です。桐原として飲みながら打ち合わせをしたいと申し出て、靖史は桐原の家を訪ねました。桐原としては、自分の家の調度品なんかを見せびらかしたかったんでしょう。知り合いの社長は仕事で少し遅れると説明して、桐原に酒を飲ませた。桐原がトイレから戻ってきたところを殴打し、動けなくしてから上半身をカッターナイフで傷つけた。すぐに殺さなかったのは、自分のしたことを白状させ、謝罪させるためでした。一通り話を聞き終わると、靖史はハサミで桐原の喉を突きました。二回、三回、四回とね。やがて桐原は動かなくなりました」

その様子を想像すると、気分が悪くなってきた。ただ猟奇性を演出するための事件かと思っていた。だが犯人である靖史は、カッターやハサミの傷ひとつひとつに自分の怒りを込めていたのだ。

ここまで話を聞いてきた理沙は、顔を強張らせていた。夏目も黙ったまま、じっと晋介を見つめている。

病室の中は、しばらく沈黙に満たされた。矢代は居心地の悪さを感じた。それは理沙も夏目も同じだったに違いない。

「ひとつ聞かせてください」矢代は言った。「あなたは水原弘子を突き飛ばしたんですか？　あなたが水原を殺害したんですか？」

矢代の険しい顔を見て、晋介は少し怯んだようだ。言葉を選ぶ様子で、彼は言った。

「揉み合いになって、私にも何がなんだかわからないままだったんです。あれは事故のようなものだと思います」

「その事故の責任は誰にあるんですか」

「それは……何とも言えません。少なくとも私は、あの人を殺そうとは思っていませんでした。逃げるのに必死でしたから……。たぶん、彼女は運が悪かったんです」

その言葉を聞いて、矢代は椅子から腰を上げた。思わず声を荒らげていた。

「運が悪かったで済むことか？　あなたが水原を殺したんだろう！　認めたらどうなんだ」

「先輩、落ち着いて」と夏目。

「矢代さん、気持ちはわかります」理沙が言った。「でも、相手を恫喝してはいけません。わかりますよね？」

矢代は何度かうなずき、呼吸を整えた。それから、あらためてパイプ椅子に深く腰掛けた。

怒鳴りつけられ、晋介はひどく驚いたようだ。それでも彼は起き上がったり、体をひねったりすることはなかった。病気の進行のせいで、もうそれだけのこともできないのだろう。

「すみませんでした」矢代は頭を下げた。「病気の人に、申し訳ありません。……ただ、これだけは言わせてください」

何を言い出すのかと、理沙が緊張しているのがわかる。おそらく夏目も身構えているだろう。もし矢代が騒ぎ出すようなことがあれば、うしろから止めに入るに違いない。

矢代はできるだけゆっくりと、静かな口調で言った。

「舞さんが殺害されたのは気の毒だと思うし、同情もします。でも、だからといってあなたのしたことが許されるわけじゃありません。結果としてあなたは靖史さんを焚き付け、殺人を教唆したことになるんです。あなたも犯罪者です」

晋介は黙っている。彼はぼんやりと天井を見上げながら、矢代の言葉を聞いていた。

「あなたにとって舞さんが大事だったように、俺にとって水原弘子はとても大事な人だったんです。彼女にも将来があった。生きていれば今ごろ結婚して、子供がいたかもしれない。そういう、ひとりの女性の人生をあなたは奪ってしまった。……俺には警察官という立場があります。これ以上あなたを咎めることはできません。でも、個人として言わせてもらうなら、俺はあなたという人間を一生許さない」

普段は犯罪者を宥め、説得しなければいけない立場にある。だが今、矢代は自分の感情の高ぶりを抑えることができずにいた。どうしてこんなことになったのか。水原の人生はまだまだ続くはずだった。そして、もしかしたら彼女の人生は、矢代と交わっていたかもしれない。そういう将来もあり得たのだ。

やり場のない感情が、自分の中で大きく膨らんでいく。こんなに腹が立ったのは久しぶりだ。

矢代はパイプ椅子から立ち上がり、窓に近づいた。ガラスの向こうで雪が舞っている。日常を忘れさせてくれるような雪。花壇のある中庭も、コンクリートの病棟も、アスファルトで固められた駐車場も、すべてが白で覆われていく。

　このままずっと降り続いてくれればいい、と矢代は思った。そうすればしばらくの間、汚れたものを見なくて済むだろう。嫌なものから目を背けていられるはずだ。

　背後で、理沙が晋介に話しかけている。部下の非礼を詫びているらしい。聞こえないふりをして、矢代は窓の外をじっと見ていた。

5

　定刻になり、夜の捜査会議が始まった。

　被疑者が逮捕され、現在取調べが進められている。その供述の裏付けをとるため、捜査員たちは自分の分担に従って、事実関係を調べているところだ。容易に確認できるものもあれば、複数の証言を積み重ねなくてはいけないものもある。慎重な聞き込みが必要だった。

「今日は、重要な連絡事項があります」みなの前に立って、古賀係長は言った。「七年半前、桐原に殺害された内田舞さんらしき遺体が発見されました」

　捜査員たちの間にざわめきが広がった。これまで、その件については確たる情報が得られずにいたからだ。

「内田靖史の自供により、桐原が舞さんの遺体を千葉県のどこかに埋めたことはわかっていました。それで、桐原は千葉に土地鑑があるのではないかと調べてみました。……彼はコンサルティング会社を興す前、不動産会社に勤めていた。そのとき、千葉県印西市の土地をいくつか扱ったことがあるとわかりました。当初は宅地になるはずでしたが、状況が変わってそれらは空き地のまま残されたようでした。

　さらに確認すると、それらの土地のひとつは桐原が管理していたことが判明しました。その土地を掘り返したところ、白骨化した遺体が出てきたというわけです。現在、DNA鑑定が行われていますが、身に着けていた衣服などから、舞さんであることは確実だと思われます」

　さすがの内田靖史も、桐原と関わりのあるその土地までは見つけられなかったのだろう。

　今後、もし彼が遺体の発見を知ったらどんな反応を示すだろう、と矢代は考えた。変わり果てた娘の姿を思って涙を流すのか。それとも、すでに死亡している桐原に向けて、再び呪詛の言葉を放つのか。いずれにせよ、見ていて気分のいいものではないだろう。

　各捜査員から、今日の活動報告が行われた。

　被疑者が素直に供述しているとはいえ、すべてを鵜呑みにはできない。事実、内田靖史は七年半前の田端事件を、自分のしたことだと話していた。だが、それは虚偽の自供だという疑いが濃くなっている。矢代たち文書解読班の捜査により、田端の町をうろついていたのは靖史ではなく、舞の祖父・晋介だったと報告されたからだ。

「内田靖史は晋介の罪をかぶろうとしたようです」手元の資料を見ながら、古賀係長は言った。「父親は末期のがんで、もう長くは生きられない。そんな父が捜査員の訪問を受け、多くの質問に答えるのは負担が大きいと考えたんでしょう。それに、靖史はすでにふたりを殺害している。そこにもうひとり水原弘子さんの事件が追加されてもかまわない、と思ったらしい。靖史は覚悟を決めて、犯行に及んだというわけです」

たしかにそう見えたな、と矢代は思った。

靖史を問い詰めたとき、はじめは沈黙を守っていたが、やがて彼は渋ることなく自分の罪を説明した。一度話し始めると、靖史は一切の抵抗を示さなかったのだ。

「最初から割り切っていたんですかね」捜査員席で川奈部が言った。「事を為し遂げさえすれば、あとは捕まってもいいと思っていたんでしょうか」

「そうかもしれない。だが、この上なく愚かなことだ」古賀は不機嫌そうに言った。「そんなことをしても娘は帰ってこないし、残された晋介も病床で心を痛めるばかりだろう。このあと父親のことをどうするのか、考えなかったんだろうか……」

いつも無表情でいることの多い古賀が、珍しく顔を曇らせている。

もしかしたら古賀は、内田靖史の家庭事情に何か思うところがあるのかもしれない。古賀に子供はいただろうか、と矢代は記憶をたどった。もし彼に娘がいるのなら、同じ父親として靖史に同情する部分もあるのではないか。

しかし、だからといって捜査のベテランである古賀が、取調べに手心を加えることはないはずだった。内田靖史は法の裁きを受け、収監されるだろう。そこから先、病気の父親がどうなるかは警察の力が及ぶところではなかった。

夜の会議のあと、文書解読班で軽くミーティングが行われた。今日は財津係長も参加してくれていた。忙しいのはわかるが、たまには顔を出してくださいと理沙に強く言われたのだそうだ。

「まあでも、俺がいなくても無事解決できたじゃないか」

財津はそんなことを言う。理沙は真面目な顔で上司を見つめた。

「今回は問題ありませんでしたが、やはり責任者がいないのでは不安です」

「責任者といったって、俺は鳴海みたいに文書解読のセンスはないからなあ」

「実務は私がやります。財津係長は責任者ですから、何かあったとき責任をとってくだされぱいいんです」

「そういう意味の責任者か……」

財津は苦笑いを浮かべている。

矢代は、ノートパソコンをいじっている谷崎を労（ねぎら）った。

「谷崎もありがとうな。今回は情報分析班の唐沢といいコンビだったじゃないか」

「そうなんですよ」谷崎は画面から顔を上げて言った。「彼はいいですね。打てば響くという感じです。技術力は充分だし、センスもあると思います。今度飲みに行くことにしたんですよ」

「え……。そうなの？」夏目が驚いて尋ねた。「岩下管理官や早峰主任に知られたら、まずいんじゃない？」

「そんなことはないでしょう。あくまで個人的なつきあいですから」

「でも矢代先輩が近づいていくと、スパイだとか言われるんだよ、早峰主任に」

「何かあったら責任者に責任をとっていただくということで」と谷崎。

「俺のこと？」

財津が顔をしかめている。それを見て、谷崎は口元を緩めていた。

矢代に向かって、理沙が小声で話しかけてきた。

「水原さんの件、これで一段落ということになりますね。矢代さんにとって、後味のいいものではなかったかもしれませんが……」

「それでも解決は解決です。長年の問題が片づいて、ほっとしていますよ」

実際のところ、理沙の言うように後味のいいものではない。だが感情のしこりは、時間をかけて消化していかなければならないのだろう、と矢代は思う。

資料を片づけているうち、携帯に着信があった。

誰だろうと液晶画面を見ると、そこには《戸村》という名前が表示されていた。矢代の同期で、滝野川署に勤務する刑事だ。通話ボタンを押した。

「はい、矢代……」

「戸村だ。今、話せるか？」

「かまわないよ」矢代は言った。「この前は助かった。おまえの情報のおかげで、事件は解決に向かっているところだ。礼を言うよ」

「じゃあ、もうじき文書解読班の仕事も落ち着くのか」

「そうなるな。……で、今日は何だ？」

矢代が尋ねると、戸村の声が少し高くなった。

「おいおい、おまえ、約束を忘れたわけじゃないだろうな」

「約束？　何だっけ」

「何だっけじゃないよ。情報を教える代わりに、鳴海さんを飲み会に誘ってくれる約束だろう？」

矢代はまばたきをして黙り込んだ。そういえばコンビニの近くで彼と会ったとき、そんな話をした覚えがある。善処する、あとで連絡する、と言ってしまったのだ。

「おまえ、完全に忘れてただろう」

「いや……捜査が忙しくて、まだ話せていなかったんだ。だってほら、事件が続いているときに飲み会のことなんか話したら、戸村の株が下がるだろう。警察官としてどうなんだ、不謹慎だ、と言われてしまう」

「……まあ、それはそうだな。ずっと捜査をしていたんじゃ仕方ない」

「あとで鳴海主任に話してみるよ。ちゃんと連絡するから」

「わかった。頼むぞ、親友」

電話は切れた。携帯の画面を見つめて、矢代はひとつため息をつく。

そんな矢代の様子に気づいて、理沙が尋ねてきた。

「どうかしたんですか？」

「ああ……ええと、主任」矢代は笑顔を見せながら答えた。「捜査が一段落したら、そのうち飲み会なんていかがでしょうか。たまには息抜きに、そういうのもね」

すると、理沙は驚いたという目でこちらを見た。

警戒されたかな、と矢代は思った。しかし、彼女の口から出たのは意外な言葉だった。

「いいですね！　たまには何か美味しいものを食べたいと思っていたんです」

「よかった。じゃあ、俺が店を予約しますよ。それでですね、メンバーは……」

と矢代は言いかけたのだが、理沙は聞いていなかった。彼女は顔を輝かせて、夏目のほうを向いた。

「夏目さんと財津係長もいかがです？　谷崎さんも一緒に……」

「あ……あの、主任」矢代は慌てて彼女の話を遮った。「それだと、いつもの慰労会になってしまいます」

「駄目なんですか？」

「いや、駄目というわけじゃないんですが、たまには趣向を変えたいなと思って」

「じゃあ無礼講にしましょう。とにかく、大勢で飲んだほうが楽しいですからね」

財津はどちらでもいいという顔だったが、夏目や谷崎は乗り気のようだ。鍋がいいか、焼き肉がいいかなど、ふたりで相談を始めている。

こうなると、大勢での飲み会という線はもう覆せない。できることはひとつしかなかった。

「主任、大勢でということなら、俺の同期をひとり誘ってもいいですか？」

「そうですね。矢代さんと親しい人だったら、かまいませんよ」

仕方がない、と矢代は思った。少し趣旨は違ってしまうが、飲み会をやるという約束は果たせるだろう。

――まあ、最初はお友達からだよな。

戸村の顔を思い出しながら、矢代は深くうなずいた。


ミーティングが終わったのは、午後十時半ごろのことだった。

矢代がひとり休憩室でコーヒーを飲んでいると、誰かが部屋を覗き込んだ。その人物は矢代を見つけて近づいてくる。岩下管理官だった。

「ここにいたのね」

「あ……。お疲れさまです」

矢代は椅子から立ち上がって軽く頭を下げる。

「いいから座って」

缶コーヒーを買うと、岩下はテーブルを挟んで矢代の向かい側に腰掛けた。

いったい何だろう、と矢代は思った。また殺人班に来ないかという話だろうか。身構えながら相手の出方を待つ。岩下はそれに気づいたようだった。

「あなた、何を警戒しているの」

「いや、管理官の前では誰だって緊張すると思いますが」

「別にあなたをいじめに来たわけじゃない」岩下は澄ました顔をして言った。「ちょっと話がしたかったのよ」

「殺人班に来いという件でしたら、申し訳ありませんが……」

「いきなりそんなふうに言われたら、話が終わってしまうじゃないの」

「申し訳ありません」矢代は首をすくめる。

岩下は缶コーヒーを一口飲んだ。そのまま壁のほうに視線を向け、掲示されたポスターをじっと見ている。話は本当にもう終わりなのだろうか。

気詰まりになって、矢代はこう話しかけた。

「管理官、大都新聞の件は本当にありがとうございました。おかげさまで、大幅に捜査の時間が短縮できました」

「そう」岩下はこちらを向いた。「それはよかったわね」

「俺――いや、私は、岩下管理官のことを少し誤解していたかもしれません」

「鳴海さんも同じようなことを言っていたわね。あなたはどう誤解していたの。嫌みばかり言う面倒くさい上司だと？」

「そんなことはありませんが……なんというか、その……」

「いいわよ。怒らないから言ってみなさい」

咳払いをしてから、矢代はあらためて口を開いた。

「今まで、かなりご自分を作っていらっしゃるというか、あえて周りにきつく当たって、壁を作っているような印象を受けていたんです」

「壁を作って、ほかの人間を遠ざけているということ？」

「遠ざけるというより、隙を見せないように身構えているというか……。ええと、常に相手にプレッシャーをかけて緊張を強いるというか……」

「管理職だもの、部下にプレッシャーをかけるのは当然でしょう。この組織は仲よしクラブじゃないわ」

その言葉を聞いて、矢代ははっとした。ひとつ納得できたような気がしたのだ。

声を低めて、矢代は彼女に尋ねた。

「岩下管理官は、文書解読班の雰囲気がお嫌いなんでしょうか」

「雰囲気？」

「今、仲よしクラブと言ったでしょう。そんなふうに感じていらっしゃるんですよね。自分で言うのも何ですが、うちの班にはあまり緊張感がないので……」

「よくわかっているじゃないの」

岩下はコーヒーの缶をテーブルに置いた。少し考えてから、彼女は矢代の目を覗き込むようにして言った。

「昔話をしましょうか。私自身のことよ。……女性警察官として上を目指すには、相当な苦労があったの。パワハラやセクハラにも耐えてきた。その結果、今の私があるということ。……私はね、組織の中で、仕事に貪欲ではない人間を軽蔑しているのよ。なぜもっと真剣にやらないのかと思ってしまう」

「それは、ご自分がずっと頑張ってきたからですね」

「そのとおり。頑張り方にも二種類あってね、最初はひたすら耐える時期。そしてある程度実力がついたら、今度は自己主張をする時期になる。場合によっては組織と戦う覚悟も必要よ。そうなると、どうしても難しい場面が出てくる。……以前、私は上司と揉めて、立場が危うくなったことがあった。そして実を言うと、今の上司である小野塚理事官とも、このところ微妙な関係になってきているの。そこをどう乗り越えていくかが問題。小野塚理事官に忠誠を誓って、ご機嫌をとって、うまくコントロールしていくのが理想だけれど、それができない可能性も出てきた」

何かあるだろうと感じていたが、そんなことになっているとは知らなかった。岩下は完全に小野塚派だと思っていた。しかし状況によっては今後、別の上司に乗り換えることもあり得るのだろうか。

「財津係長とのことはどうなんです?」矢代は尋ねた。「この前、警察官としての気概がない、と言っていましたよね。その評価はずっと変わらないんでしょうか」

「それはそうよ。財津さんは、上を目指すつもりがないってはっきり宣言したんだもの」

「何でしたっけ。『たまたまこの仕事をしているけれども』とか……」

「『たまたまこの仕事をしているけれども、自分の立場が悪くなれば辞める。そうすれば俺以外の人間が出世できるだろうし』とあの人は言った。私は腹が立って仕方がなかった。そんな中途半端な考えで、彼が警察官を続けているのが許せなかった」

財津と岩下はおそらく正反対の性格なのだ。のんびりしている財津と、男性優位の組織で全力を尽くす岩下とでは、話が合うはずもない。

「もしかして、岩下管理官は財津係長の実力を見て……」

「ええ、私は嫉妬していたのかもね」

岩下はつぶやくように言った。休憩室の中が、急にしんみりした雰囲気になった。

「早峰には、昔の私と似たようなところがあってね。彼女も実力以上に頑張ろうとするタイプでしょう。親しみを感じたわ。だから部下にしたの」

言われてみれば、ふたりの間には通じるところがあるかもしれない。岩下が早峰を取り立てたのは、そういう理由からだったのだ。

今の会話で、岩下管理官との距離が少し縮まったような気がした。個人の事情というのは、聞いてみなければわからないものだ。

コーヒーを飲もうとした岩下が、おや、という顔をした。

彼女の視線を追うと、休憩室の出入り口に誰か立っているのが見えた。

「立ち聞きとは感心しませんね」

岩下に言われて、その人物は部屋に入ってきた。噂をすれば本人の登場だ。

財津係長は軽く会釈をして、矢代たちのテーブルに近づいてきた。

「説明させてもらえませんか」財津は言った。「私が昔、岩下管理官に話したことですがね……」

「何か釈明することがあるのかしら」

「あのですね、『俺以外の人間が出世できるだろうし』と言ったのは、やる気がなかったからじゃありません。男社会で岩下さんは頑張っていましたよね。それを知っていたから、俺よりもあなたのほうが出世すべきだろうと、そういう意味で言ったんです」

「はあ?」岩下は眉をひそめた。「私には、そんなふうには聞こえませんでしたよ」

「意味が伝わらなかったのなら、申し訳なかったと思いますが……」

財津は口ごもった。普段、のらりくらりとしている彼が、珍しく戸惑っているようだ。

「なんで、はっきりそう言わなかったんですか」と矢代。

「言えない雰囲気だったんだよ、あのときは」

財津はばつの悪そうな顔をしている。矢代は岩下のほうを向いた。

「……と財津係長は言っていますが、いかがですか、管理官」

岩下はコーヒーを飲み干して、椅子から立ち上がった。

「あとからだったら何とでも言えるわ。今になって言い訳をするなんて男らしくない」

「いや、男らしいとか、らしくないとか、そういうのはジェンダー平等の世の中にふさわしくない発言であって……」

財津は必死に抗弁したが、岩下はまったく聞いていない。彼女はそのまま休憩室から出ていってしまった。

「まずいな、矢代。どうしよう」

顔をしかめて財津が話しかけてくる。矢代は首を横に振ってみせた。

「そこはまあ、ご自分で頑張ってくださいよ」

含み笑いをしながら、矢代は言った。

*

今日は朝からよく晴れている。昼を過ぎても雲がなく、穏やかな日となった。

矢代は夏目とともに、田端の町を歩いていた。田端事件の裏付けをとるため、あらためて情報収集をしているところだ。

先日の雪はたいして積もらなかった。日陰になった場所にはほんの少し残っていたが、ほかはすっかり溶けてしまっている。

階段の上に立って、矢代は辺りを見回した。昼間でもかなりの急角度に感じられる。

暗い夜であれば足下に危険もあるだろう。実際、水原弘子はこの階段を転げ落ちて死亡してしまった。

運が悪かった、という内田晋介の言葉を思い出した。それはそうかもしれないが、彼女を死なせた晋介に言われたくはなかった。矢代から見れば、弘子を殺害したのは間違いなく晋介だ。それなのに、弘子の死を他人事のように言われてはたまらなかった。

「こんなに急な階段だったんですか」下を見ながら夏目が言った。「想像していたより、ずっと危ない感じですね」

「俺も水原も、物心がついたころにはこの階段を使っていたからな。特別なものとは思っていなかったんだが……」

「子供にとっては、いい遊び場だったりするんでしょうか」

「ああ。ここにはよく来たものだよ」

古い記憶の中の水原は、いつも矢代の前にいた。活発で負けん気が強く、矢代を弟のように従えていたのだ。その水原があんな最期を迎えるとは、誰も想像していなかっただろう。もちろん水原自身もそうだったはずだ。

風が吹いて、コートの裾をはためかせた。それでも太陽が出ているから、そう寒くは感じられない。

「じきに春だよなあ」

矢代がつぶやくと、夏目が口元を緩めた。

「そうこう言っているうちに、すぐ夏になってしまいますよね」

「最近、時間が経つのがすごく早いよ。仕事で忙しいせいだろうけど」

階段を離れて、矢代たちは田端一丁目の路地を歩きだす。細い道が入り組んでいる場所だ。そして坂が多い町だった。

階段から五分ほど歩いたところで、矢代は夏目に話しかけた。

「ちょっと寄りたいところがあるんだが、いいかな」

目の前には二階家が建っている。庭には家庭菜園と花壇があり、シクラメンの花が咲いている。

「もしかして、水原さんの……」

「そうなんだ。もう電話では犯人のことを伝えてあるんだが、せっかく来たから会っておきたくてね」

「わかりました。私はそのへんでぶらぶら……いえ、情報収集をしていますので」

「すまないな」

いえいえ、と言って夏目は路地を歩きだした。

門に近づいて、矢代はインターホンのボタンを押す。はあい、と返事があった。

「矢代です。おばさん、弘子さんの件をご報告に来ました」

「あら、朋くん。わざわざ来てくれたの。ちょっと待ってね」

弘子の両親は、事件の解決を喜んでくれるだろうか。それとも転落の経緯を聞いて、やるせない気分を味わうことになるのか。被害者遺族の感情は複雑だ。たとえ犯人が見つかったとしても、簡単に心の傷が癒えるものではないだろう。

だがそれでも、と矢代は思った。

――俺たちは刑事として、ひとつずつ事件を解決していかなくてはならないんだ。

矢代は捜査の権限を与えられている。その権限のおかげで、水原弘子に何が起こったのか、真相を解明することができた。これからも、覚悟と責任を持って仕事に取り組んでいくべきだろう。

ぱたぱたと廊下を駆けてくる音がする。やがて玄関のドアが開いた。

矢代は被害者の遺族に向かって、深々と頭を下げた。

本書は書き下ろしです。

本書はフィクションであり、登場する地名、人名、団体名などすべて架空のもので、現実のものとは一切関係ありません。

追憶の彼女
警視庁文書捜査官

麻見和史

令和6年 3月25日 初版発行

発行者●山下直久

発行●株式会社KADOKAWA
〒102-8177 東京都千代田区富士見2-13-3
電話 0570-002-301(ナビダイヤル)

角川文庫 24076

印刷所●株式会社暁印刷
製本所●本間製本株式会社

表紙画●和田三造

ISBN 978-4-04-114629-3 C0193

◇◇◇

角川文庫発刊に際して

角川源義

第二次世界大戦の敗北は、軍事力の敗北であった以上に、私たちの若い文化力の敗退であった。私たちの文化が戦争に対して如何に無力であり、単なるあだ花に過ぎなかったかを、私たちは身を以て体験し痛感した。西洋近代文化の摂取にとって、明治以後八十年の歳月は決して短かすぎたとは言えない。にもかかわらず、近代文化の伝統を確立し、自由な批判と柔軟な良識に富む文化層として自らを形成することに私たちは失敗して来た。そしてこれは、各層への文化の普及滲透を任務とする出版人の責任でもあった。

一九四五年以来、私たちは再び振出しに戻り、第一歩から踏み出すことを余儀なくされた。これは大きな不幸ではあるが、反面、これまでの混沌・未熟・歪曲の中にあった我が国の文化に秩序と確たる基礎を齎らすためには絶好の機会でもある。角川書店は、このような祖国の文化的危機にあたり、微力をも顧みず再建の礎石たるべき抱負と決意とをもって出発したが、ここに創立以来の念願を果すべく角川文庫を発刊する。これまで刊行されたあらゆる全集叢書文庫類の長所と短所とを検討し、古今東西の不朽の典籍を、良心的編集のもとに、廉価に、そして書架にふさわしい美本として、多くのひとびとに提供しようとする。しかし私たちは徒らに百科全書的な知識のジレッタントを作ることを目的とせず、あくまで祖国の文化に秩序と再建への道を示し、この文庫を角川書店の栄ある事業として、今後永久に継続発展せしめ、学芸と教養との殿堂として大成せんことを期したい。多くの読書子の愛情ある忠言と支持とによって、この希望と抱負とを完遂せしめられんことを願う。

一九四九年五月三日

角川文庫ベストセラー

警視庁文書捜査官　麻見和史

警視庁捜査一課文書解読班——文章心理学を学び、文書の内容から筆記者の生まれや性格などを推理する技術が認められて抜擢された鳴海理沙警部補が、右手首が切断された不可解な殺人事件に挑む。

永久囚人　警視庁文書捜査官　麻見和史

文字を偏愛する鳴海理沙班長が率いる捜査一課文書解読班。そこへ、ダイイングメッセージの調査依頼が舞い込んできた。ある稀覯本に事件の発端があるとわかり作者を追っていくと、更なる謎が待ち受けていた。

灰の轍　警視庁文書捜査官　麻見和史

遺体の傍に、連続殺人計画のメモが見つかった！　さらに、遺留品の中から、謎の切り貼り文が発見され——。連続殺人を食い止めるため、捜査一課文書解読班を率いる鳴海理沙が、メモと暗号の謎に挑む！

影の斜塔　警視庁文書捜査官　麻見和史

ある殺人事件に関わる男を捜索し所有する文書を入手せよ——。文書解読班の主任、鳴海理沙に、機密命令が下された。手掛かりは1件の目撃情報のみ。班解散の危機と聞き、理沙は全力で事件解明に挑む！

愚者の檻　警視庁文書捜査官　麻見和史

頭を古新聞で包まれ口に金属活字を押し込まれた遺体が発見された。被害者の自宅からは謎の暗号文も見つかり、理沙たち文書解読班は捜査を始める。一方で矢代は岩下管理官に殺人班への異動を持ち掛けられ⁉